Retrouvez nos prochaines parutions, les ouvrages du catalogue et les événements à ne pas rater sur notre site Internet. Vous pourrez également lire des extraits de tous nos livres, recevoir notre lettre d'information et acheter directement les livres qui vous intéressent, en papier et en numérique !

À bientôt sur **www.editionsleduc.com**

Découvrez également toujours plus d'astuces et de bons conseils malins sur **www.quotidienmalin.com** et **www.facebook.com/QuotidienMalin**.

Maquette : Sébastienne Ocampo
Illustrations : Fotolia

17, rue du Regard
75006 Paris – France
E-mail : info@editionsleduc.com
ISBN : 978-2-84899-618-9

Quotidien Malin est une marque des éditions Leduc.s

CAMILLE ANSEAUME

LE MARIAGE MALIN

QUOTIDIEN MALIN
ÉDITIONS

Sommaire

Introduction

Si vous tenez ce livre entre les mains, c'est que vous avez fait votre demande et qu'il a dit oui, ou réciproquement. (Sinon, commencez peut-être par le prévenir, histoire qu'il soit libre ce jour-là.)

Si vous tenez ce livre entre les mains, c'est que vous êtes à la recherche d'idées ou de conseils pour que le plus beau jour de votre vie soit vraiment le plus beau, et que vous voulez être sûre de penser à tout.

Bonne nouvelle : vous avez justement entre les mains la solution à vos craintes et le remède à vos nuits d'insomnie !

Ce guide a été pensé pour vous accompagner de A à Z dans toutes les démarches de votre mariage, sans exception. Des aspects administratifs à la recherche des prestataires en passant par ces petites choses qui font que chaque mariage est unique, on vous dit tout pour que les préparatifs se déroulent dans la zénitude la plus totale.

S'il n'y a pas de recette magique pour un mariage réussi, il y a quelques ingrédients indispensables : un budget réaliste, un planning respecté, des bons choix de prestataires, des intentions qui vont droit au cœur des invités, de l'amour et du plaisir. Beaucoup de plaisir.

Et ce, dès les préparatifs. Ils durent parfois quelques semaines, et souvent une année entière. Mais leur point commun, c'est qu'ils doivent constituer une parenthèse enchantée vers une destination dont vous rêvez, pas une montagne à gravir !

Quels que soient votre budget et le temps dont vous disposez, quelles que soient vos envies, des plus traditionnelles aux plus folles, vous trouverez ici les bons conseils, les bons plans et les bonnes adresses pour mener à bien votre projet de mariage.

Vous y découvrirez par exemple que « petit budget » n'équivaut pas forcément à « petit mariage », et que le secret réside dans la répartition intelligente des dépenses, en fonction de vos priorités.

Vous y trouverez à chaque page des idées futées pour apporter une touche unique à votre mariage et des points réguliers sur les grandes tendances du moment, dans chaque domaine.

Entre rêves et réalités, en route vers le mariage qui vous ressemble, et qui vous comblera !

Se marier : une décision aussi belle que vertigineuse !

Il y a eu l'époque où l'on se mariait parce que c'était comme ça et pas autrement.

Il y a eu celle où s'unir devant Monsieur le maire devenait ringard et où un appart, un enfant et/ou un labrador sable (voire les trois) suffisaient à matérialiser l'engagement des tourtereaux.

Puis il y a aujourd'hui. Où l'on a la liberté de se marier ou pas. Où l'on a aussi celle de le faire comme on le souhaite. En s'affranchissant des codes traditionnels sans faire pâlir les grands-parents. En respectant ces codes à la lettre sans passer pour des « has been ». En en gardant certains et pas d'autres, pour un mariage vraiment sur mesure.

Devant tant de liberté, deux constats :

Si on se marie, c'est vraiment que l'on en a envie et on attend de ce jour qu'il soit à la hauteur ! (Coup de pression.)

Cool, on peut tout faire. Mais du coup, on fait quoiiii ? (Coup d'effroi.)

Réponse : on fait comme on veut et aussi comme on peut.

Une seule bonne façon de célébrer votre amour : la vôtre !

Prenons le temps d'imaginer le mariage de nos rêves : le style que l'on voudrait donner à la journée, l'ambiance que l'on aimerait voir régner, les détails à côté desquels on ne veut surtout pas passer, les « petits plus » qui feront que cette journée sera inoubliable.

Bref, on fait le point sur ce qui est important pour nous (sachant que « Nous » = Vous + Lui), afin que cette journée soit vraiment à notre image.

Et puisque l'idée n'est pas de nous endetter sur cinq générations ni de stresser pendant toute la préparation, on fait coller nos attentes à nos possibilités, en termes d'argent et de délais. Vous verrez que pour atteindre cet équilibre, nul besoin de revoir vos envies à la baisse, on va vous prouver qu'avec un peu d'ingéniosité et beaucoup d'organisation, tout est possible. Et avant tout : vivre la journée de vos rêves.

Évidemment, on ne met pas tous la même chose derrière le mariage. Certains le font par tradition familiale, d'autres y voient un engagement nécessaire pour fortifier une union, pour d'autres encore c'est une occasion rêvée de faire la fête.

Mais entre tous ces futurs mariés, il y a un point commun de taille : l'envie de célébrer leur amour, de mettre leur couple à l'honneur le temps d'une journée, en s'entourant des gens qui leur sont chers, et en faisant leur possible pour laisser à tous des souvenirs mémorables.

Vous trouverez ici les réponses à toutes vos questions, les solutions à toutes vos petites (et grosses) prises de tête, des conseils sur tous les aspects de votre mariage et des astuces pour réduire votre budget sans rien sacrifier.

Comment ce livre est-il organisé ?

Si vous avez la tête dans les préparatifs depuis quelque temps déjà, vous manquez peut-être du recul nécessaire pour avancer efficacement, sans vous perdre dans les détails : la structure de l'ouvrage est conçue pour vous aider à faire le point sur les choses les plus importantes à régler dès maintenant.

Dans une première partie, **Le b.a.-ba de votre mariage**, on vous aide à bien cadrer les choses pour ne pas perdre de temps, en faisant le point sur votre **budget** et en vous donnant la liste exhaustive de ce que vous avez à faire d'ici au jour J grâce à un **rétroplanning**.

Il est ensuite temps de définir votre **projet de mariage**, en vous interrogeant sur les grandes lignes de votre journée : l'ambiance, l'univers, le thème…

Vous avez des idées plein la tête et des étoiles plein les yeux ? Le chapitre qui suit concerne l'**annonce de votre mariage**. À vos parents et beaux-parents (à l'occasion d'un petit dîner de présentation par exemple… mais si, ça va être sympa), et au reste du monde entier de l'univers. Pour que tout le monde soit prévenu à temps, on vous aide à établir la liste des invités, et à régler la question des faire-part, du choix des témoins et du cortège…

Il n'y a pas que la fête dans la vie, il y a l'amour, aussi. Variante : il n'y a pas que la fête dans la vie, il y a la mairie, aussi. Et l'église, éventuellement, le temple, la mosquée, la synagogue… Ou la cérémonie laïque, dans l'air du temps, qui, sans être attachée à une religion en particulier, complète à merveille le mariage à la mairie. Pour être irréprochable sur les aspects administratifs et vous unir éventuellement dans le respect de votre religion, suivez le guide des **différents types de cérémonie**.

On entre dans le vif du sujet organisationnel avec le choix des deux prestataires les plus importants : **la salle et le traiteur**. Gagner du temps dans les recherches, faire le bon choix, poser les bonnes questions, réduire le budget : vous saurez tout sur une réception délicieuse…

On continue dans la course aux **prestataires** avec un chapitre consacré à tous les autres : photographe, vidéaste, DJ, orchestre, voiture, animations, fleuriste… Leur choix est essentiel et on vous donne les clés pour trouver les bons et les briefer pour le jour J.

Un chapitre entier est consacré à la **décoration de la salle**, un élément déterminant de l'ambiance de votre mariage. Au programme : idées de thèmes, astuces petit budget-grande classe, sélection de sites et blogs canon pour trouver l'inspiration…

Puis c'est au tour des **tenues** d'être à l'honneur : trouver la robe et les accessoires qui le laisseront sans voix (sauf pour dire « oui »), l'aider à dégoter son costume de prince très charmant, habiller vos demoiselles d'honneur et orienter gentiment vos témoins, mère et belle-mère…

Puisque vous voulez être parfaite pour le jour J, le chapitre **beauté** et son rétroplanning vous rappellent les règles d'or pour avoir une peau impec, une coiffure au top et un maquillage parfait.

C'est votre journée que vous préparez, mais si vous vous donnez tant de mal, c'est que vous souhaitez laisser un souvenir impérissable à vos **invités**. Vous trouverez dans ce chapitre tout ce dont vous avez besoin pour les chouchouter et leur faire passer une journée magique.

Répétition générale avant le **jour J** : (re)découvrez la chronologie de cette journée, pour avoir une vision détaillée de ce qui vous attend et être sûre de ne rien oublier.

Pour clore cet ouvrage, et afin de vous permettre de rester dans votre bulle sans vous tracasser, on vous dit tout sur ce qui vous attend **après**. Les remerciements, les photos à récupérer, le voyage de noces, les démarches administratives…

C'est parti !

Souvenez-vous… que la fête du mariage dure bien moins longtemps que la préparation, et que celle-ci doit rester un plaisir. Simplifiez-vous donc la vie avec des conseils pertinents et un accompagnement efficace vers la plus jolie des destinations.

Armez-vous…
- d'un classeur A4 avec des intercalaires correspondant à chacun des chapitres, et des pochettes transparentes spéciales classeur : vous pourrez y glisser tous les documents nécessaires (devis, factures, photos…) durant la préparation du mariage ;
- d'un joli stylo pour annoter ce livre ;
- d'un carnet à glisser dans votre sac à main pour y marquer toutes vos bonnes idées.

Et si vous colliez sur la première page une photo de vous deux, pour garder en tête l'essentiel ?...

Le b.a.-ba de votre mariage

Commençons par le commencement : avant de vous lancer dans les préparatifs, il vous faudra être au clair sur trois éléments primordiaux. Les nominés sont : **la date, le budget et le rétroplanning.**

OK, ce ne sont pas les plus glamours, mais patience, les paillettes arrivent ! Ce sont néanmoins les plus importants, parce que c'est de ces derniers que dépendra tout le reste. En effet, on ne prépare pas le même mariage avec un budget de 3 000 euros et un de 30 000, ni avec six mois ou dix-huit devant soi.

Connaître précisément, d'une part les budgets et les délais moyens pour organiser un mariage, et d'autre part ceux dont vous disposez, vous, vous permettra de préparer un mariage tenant compte à la fois de vos rêves et de vos possibilités. Ne considérez pas votre budget et vos délais comme des contraintes ni des limites, mais plutôt comme un cadre à l'intérieur duquel vous pourrez peindre votre journée idéale.

Mode d'emploi pour avoir les pieds sur terre et la tête dans les étoiles !

Déterminer « ZE » date (ou les dates)

« T'es libre les 50 prochaines années ?
– Oui, et toi t'es libre le 20 juillet prochain ? »

Étape numéro un : fixer THE date. Celle dont vous vous souviendrez toute votre vie, celle dont vous jouerez les chiffres au loto, celle qui sera brodée sur le linge offert par votre grand-mère, celle que vous verrez danser dès que vous fermerez les yeux, bref, on s'égare.

Les éléments qui suivent vous aideront à orienter votre choix, non pas vers une date mais vers un éventail de dates. Car c'est la disponibilité des salles qui finira souvent par déterminer le jour précis.

Inspirez-vous du mémo qui suit pour éviter les impairs.

Les échéances importantes

- Vos beaux-parents partent habiter à Ouagadougou dans huit mois.
- Vous venez d'apprendre que vous êtes enceinte, et vous rêvez de vous marier avec un ventre rond.
- Ou alors vous voulez attendre que Junior marche, pour qu'il tienne votre traîne.
- Votre cousin chouchou envisage de partir dans dix mois en Finlande pour une année d'études.
- A contrario, il est déjà parti et ne rentre que dans dix-huit mois.

Le bon conseil

Les coupes du monde de football se déroulent tous les deux ans, les années paires (du 12 juin au 13 juillet pour 2014). Quant aux JO, rendez-vous pour la prochaine session des jeux d'hiver en 2014, des jeux d'été en 2016, puis tous les quatre ans. À bon entendeur, si vous avez des familles accros au sport : vérifiez les dates avant de fixer le jour J !

Les dates symboles

- Vous aimeriez vous marier un 23 juin, comme vos parents.
- Vous vous unirez un 14 février, jour des amoureux, sinon rien.
- Vous voulez vous dire « oui » le jour d'anniversaire de votre rencontre.
- Vous rêvez de vous marier un 31 décembre.

Opter pour une date chargée « émotionnellement » peut représenter pour les fiancés un supplément d'âme, un clin d'œil à leur histoire, à leur famille...

Gardez toutefois en tête que ce clin d'œil doit vous réchauffer le cœur, pas vous stresser ni vous bloquer. **Évitez de bloquer sur une date** si tous les événements extérieurs (y compris et surtout la disponibilité des lieux) ne vont pas dans ce sens. Ces dates symboliques peuvent vous orienter dans votre choix, si vous hésitez entre deux jours par exemple, mais ne doivent pas vous contraindre et vous limiter dans vos possibilités. Vous risqueriez, sous couvert de symbole, de passer à côté de jolies choses tout aussi essentielles : un endroit qui vous charme, la présence de vos invités, un joli rayon de soleil au moment du vin d'honneur...

Mariage et saisons

Les mariages d'été recueillent 80 % des suffrages des mariés, pour des questions évidentes de météo. C'est la période à privilégier si vous rêvez par exemple d'un **mariage au grand air** (dans votre jardin, sur une plage, dans un lieu avec un grand espace pour le vin d'honneur).

C'est une période prisée également car les **congés** sont plus faciles à poser pour les invités venant de loin.

Les dates de plein été (autour du 15 août par exemple) sont à **double tranchant** : si certains invités s'arrangeront pour faire coïncider leurs dates et lieux de vacances avec ceux du mariage, d'autres y verront une contrainte de taille.

Certains mariés choisissent délibérément une date comme celle-là pour « restreindre » le nombre de réponses positives aux invitations : la méthode peut paraître un peu « maléfique », mais en réalité, elle peut être un bon moyen de mobiliser votre entourage le plus proche tout en ménageant les susceptibilités. Vous prévoyez large au niveau des invitations, et les invités les moins proches de vous pourront décliner sans culpabilité pour eux, et sans rancœurs pour vous !

Les mariages de printemps peuvent être un bon compromis : les prix des salles sont **moins élevés**, et vous pouvez espérer avoir un **temps très agréable**, surtout si vous vous mariez dans le sud de la France (à Villeneuve-d'Ascq, moins, par contre). Pensez aussi aux **ponts de mai** : on entend parfois dire que se marier pendant un pont restreint la disponibilité des invités, mais ce n'est pas tout à fait vrai : prévenus un an à l'avance, ils pourront bloquer leur week-end, profiter de ces « mini-vacances » pour venir de loin et récupérer tranquillement après la fiesta.

La bonne idée

Vérifiez comment tombent les jours fériés l'année où vous souhaitez vous marier. En mai 2014 par exemple, tous les jours fériés (le 1er et le 8) tombent un jeudi (pensez aussi au jeudi de l'Ascension) : vos invités n'auront qu'à poser leur vendredi ! En 2015, ils tombent un vendredi donc ça peut aussi arranger tout le monde.

Les mariages d'automne et d'hiver permettent de réaliser de sacrées **économies** : à titre d'exemple, en hiver les locations de salles proposent des rabais de 20 à 30 %.

Autre aspect pratique : la **disponibilité** des lieux de réception, beaucoup moins prisés à cette période…

Un élément en plus à prendre en compte : **les week-ends d'hiver sont moins chargés** que ceux des autres saisons. Si vous voulez vous marier rapidement, vous avez plus de chances que vos invités soient dispos à cette saison.

Niveau temps, le mois de septembre peut offrir de belles journées ensoleillées et douces (dans le Sud surtout… Et non, toujours pas à Villeneuve-d'Ascq, sauf coup de bol), mais les **journées froides de novembre à février** ont aussi le vent en poupe, car elles confèrent aux mariages un charme « russe » joliment givré et décalé. Pourquoi ne pas jouer à fond le jeu du mariage d'hiver en orientant vos recherches de lieux du côté de la montagne ?

Vendredi versus samedi : le duel

Il y a encore quelques années, la question ne se posait même pas. On se mariait le samedi, et s'unir un vendredi c'était comme fêter Noël un 26 décembre.

La donne a changé, et les **mariages en semaine** commencent à se développer.

Leur principal atout : la **disponibilité des prestataires**, overbookés les samedis et donc plus facilement dispos (et moins chers !) les autres jours. Cette solution peut s'avérer particulièrement gagnante pour vous si vous avez un timing un peu serré et que vous redoutez de ne pas pouvoir dégotter LE traiteur ou LA salle de vos rêves… Sachez aussi qu'en choisissant de vous marier un vendredi, vous pourrez faire durer les festivités et organiser par exemple une grande journée brunch et goûter tout le samedi.

Disponibilité des prestataires, donc, mais aussi des **invités** : dans certaines familles très nombreuses ou très entourées, la quasi-totalité des samedis d'été est déjà bookée en mariages : célébrer le vôtre un vendredi augmente vos chances d'avoir tous vos proches autour de vous.

D'ailleurs, les mariages du vendredi ont pris récemment une **connotation très chic et mondaine**, puisqu'on en déduit que les « mariés du vendredi » sont issus de familles très sollicitées socialement…

Le petit « moins » : si votre mariage doit se dérouler loin du lieu d'habitation de la majorité de vos invités, ils devront sans doute **poser une journée** pour s'y rendre.

La disponibilité des salles

À moins que vous vous mariiez dans trois ans ou que vous receviez chez vous, ne faites pas une fixation sur une date précise. Mieux vaut partir avec un **éventail de quelques dates** dans la période que vous aurez déterminée : vous vous en rendrez compte dans le chapitre suivant, c'est souvent la disponibilité des lieux de réception qui amènera à arrêter la date définitive.

Certains mariés font la démarche « à l'envers » : ils ont un coup de cœur pour une salle et décident de **se marier à la seule date où elle est dispo**, en s'affranchissant des éléments précédents. Si vous êtes tombés en extase devant une salle et qu'elle est libre seulement à une date, considérez la possibilité de la réserver même si ce n'est pas la date que vous aviez prévue : en matière de mariage et donc d'amour, les appels du cœur guident souvent vers les bons choix !

Établir son planning, ou comment divorcer du stress

La clé d'une préparation de mariage sereine (et donc d'un mariage réussi) (enfin, sans vouloir vous mettre la pression), c'est la **bonne gestion du temps**.

Être dans les temps, c'est d'abord la garantie de trouver **les bons prestataires**, dispos à la date de votre choix.

C'est aussi le meilleur moyen de ne **rien oublier** dans la panique, de garder des **souvenirs agréables** des préparatifs, et d'être **sereins** le jour J.

Le tableau qui suit (p. 21 à 27) vous permettra d'avoir une vision claire des délais dont vous aurez besoin, et de l'ordre des tâches à accomplir.

Comment bien lire ce rétroplanning ?

Premier truc à savoir. Ces délais sont des **moyennes** et restent **indicatifs**. Ce sont ceux qu'on vous conseille de respecter **si vous avez une année ou plus devant vous** et ils tiennent compte de tous les prestataires. Mais vous pouvez très bien décider de **« sauter des cases »**, de faire l'impasse sur certains d'entre eux. Si vous décidez de vous marier dans six mois, pas de panique ! Vous pourrez aussi avoir un mariage de rêve, à condition d'être réaliste. Le secret : **savoir faire coïncider ses envies et les possibles**. Non, vous ne serez pas condamnée à vous marier en survêtement dans la charmante zone industrielle du village d'à côté. Mais vous ne pourrez sans doute pas non plus prétendre à une robe de créateur sur mesure et un château de princesse à moitié prix… En revanche, fermez les yeux : cette mariée en robe parfaitement ajustée pénétrant dans une salle à la décoration raffinée devant des invités comblés, c'est bien vous.

Deuxième truc à savoir. Pour une meilleure lecture du tableau, les tâches sont séparées en **trois grandes parties** (signalées par un fond gris clair) : celles concernant **vos invités et vous-mêmes**, celles relatives à la **réception** et à ses **principaux prestataires**, et celles portant sur les **démarches administratives et religieuses.**

Troisième truc à savoir. Puisque les grandes décisions ne s'improvisent pas, on vous dit même **à partir de quand commencer à réfléchir** au choix du traiteur, à vos faire-part, à vos tenues… Ces débuts de réflexion sont symbolisés par de **l'italique**.

Quatrième truc à savoir. Pour chacune de vos « missions », un renvoi aux pages concernées vous permettra d'obtenir rapidement tous les détails dont vous avez besoin.

Enfin, une colonne est à votre disposition pour vous **répartir les tâches** et **cocher** les cases quand elles sont accomplies !

Flashez ce code ou rendez-vous sur www.quotidienmalin.com/mariage pour télécharger gratuitement ce tableau Excel et le remplir directement.

	Cf. page	Qui s'en charge ?	Check le (date)
DÈS LA DEMANDE			
Nous deux, les invités			
On réfléchit au style du mariage et au nombre approximatif de convives	p. 38		☑
On organise une rencontre (ou un dîner) entre nos parents	p. 58		☑
On établit notre budget	p. 28		☑
On fait éventuellement appel à un wedding planner	p. 48		☒
La réception			
On commence à regarder les salles de réception	p. 146		☐
J-12 MOIS			
Nous deux, les invités			
On fait la liste des invités	p. 70		☑
On réfléchit au choix des témoins (pour leur annoncer en même temps que la bonne nouvelle !)	p. 88		☑
Éventuellement, on organise les fiançailles	p. 61		☒
La réception			
On choisit la salle et…	p. 146		☑
… on fixe la date en fonction !	p. 14		☑
Les démarches administratives et religieuses			
On retire le dossier de mariage à la mairie, et on réserve si possible le jour et l'heure	p. 104		☐
J-10 MOIS			
Nous deux, les invités			
On réunit les adresses des invités	p. 74		☐
On leur envoie un « Save the Date »	p. 75		☐
On regarde les lieux d'hébergement pour les invités	p. 160		☑
On flâne dans les boutiques de robes	p. 244		☑
La réception			
On commence à chercher un traiteur si le lieu de réception n'en propose pas	p. 169		☑
On commence à chercher le photographe, le vidéaste, le DJ	p. 191		☑
On visite les salons du mariage, pour trouver l'inspiration… Et peut-être les premiers prestataires !	p. 161		☒

À photocopier

	Cf. page	Qui s'en charge ?	Check le (date)
J - 9 MOIS			
Nous deux, les invités			
On réfléchit au style des faire-part et on commence à chercher l'imprimeur	p. 77		❑
La réception			
On commence à chercher le fleuriste	p. 218		❑
On réfléchit au choix des enfants pour le cortège	p. 95		❑
On choisit le traiteur	p. 169		❑
Les démarches administratives et religieuses			
Pour les mariages religieux (catholique, orthodoxe), on demande les actes de baptême aux paroisses dans lesquelles ils ont été célébrés	p. 112		❑
J-8 MOIS			
Nous deux, les invités			
On commence à regarder les coiffures et le maquillage de mariées	p. 279		❑
On choisit l'imprimeur et on fait réaliser les faire-part (ou on achète le matériel nécessaire)	p. 84		❑
La réception			
On réfléchit à la déco	p. 221		❑
On commence à tester les menus proposés par le traiteur	p. 188		❑
On réserve le matériel (tente..) si la réception a lieu à domicile	p. 150		❑
On choisit le photographe, le vidéaste, le DJ, le fleuriste	p. 191		❑
Les démarches administratives et religieuses			
On contacte le lieu de culte (mariage catholique) et on commence la préparation (prévoir 6 entretiens en moyenne)	p. 111		❑
On constitue le dossier de mariage catholique	p. 112		❑
J-7 MOIS			
Nous deux, les invités			
On commence à prendre de bonnes habitudes alimentaires !	p. 294		❑
On briefe gentiment les témoins, si besoin, pour la tenue	p. 273		❑

→

	Cf. page	Qui s'en charge ?	Check le (date)
La réception			
On prévient les parents des « heureux élus » pour le cortège	p. 96		❑
Les démarches administratives et religieuses			
On remplit les contrats avec les différents prestataires	p. 145, 191		❑
J-6 MOIS			
Nous deux, les invités			
On choisit le modèle et la taille de la robe	p. 244		❑
On commence à regarder les tenues pour le cortège	p. 271		❑
On fait les premiers essais coiffure et maquillage	p. 280, 287		❑
On commence à choisir les accessoires de mariée	p. 255		❑
On réserve les lieux d'hébergement pour les invités si besoin, ou on leur envoie un mot pour leur conseiller de s'en occuper !			❑
On réfléchit au contenu de la liste de mariage	p. 300		❑
La réception			
On commence à regarder les bouquets et compositions florales proposés	p. 218		❑
Les démarches administratives et religieuses			
On rencontre le pope (mariage orthodoxe) pour fixer la date et commencer la préparation (prévoir 2 à 4 entretiens)	p. 126		❑
J-5 MOIS			
Nous deux, les invités			
On commence à essayer les costumes pour le marié	p. 262		❑
On achète les chaussures pour la mariée	p. 257		❑
On envoie les faire-part	p. 77		❑
On commence à regarder les alliances	p. 268		❑
La réception			
On choisit le menu du dîner	p. 170		❑
On réfléchit à la playlist idéale	p. 203		❑
Les démarches administratives et religieuses			
On contacte le notaire en cas de contrat de mariage	p. 106		❑
On contacte l'imam (mariage musulman), le rabbin (mariage juif) ou le pasteur (mariage protestant) pour déterminer la date de la célébration	p. 128, 130, 132		❑

→

	Cf. page	Qui s'en charge ?	Check le (date)
J-4 MOIS			
Nous deux, les invités			
On ouvre la liste de mariage	p. 300		❑
Les premiers cadeaux ne vont pas tarder à arriver : on remercie au fur et à mesure	p. 341		❑
On choisit et on réserve l'hôtel pour la nuit de noces			❑
On valide la location de la voiture des mariés	p. 209		❑
On organise les déplacements pour les invités (navettes, parkings…)	p. 317		❑
On réfléchit aux cadeaux des invités	p. 309		❑
La réception			
On valide le choix des boissons (si elles ne sont pas prises en charge par le traiteur)	p. 178		❑
On choisit la coiffure et le maquillage pour le jour J	p. 286		❑
On établit une liste de chansons pour la soirée (à fournir au DJ)	p. 202		❑
On se procure les premiers éléments de déco	p. 221		❑
Les démarches administratives et religieuses			
On commence à réfléchir au choix des textes et des chants pour la cérémonie religieuse	p. 112		❑
J-3 MOIS			
Nous deux, les invités			
On précise le nombre d'invités en fonction des réponses aux faire-part	p. 72		❑
On trouve une jolie tenue pour le mariage civil	p. 247		❑
La réception			
On choisit les dragées ou les cadeaux pour les invités, et on les commande	p. 309		❑
On choisit le bouquet de la mariée, les centres de table, la déco pour la mairie et le lieu de culte	p. 259		❑
On commande la pièce montée	p. 177		❑
Les démarches administratives et religieuses			
On dépose le dossier de mariage civil complet à la mairie (pas avant, certains documents devant être datés de moins de 3 mois)	p. 104		❑
Pour les mariages juifs, c'est le moment d'envoyer le dossier de mariage religieux	p. 128		❑

→

	Cf. page	Qui s'en charge ?	Check le (date)
J-2 MOIS			
Nous deux, les invités			
On finit si besoin les préparatifs des cadeaux pour les invités (noms…)	p. 309		❑
On achète les derniers accessoires pour la mariée (lingerie, déco cheveux…)	p. 255		❑
On choisit les alliances et on les fait graver	p. 268		❑
On confirme les réservations d'hôtel pour les invités si besoin			❑
Les démarches administratives et religieuses			
On se décide pour les textes et les chants de la cérémonie, et on les transmet si besoin aux proches sur qui l'on compte pour la lecture	p. 111		❑
J-1 MOIS			
Nous deux, les invités			
On récupère les alliances et on achète leur petit coussin	p. 268		❑
On relance les invités qui n'ont pas répondu			❑
On confirme au traiteur le nombre d'invités	p. 188		❑
On fait les derniers essayages de robe	p. 253		❑
On commande les cartons pour les remerciements	p. 341		❑
On porte les chaussures pour les «faire» à notre pied	p. 257		❑
La réception			
On imprime les menus et les livrets de messe	p. 124		❑
On s'occupe des marque-places et des noms de table	p. 305		❑
On établit les plans de table	p. 303		❑
On organise un repas sympa (avec témoins, copains proches) pour répartir les tâches le jour J			❑
J-15 JOURS			
Nous deux, les invités			
On va chercher les tenues (éventuellement, dernières retouches pour la robe)	p. 243		❑

→

À photocopier

	Cf. page	Qui s'en charge ?	Check le (date)
La réception			
On rappelle le planning aux différents prestataires			❑
On achète le matériel pour la sortie de la mairie ou de l'église	p. 228		❑
On achète la déco de la voiture si elle n'est pas comprise dans la location	p. 210		❑
On organise une répétition générale de la cérémonie	p. 94		❑
On achète un livre d'or	p. 322		❑
On fabrique une urne si on n'a pas déposé de liste	p. 300		❑
J-1 SEMAINE			
Nous deux, les invités			
On prépare la valise pour le voyage de noces	p. 333		❑
La réception			
On précise les derniers détails avec le photographe (coin photo…) et le DJ (horaires…)	p. 199		❑
On prévoit l'enveloppe pour l'officiant	p. 112		❑
On fournit un plan de table au traiteur	p. 182		❑
Les démarches administratives et religieuses			
Pour les mariages juifs, on va à la synagogue pour recevoir la bénédiction divine	p. 128		❑
J-1 JOUR			
Nous deux, les invités			
On prépare les tenues et les accessoires			❑
On talque nos chaussures			❑
On hydrate la peau et on lave nos cheveux	p. 296		❑
On évite les crudités, pour avoir le ventre plat !			❑
On fait sa manucure	p. 291		❑
La réception			
On nettoie et on décore la voiture	p. 210		❑
Les démarches administratives et religieuses			
Pour les mariages juifs, la future mariée se rend au « mikvé »	p. 128		❑

→

	Cf. page	Qui s'en charge ?	Check le (date)
JOUR J			
Nous deux, les invités			
On se fait maquiller et coiffer	p. 279		❑
On met les alliances dans le costume			❑
On vérifie qu'on a tout pris ! (cf. check-list)	p. 327		❑
On respire un grand coup			❑
On se pince pour vérifier qu'on ne rêve pas…			❑
Les démarches administratives et religieuses			
Début du jeûne, pour les mariages juifs !	p. 128		❑
APRÈS LE JOUR J			
Nous deux, les invités			
On clôture la liste de mariage	p. 300		❑
On règle les dernières factures			❑
On part en voyage de noces	p. 333		❑
On remercie les invités	p. 341		❑
On choisit les photos du photographe	p. 338		❑
On récupère les photos des invités			❑
On est heureux			❑
Les démarches administratives et religieuses			
On accomplit les démarches nécessaires pour le changement de nom	p. 343		❑

Rendez-vous sur www.quotidienmalin.com/mariage pour télécharger gratuitement ce tableau Excel et le remplir directement.

À photocopier

Fixer son budget, ou comment rendre le rêve réalisable

Au préalable

Pour gagner du temps dans vos recherches de prestataires, vous devrez « viser » ceux qui sont à votre portée financièrement. Le tableau qui suit vous donne les dépenses moyennes pour chaque poste important, mais commencez par vous demander **de combien vous disposez** pour votre mariage. Évidemment, ce n'est pas au centime près, mais l'idée est de vous donner un cadre qui vous permettra de vous situer dans l'infini des possibles.

Pour avoir une idée de votre budget, prenez en compte les éléments suivants :

- Si vous avez un peu de **sous de côté**, combien êtes-vous prêts à consacrer au mariage ?
- Vos familles vont-elles **vous aider**, et si oui, à quelle hauteur ?
- Combien pouvez-vous raisonnablement **mettre de côté** d'ici au mariage ? (C'est-à-dire sans manger des pommes de terre à l'eau pendant un an.)

Puis, retirez 20 % de cette somme, pour bien prendre en compte les (fréquents) débordements de budget. Vous avez maintenant une idée de vos possibilités !

Comment bien lire le tableau budget ?

Premier truc à savoir. Le tableau p. 30 à 33 récapitule le **montant moyen** des dépenses, par poste, afin de vous donner une idée précise des prix pratiqués. Les **estimations basses** et **hautes** vous aideront à réaliser les écarts de prix possibles en fonction des solutions, des formules et des prestataires choisis.

La colonne « **Solution prix mini** » vous guide vers des **options tout petit budget**, au cas où vous souhaiteriez faire l'impasse sur un des postes de dépense.

Deuxième truc à savoir. Considérez cette colonne « Solution prix mini » comme des **idées à piocher**, pour composer le mariage de vos rêves, selon votre budget. Vous pouvez par exemple vous y reporter pour **économiser sur le traiteur** et choisir en revanche un **super-photographe**. Ou économiser sur les alliances pour vous offrir une jolie robe !

En résumé, vous devez réaliser qu'un mariage à petit budget ne vous condamne pas à tout voir au rabais. Il s'agira plutôt pour vous de **répartir votre budget** de façon intelligente, c'est-à-dire en tenant compte de l'importance que vous accordez aux différents postes.

Et inversement, vous pouvez très bien ajouter des prestataires que ce tableau, où figurent les plus importants, n'a pas inclus : clown pour les enfants, feu d'artifice, « photobooth ». Pensez à notifier ces dépenses supplémentaires en bas du tableau.

Troisième truc à savoir. Vous trouverez d'autres colonnes dans le tableau. La première vous renvoie vers les pages contenant détails et infos nécessaires. Les suivantes vous serviront à noter au fur et à mesure la **répartition des dépenses** entre vous et vos parents, le **montant estimé** pour chaque poste, le **montant réel**, et les **différents versements** effectués.

Une dernière chose, pour vous aider : rappelez-vous des mariages qui vous ont particulièrement plu. Il s'agit souvent de ceux qui nous ont laissé un souvenir fort, soit parce que la pièce montée était fabuleuse, soit parce que la déco était top, soit parce que la robe de la mariée était parfaite… Si comme 99,9 % des Français vous ne pouvez pas TOUT vous permettre, n'hésitez pas à taper fort avec un poste clé, sur lequel vous investirez plus. Mieux vaut un élément central qui se remarque et des solutions simples et économiques pour tout le reste, plutôt que du « moyen de gamme » partout.

Flashez ce code ou rendez-vous sur www.quotidienmalin.com/mariage pour télécharger gratuitement ce tableau Excel et le remplir directement.

	Budget moyen (pour 100 personnes)	Estimation basse - Estimation haute	Solution prix mini	
			Combien	Comment ?
La réception				
Location du lieu	1 800 €	500 € (salle municipale) - 10 000 €	500 €	Salle municipale
Traiteur (+ matériel + boissons)	4 000 €	2 500 € (buffet) - 6 000 €	1 000 €	Mix buffet «maison» et traiteur supermarché
Déco	350 €	200 € (fleurs uniquement) - 1 000 €	0 €	Matériaux de récup (bois, galets…) et emprunts à des amis
Sous-total	6 150 €	3 200 € - 17 000 €	1 500 €	
Les mariés et le cortège				
Robe de la mariée	1 000 €	150 € (en boutique de mariage discount) - 8 000 € (robe de créateur)	100 €	Robe blanche en boutique de prêt-à-porter
Accessoires de la mariée	200 €	100 € (en boutique de mariage discount) - 600 €	50 €	Boutiques discount, chaînes de prêt-à-porter…
Maquillage et coiffure mariée	200 €	100 € - 600 €	50 €	Achat de quelques produits de maquillage et mise en beauté «maison» ou avec l'aide d'une copine
Costume et accessoires du marié	500 €	300 € - 1 500 €	150 €	Location de la tenue
Tenues du cortège (pour 4 enfants)	140 €	100 € - 400 €	0 €	Tenue appartenant déjà à l'enfant (avec un code couleur pour la cohérence)
Alliances	550 €	300 € - 4 000 €	200 €	Anneaux simples dans les bijouteries de grandes surfaces
Sous-total	2 590 €	1 050 € - 15 100 €	550 €	
Photos, musique et animations				
DJ	750 €	400 € - 1 500 € (orchestre)	100 €	Location de matériel sono et fabrication de playlist. À privilégier pour la musique d'ambiance et les soirées «non dansantes» !
Photographe	900 €	300 € (3 heures de présence) - 2 500 €	0 €	Se contenter des photos prises par les invités
Vidéaste	600 €	500 € - 1 800 €	0 €	S'en passer
Sous-total	2 250 €	1 200 € - 5 800 €	100 €	

→

Se reporter…	Montant prévu	Montant réel	Répartition des dépenses (qui paye ?)	Date et montant des versements	Notes
					La réception
p. 146					
p. 169					
p. 221					
Sous-total					
					Les mariés et le cortège
p. 244					
p. 255					
p. 280, 287					
p. 262					
p. 271					
p. 268					
Sous-total					
					Photos, musique et animations
p. 202					
p. 191					
p. 191					
Sous-total					

→

	Budget moyen (pour 100 personnes)	**Estimation basse - Estimation haute**	**Solution prix mini**	
			Combien	**Comment ?**
Cérémonies civiles et religieuses				
Voiture des mariés	350 €	200 € - 1 000 €	0 €	Arrivée sur un joli vélo rétro emprunté
Décoration de la mairie	50 €	30 € -100 €	25 €	Partage des frais avec les autres mariés de la journée
Décoration du lieu de culte	80 €	50 € - 120 €	0 €	Si vous ne vous mariez pas à l'église ou si vous rapportez la déco de la mairie
Don à l'officiant	80 €	50 € - 150 €	0 €	Si vous ne vous mariez pas à l'église
Animations de sortie (riz, cotillons…)	30 €	3 € (riz) - 700 € (lâcher de colombes)	0 €	Il s'agit d'une tradition, pas d'une obligation !
Sous-total	590 €	333 € - 2 070 €	25 €	
Papeterie				
Faire-part, enveloppes et timbres	270 €	150 € - 800 €	0 €	Envoi des faire-part par mail
Remerciements, enveloppes et timbres	180 €	100 € - 300 €	0 €	Envoi des remerciements par mail
Menus et marque-places	130 €	70 € - 250 €	30 €	Menus écrits au stylo doré sur des jolis papiers cartonnés
Sous-total	580 €	320 € - 1 350 €	30 €	
Cadeaux et services pour les invités				
Dragées ou cadeaux	400 €	200 € (dragées premier prix) - 1 000 €	0 €	Leur offrir la soirée en cadeau !
Baby-sitter	80 €	35 € (une baby-sit de 20 h jusqu'au coucher des enfants vers 23 h) - 200 € (deux baby-sit du début du cocktail jusqu'au bout de la nuit)	0 €	Ne pas inviter les enfants
Sous-total	480 €	235 € - 1 200 €		
TOTAL	12 640 €	6 338 € - 42 520 €	2 205 €	
Autres				
TOTAL				

→

Se reporter...	Montant prévu	Montant réel	Répartition des dépenses (qui paye ?)	Date et montant des versements	Notes
Cérémonies civiles et religieuses					
p. 209					
p. 227					
p. 230					
p. 136					
p. 228					
Sous-total					
Papeterie					
p. 77					
p. 341					
p. 303					
Sous-total					
Cadeaux et services pour les invités					
p. 309					
p. 217					
Sous-total					
TOTAL					
Autres					
TOTAL					

Additionnez le sous-total de chaque catégorie pour obtenir le total. Sinon rendez-vous sur www.quotidienmalin.com/mariage pour télécharger gratuitement le fichier Excel correspondant.

Qui paye quoi ?

Aujourd'hui, beaucoup de mariés se chargent de financer leur mariage. Mais quand les familles mettent la main au porte-monnaie, voilà comment les dépenses se répartissent traditionnellement.

Côté mariée :

- la robe et les accessoires ;
- les tenues du cortège ou éventuellement des demoiselles d'honneur ;
- la décoration ;
- l'animation musicale ;
- le véhicule des mariés ;
- le photographe et/ou le vidéaste.
- (En pratique, et parce que ça fait un peu beaucoup, ces quatre derniers postes, déco, animation musicale, voiture et photographe et/ou vidéaste sont aujourd'hui dans la majorité des cas partagées entre les deux familles.)

Côté marié :

- le bouquet de la mariée ;
- les alliances ;
- les enveloppes pour la mairie et le lieu de culte ;
- la tenue du marié et éventuellement celle de ses témoins.

Les frais partagés (au prorata du nombre d'invités) :

- la location de la salle ;
- le traiteur ;
- les faire-part ;
- les cadeaux des invités ;
- tout le reste...

L'ESSENTIEL POUR VOTRE ORGANISATION

- Pour définir les dates possibles pour votre mariage, prenez en compte vos impératifs : grossesse, naissance, dates symboles…
- Si vous êtes limités en termes d'invités et que vous voulez ménager les susceptibilités, les mariages de plein été (août) opéreront un « tri » naturel entre ceux qui ont vraiment envie de venir et les autres.
- Les mariages d'hiver sont intéressants financièrement car les salles y sont de 20 à 30 % moins chères.
- Si vous êtes un peu short au niveau des délais, pensez aux mariages hors saison et aux mariages du vendredi : les prestataires et les invités ont plus de chances d'être disponibles.
- Ne vous fixez pas sur une date, mais sur un éventail de dates : c'est souvent la disponibilité des salles qui fige définitivement le choix.
- Il est essentiel de bien gérer votre temps pendant les préparatifs : reportez-vous à notre tableau pour avoir une idée précise des délais nécessaires.
- Pour une bonne gestion de votre budget, commencez par évaluer celui dont vous disposez, et reportez-vous à notre tableau pour estimer les dépenses, et piocher si besoin dans nos idées « budget mini ».

Esprit de mon mariage, es-tu là ?

Oui, en tout cas c'est ce qu'on vous souhaite (et ce qu'on vous conseille), car l'esprit du mariage, c'est son identité, son caractère, sa couleur.

Si vous avez l'impression d'être un peu descendus de votre nuage pendant le chapitre planning et budget, c'est le moment ou jamais d'y remonter ! Définir l'esprit de votre mariage, c'est trouver le style qui vous va, à tous les deux, celui qui vous ressemble, qui représente le mieux votre couple.

Si vous le gardez en tête durant toute la préparation du mariage, cet « esprit » sera aussi la quintessence de vos souvenirs et de ceux de vos proches. D'ailleurs, rappelez-vous des mariages auxquels vous avez assisté : on en retient souvent un adjectif : « convivial », « simple », « chic », « décalé », « émouvant »… Et du vôtre, quel adjectif aimeriez-vous qu'on retienne ?

Un mariage qui vous ressemble

« Ce mariage, c'était tout vous. » Sans doute est-ce l'une des phrases qui touchent le plus, au lendemain de cette fête inoubliable. Car s'impliquer dans un mariage, c'est donner beaucoup de soi, et faire joliment déteindre qui l'on est sur ce que l'on fait. De la même façon que vous vous sentez à l'aise dans une maison, une tenue, une ambiance qui vous correspondent, vous vous sentirez heureux et épanouis dans un mariage à votre image.

Un mariage qui vous ressemble, oui, mais c'est qui, « vous », au juste ?

C'est déjà **vous**, qui vous apprêtez à vous marier, qui tenez ce livre entre les mains et avez envie d'avancer sur le dossier. Rendez-vous compte : combien de fois avez-vous imaginé, avec des copines, la robe que vous auriez pour dire « oui », à quoi ressemblera votre journée (et peut-être votre mari)… Voilà qu'aujourd'hui c'est « pour de vrai » et que vous pouvez enfin mêler le rêve à la réalité et rendre concrets vos rêves de petite fille. Une petite remarque cependant : n'hésitez pas à actualiser vos rêves. Autrement dit, ne restez pas aveuglément fidèle à vos rêves de petite fille et demandez-vous ce qu'il en est aujourd'hui. Il arrive qu'on oublie de se poser la question et que l'on s'embarque dans les préparatifs qu'on aurait menés à 8 ans, avant de réaliser qu'on en a vingt ou trente de plus… Et que nos rêves aussi ont changé. Concrètement, si depuis toute petite vous rêviez d'un mariage de princesse, mais que l'idée de vous marier autour d'un barbecue entre amis vous titille, ne chassez pas cette idée et examinez vos envies actuelles. Accordez-leur autant d'importance que celles d'avant, pour rester fidèle à celle que vous êtes devenue et surtout à ce que votre couple actuel vous inspire.

Un mariage qui « vous » ressemble, c'est aussi un mariage qui ressemble à **celui ou celle avec qui vous allez sauter le pas**, qui est peut-être à l'heure actuelle devant la télé en train de vous dire « roooh ça va, stresse pas, ça va aller tout seul ». Rappelez-vous qu'il s'agit d'un projet de couple et que, tout comme le choix du labrador ou du prénom du premier enfant, c'est en menant cette aventure à deux qu'elle sera la plus belle, et à l'image de votre couple.

Ce mariage c'est le vôtre, bien sûr, mais vous ne serez peut-être pas tout à fait les deux seuls à décider. Comme on l'évoquait dans la partie « budget », il est probable que **vos parents** respectifs s'impliquent financièrement dans votre projet, et sûrement même affectivement : en y consacrant du temps, en vous accompagnant, en y accordant une importance particulière et en en parlant avec des trémolos dans la voix. Pensez aussi à leur laisser leur place dans cette aventure, c'est un juste retour des choses, et une jolie façon de vivre une expérience familiale riche.

Gardez donc en tête dès maintenant que l'émotion et la profondeur des préparatifs et du mariage seront d'autant plus importantes que vos proches y auront mis, aussi, quelque chose d'eux-mêmes.

Petit ou gros comité ?

Bien sûr, c'est **une question de budget, mais pas que**. La preuve, n'est-ce pas, le couple « Brangelina » qui a décidé de se marier avec une vingtaine d'invités maxi ? Et pourtant, on imagine bien que ce n'était pas pour cause de restriction budgétaire…

L'équation est loin de se résumer à « gros budget = gros comité », « petit budget = petit comité », et heureusement !

Avec un budget (presque) illimité, on peut choisir de **s'unir dans l'intimité** pour célébrer l'amour, entourés de quelques « élus » seulement, et ne faire entrer dans cette douce confidence que la famille la plus proche et les témoins.

On peut aussi avoir envie de crier son amour sur tous les toits, de faire une **fête énorme**, de profiter de ce jour pour réunir tous ceux qui ont compté un peu, beaucoup ou passionnément. Si on a le budget qui va avec, tout va pour le mieux dans le meilleur des mondes. Et si ce n'est pas le cas ?

Deux solutions :

1. **Réduire le nombre de convives,** vous passer de vos cousins ou de vos amis un peu plus éloignés… bref, vous limiter aux cercles les plus proches pour leur offrir une réception chic sans vous endetter…
2. Ou **inviter tout ce petit monde et revoir vos exigences à la baisse** pour les principaux prestataires. Vous marier par exemple dans la cour de l'école où vous avez grandi, autour d'un buffet campagnard, une coupe en plastique dans la main et des étoiles plein les yeux (et pas l'inverse).

Et à ce stade, ne comptez pas sur nous pour vous souffler la bonne réponse ! Car vous êtes les seuls à l'avoir : il n'appartient qu'à vous de savoir, de « sentir » si **le plus important à vos yeux** est d'être très entourés dans un esprit convivial, ou d'offrir des prestations de qualité à un nombre restreint d'invités.

Et si vous êtes du genre à vouloir le beurre, l'argent du beurre et le sourire du crémier, découvrez dans l'encadré qui suit des solutions originales pour faire coïncider vos envies et vos possibilités.

Quelques scénarios pour réunir tous ceux que vous aimez sans vous ruiner

Scénario 1 (le plus courant) **:** tout le monde pour le cocktail, une partie pour le dîner.

Scénario 2 : pas de cocktail, une partie pour le dîner, tout le monde pour la soirée.

Scénario 3 : tout le monde pour le cocktail, une partie seulement pour le dîner. Les autres dînent de leur côté (dans un restau réservé par vos soins pour qu'ils fassent connaissance, mais financé par chacun), et vous rejoignent pour la soirée.

Scénario 4 : un mariage en petit comité, et un brunch le lendemain en gros comité.

Scénario 5 : une grosse fête pour vos fiançailles (chez vous, chez vos parents ou dans un restaurant et une boîte de nuit), et une partie seulement invitée au mariage.

→

Scénario 6 : un mariage avec une partie des invités, et un cocktail ou un brunch dans les semaines qui suivent, chez vos parents, avec les amis et la famille plus éloignés.
Scénario 7 : un mariage en petit comité, et une grosse fête pour le 31 décembre (ou vos 1 an de mariage) organisée par vos soins dans une salle louée pour l'occasion pour réunir tout le monde.

Quel univers : tradi ou pas ?

Après le **boom des mariages originaux**, comme un pied de nez aux traditions, on observe que les mariés ont du plaisir à reprendre **certains codes des mariages classiques**. Au final, pour vous, c'est tout bénef : vous n'avez plus qu'à piocher dans la palette infinie des univers possibles, du plus sage au plus décalé, jusqu'à trouver le mariage sur mesure, celui qui vous racontera, celui qui sera à votre image.

Envoyez valser les étiquettes et les carcans, et amusez-vous à **mélanger les genres**, à vous autoriser ce qui vous plaît vraiment, sans chercher à être soit strictement respectueux des traditions, soit original à tout prix. Ce n'est plus ringard de faire un mariage ultra-classique, ce n'est plus tendance de faire tout l'inverse : **la mode est à la liberté**, et on ne va pas s'en plaindre…

Demandez-vous parmi les codes du mariage traditionnel ceux que vous souhaitez conserver et ceux qui vous semblent moins importants. Si vous avez des parents plutôt classiques, c'est l'occasion de faire quelques concessions sur des choses qui vous paraîtront peut-être accessoires mais qui leur iront droit au cœur.

Quelle ambiance ?

Quelle ambiance souhaitez-vous pour votre mariage ? « Bonne », oui, d'accord, mais encore ? Il y a autant de styles de mariage qu'il y a de couples qui se marient. À vous de trouver celui qui vous correspond.

À ce stade, il ne s'agit pas de rentrer dans les détails du déroulement de la journée, des prestations, etc. Mais juste de vous demander **quel esprit** vous aimeriez voir régner entre vos convives, quelle impression vous souhaiteriez avoir si vous regardiez la scène d'en haut.

Pour cela, rappelez-vous ensemble des mariages auxquels vous avez été invités. Parmi les différentes ambiances, qu'est-ce qui vous a plu ? Qu'avez-vous regretté ? Qu'auriez-vous fait « si c'était vous » ?

Pour y voir plus clair dans le style que vous voulez donner à votre mariage, constituez-vous un **« patchwork » d'envies** : sur un carnet ou une grande feuille blanche, écrivez les mots que vous évoque votre mariage tel que vous l'imaginez (prairie – iode – étoiles – pastel – fluo – bucolique – naturel – bio…). Collez-y tout ce qui rentre dans l'univers que vous souhaitez : des chutes de tissu, des photos, des imprimés, des couleurs, des fleurs… Ne vous demandez pas si vous pourrez réaliser la même chose que sur la photo ou pas : il s'agit juste d'assembler des éléments qui vous plaisent, pour **créer une ambiance**.

Progressivement, ce support prendra la forme de vos envies : on a parfois du mal à exprimer ce qu'on a pourtant assez précisément dans la tête. Votre « patchwork » (ou carnet d'inspiration) vous aidera à matérialiser vos idées, à donner une esquisse du rendu général. **Gardez-le sous les yeux,** au-dessus de votre bureau ou dans votre sac à main, il vous suivra durant toute la préparation. Vous pourrez aussi **le montrer à quelques-uns de vos prestataires** (fleurs, déco, robes…), pour les aider à saisir l'univers qui vous plaît. En plus, ce sera un super-souvenir pour vous, à garder toute votre vie !

La bonne idée

THE outil indispensable : **le site Pinterest** (www.pinterest.com). Il s'agit d'une sorte de grand tableau de liège virtuel, sur lequel vous pouvez « accrocher » toutes les images qui vous plaisent et vous inspirent, trouvées au gré de vos promenades sur le Net.

Beaucoup de mariés utilisent ce site pour préparer leur mariage et se fabriquer un « carnet d'envies » : n'hésitez pas à aller sur le site www.pinterest.com, rubrique « mariage », pour visiter leurs galeries d'images et piocher des idées à droite à gauche !

Vous pouvez aussi créer votre propre « tableau virtuel ». Une fois votre inscription (gratuite et rapide) validée, « épinglez » toutes les photos qui vous plaisent sur votre espace. Soit en allant les piquer directement dans les « *boards* » Pinterest des autres, soit en les glanant sur des sites Internet. En pratique, il vous suffit d'installer le bouton « pin it » sur votre navigateur (ça prend trois secondes !), et de cliquer dessus chaque fois que vous voudrez « épingler » une jolie photo à votre *board*.

Les sites et blogs consacrés au mariage, que vous retrouverez régulièrement au fil des chapitres, sont des véritables mines d'or pour trouver l'inspiration, dénicher des bonnes idées, trouver son style… Retrouvez la liste des plus jolis dans notre carnet d'adresses p. 349.

Exercice pratique

Parmi la liste d'adjectifs suivante, cochez ceux qui vous paraissent les plus importants dans l'esprit de votre mariage et poursuivez la liste !

❒ Convivial	❒ Traditionnel	❒ Coloré
❒ Tendance	❒ Inoubliable	❒ Bucolique
❒ Chic	❒ Chaleureux	❒ Romantique
❒ Décalé	❒ Émouvant	❒ …
❒ Original	❒ Avant-gardiste	❒ …

Choisir un thème ?

Les mariages à thème sont à la mode. Encore une fois, ne faites pas de la tendance une obligation, et vous pourrez même créer la surprise en n'en choisissant pas !

Lequel ?

Si vous décidez d'en choisir un, voici les grandes catégories de thématiques mariage.

- **Les thèmes « passion » :** ils correspondent à une activité, un loisir que les mariés affectionnent particulièrement. *Exemple :* les voyages, la mer, la photo, le sport, l'art, la nature, le poker, le cinéma, la chasse, le bowling, bref, vous avez saisi l'idée.
- **Les thèmes « destinations » :** ils correspondent à une ville, un pays ou un continent que vous affectionnez particulièrement, et sur lequel vous pourrez caler votre déco, le choix du menu, le nom des tables… Mention très bien pour le choix d'une destination correspondant à celle de votre voyage de noces : une jolie entrée en matière pour vous, et un thème vraiment personnalisé pour vos invités ! *Exemple :* Paris, Afrique, Venise, Antilles, Japon, Villeneuve-d'Ascq…
- **Les thèmes « engagés » :** il s'agit plutôt de concepts correspondant aux valeurs des mariés, autour desquels va s'articuler le choix des prestataires, des menus… *Exemple :* « vert », bio, « zen », végétarien, solidaire, commerce équitable…
- **Les thèmes « ambiance » :** ils servent à trouver une cohérence dans le style du mariage, à orienter la déco… *Exemple :* cirque, féerique, liberty, champêtre, vintage, lounge…
- **Les thèmes « couleurs » :** on choisit ici simplement une couleur (ou plus) qui sera la ligne à suivre pour l'ensemble des préparatifs (couleur de prédilection, de la saison ou de la région…). *Exemple :* palette de rouges et d'orangés, argent, bleu nuit et doré, vert rouge et blanc…

Les trois grandes tendances en matière de couleur

1. À bas la monochromie, finie la monotonie ! Ça ressemble à un slogan mais c'est surtout la vérité : alors qu'on préférait ne pas s'éparpiller et se concentrer sur une couleur, on n'a plus peur aujourd'hui d'opter pour deux, trois, voire quatre teintes différentes. Si vous craignez l'explosion de couleurs, optez pour les camaïeux et déclinez à souhait !

2. Les nouvelles stars : il était des couleurs systématiquement exclues de la fête, par superstition ou habitude. Aujourd'hui, les traditionnels blancs, gris et fuchsia n'ont plus le monopole du bon goût et on n'hésite pas à inviter à la noce un joli marron glacé, un jaune vif et, tant pis pour le langage des couleurs, un moderne kaki ou un bleu glacé.

3. Le « flashy » c'est comme les antibiotiques, c'est pas automatique : à l'époque où gris et blanc régnaient en maître, on leur apposait systématiquement une teinte vive, destinée à dynamiser la déco : rose fuchsia, orange vif, vert anis, bleu turquoise… Aujourd'hui, plus besoin de chercher à « contrebalancer » la neutralité d'une palette aux teintes subtiles. Les camaïeux de bleu-gris se suffisent à eux-mêmes, les blancs-crème se la jouent immaculés, et les beiges, saumon et rouille n'ont plus besoin d'un allié fluo pour exister. Ne craignez pas que l'ambiance soit trop froide : c'est alors le choix des matériaux, la brillance et la douceur de l'éclairage qui créeront une ambiance intimiste et tout en douceur.

Le site à visiter pour définir vos couleurs : www.colourlovers.com

Vous pourrez, à partir d'une couleur ou d'une image qui vous plaît, créer votre propre palette pour juger en un coup d'œil de l'harmonie de vos teintes. Chacun des internautes peut ensuite partager sa palette : vous trouverez ainsi dans la catégorie « Wedding » (mariage) les plus jolis accords !

Jusqu'où on le pousse ?

Une fois votre thème choisi, demandez-vous à quel point vous voulez le décliner.

Vous pouvez choisir de vous en servir **uniquement pour la déco**, ou de l'adapter à **tous les aspects** de votre mariage. Par exemple, un thème « étoiles » peut être décliné sur des jolis faire-part et la déco de la salle uniquement.

Un thème « écologique » peut amener à envoyer les faire-part par mail pour limiter l'utilisation du papier, à servir un menu placé sous le signe du bio et à proposer un service de minibus pour limiter les déplacements des invités et la pollution…

Votre thème doit vous faciliter la vie, pas vous la compliquer. Vous aider à donner une cohérence à votre mariage, pas vous limiter dans vos choix. Alors n'hésitez pas à prendre quelques libertés si le cœur vous en dit. Liberté, tiens !, encore elle…

D'autres idées de thèmes (et des façons de les décliner) :

- **Plumes :** faire-part enroulés autour d'une plume, bouquet de plumes pour la mariée, boules transparentes remplies de plumes suspendues pour la déco, stylo… plumes offerts aux invités…
- **Ange :** faire-part « ailés », petites ailes d'anges à fixer dans le dos des enfants d'honneur, couronne de fleurs pour la mariée, noms d'anges connus (Raphaël, Gabriel, Cupidon…) pour identifier les tables, bougies anges offertes aux invités…
- **Contes de fées :** faire-part commençant par « Il était une fois », livre d'or aux allures de grimoire, urne en forme de chaudron magique, bougies champignons, déco papillon…
- **École :** faire-part imprimés sur du papier à carreaux façon cahier d'écolier, menus notés sur des petites ardoises, petits carnets offerts aux invités, déco de table à base de crayons de couleur, marelles en décoration…
- **Paillettes :** châle ou boléro à paillettes pour la mariée, jeux de brillance et de miroir dans la salle, lancer de paillettes à la place des traditionnels confettis, paillettes dans des boules transparentes pour la déco de table…
- **Mais aussi :** ballons, rétro, rock'n'roll, sixties, étoiles, chapeaux, bande dessinée…

Le cas des remariages

Près de **trois mariages sur dix** sont aujourd'hui des remariages. Si c'est votre cas, peut-être vous posez-vous des questions sur la forme que pourra prendre cette cérémonie. Car pour un second mariage, la donne n'est plus tout à fait la même : on a souvent déjà eu son mariage de princesse et on aspire alors à quelque chose de plus simple, de plus convivial, en s'affranchissant des codes traditionnels. D'autant plus que, logiquement, les couples se remariant sont souvent plus âgés que lors d'un premier mariage, et leurs envies ont donc mûri, évolué.

Les parents ayant financé un premier mariage ne sont pas toujours prêts à « remettre ça » pour le second : un manque à gagner rarement « compensé » par les revenus des futurs époux qui, souvent installés professionnellement, ont plus de possibilités qu'au moment de leur premier mariage. Résultat : **le budget disponible reste souvent moins élevé** que pour un premier mariage, et il vous faudra faire avec !

Si vous vous apprêtez à vous remarier et que vous ne deviez retenir qu'une seule chose, ce serait celle-là : ce n'est pas parce que c'est une deuxième union qu'elle doit être au rabais. **Écoutez votre cœur, vos envies**, et organisez, en fonction de votre budget, le mariage qui célébrera comme il se doit ce nouveau couple que vous formez. Autrement dit, tous les conseils de ce livre vous concernent aussi !

Dans la mesure où vous serez sans doute les seuls à supporter financièrement le coût de votre mariage, **sentez-vous libres** ! Si votre premier mariage a été « traditionnel », c'est l'occasion de faire vraiment ce qu'il vous plaît, en jouant avec les codes et en zappant ceux qui ne vous inspirent pas plus que ça.

Impliquez vos enfants si vous en avez : ils seront ravis de participer aux préparatifs, et vous vivrez alors sans doute de jolis moments de complicité en famille.

La question du « wedding planner »

On en prend un ou pas ?

Aux États-Unis, 85 % des mariés y ont recours. Ces organisateurs pro du mariage proposent différentes formules pour **vous aider à préparer le plus beau jour de votre vie**.

En France, l'activité est en plein essor et les sociétés du genre se multiplient. On estime aujourd'hui qu'environ **10 % des mariés** font appel à elles, soit parce que leur travail ne leur permet pas de libérer le temps nécessaire pour œuvrer à la préparation, soit parce que la tâche qui leur incombe leur paraît plus surmontable avec l'aide d'une pro qui connaît les urgences, les tarifs, etc.

Pour faire appel à un « wedding planner », encore faut-il **accepter de déléguer certaines tâches**. Si cette idée rassure certains mariés (qui vivent loin du lieu de réception, travaillent beaucoup, ou tout simplement n'ont pas envie de consacrer trop de temps à l'intendance de leur mariage), d'autres futurs époux redoutent d'être « dépossédés » de leur journée, et tiennent à tout gérer de A à Z.

À vous de voir si vos contextes professionnel (avez-vous le temps de vous en occuper ?), familial et amical (avez-vous un futur mari, une future épouse, une meilleure amie, une mère ou une belle-mère prêts à s'impliquer vraiment ? Et avez-vous vraiment envie qu'ils le fassent ?) nécessitent ou pas le recours à un tel service.

On a parfois l'impression que ce service est un luxe, ce n'est pas tout à fait le cas. Avant de dire « non », considérez ces deux éléments :

- d'abord, **vous vous libérerez un temps précieux**, et il paraîtrait que le temps c'est de l'argent.
- en plus, avec l'aide d'un « wedding planner » vous profiterez de **tarifs négociés** avec les différents prestataires. Au final, l'addition peut donc être globalement la même que si vous avez trouvé seule vos prestataires, et que vous les avez payés plein pot.

Surtout, vous mettez toutes les chances de votre côté pour que la préparation ne se transforme pas en parcours du combattant, et pour être **sereins et détendus le jour J**, où votre bonne fée s'occupera de tout… Une tranquillité d'esprit qui pour certain(e)s n'a pas de prix…

Combien ça coûte ?

En gros, comptez 10 à 15 % du budget total du mariage (soit entre 1 350 et 2 000 euros pour un mariage à 13 500 euros). Mais chaque « wedding planner » a sa politique tarifaire.

Certains proposent un tarif forfaitaire, quel que soit le budget du mariage, d'autres se rémunèrent au temps passé.

Le tarif dépend aussi de la formule demandée :

- Vous pourrez opter pour un **« pack »** incluant la recherche des prestataires, l'organisation de tous les préparatifs, la coordination le jour J.
- Autre solution, les wedding planners œuvrant **uniquement le jour J** : briefé sur les prestataires et le déroulement de la journée, il s'assurera que tout se déroule sans heurts pendant que vous profiterez pleinement de la réception.

Sachez qu'il existe aussi des « wedding planners » **« low cost »** proposant des formules tout compris, incluant la rémunération des prestataires. La société www.weddzy.com propose par exemple un tarif de 9 100 euros comprenant :

- la privatisation d'une péniche à Paris ;
- une croisière sur la Seine ;
- le vin d'honneur ;
- le repas assis ;
- le DJ pour la soirée ;
- la déco ;
- le photographe ;
- et l'organisation de tout ça !

Comment le choisir ?

Cherchez de préférence un professionnel dans la région de votre réception, même si vous vivez loin de là. Question de logique : mieux vaut que vous vous parliez au téléphone et que votre « wedding planner » soit à proximité du lieu de réception et des prestataires, plutôt que vous le voyiez en face à face mais qu'il travaille « à distance », en appliquant des frais chaque fois que les déplacements seront nécessaires.

Internet regorge de sites et de blogs consacrés à cette activité. Parmi eux, quelques valeurs sûres :

- Partout en France, Wedding&Co : www.weddinganco.com
- En Île de France, Bulle et Tulle : www.bulle-et-tulle.com
- À Bordeaux, Events By Lili : www.eventsbylili.fr
- À Aix-en-Provence, By Mademoiselle C : www.mariage-bymc.com
- En Provence, Dites-moi Oui : www.ditesmoioui.com

Les « wedding productions » (www.nabieproduction.com) mettent à disposition une équipe de créas tout autour du mariage (graphistes, décoration florale, location de mobilier...), à qui vous pouvez faire appel **en globalité ou « à la carte »**.

Visitez les sites des « wedding planners » pour vous donner une première idée de l'univers du professionnel, de ses goûts. Mais ne vous engagez pas sur ce seul élément : non seulement les photos sont parfois trompeuses, mais il est également indispensable de vérifier que le courant passe bien entre vous et le prestataire. Lors de la rencontre, demandez ainsi à voir d'autres photos et posez ces quelques questions qui vous permettront d'y voir plus clair.

- **La situation administrative :** assurez-vous que la société dispose d'un statut juridique (SARL, autoentreprise...) et qu'elle est en mesure de vous fournir un contrat de prestation.
- **L'expérience :** n'hésitez pas à demander combien d'organisations d'événements la société possède à son actif (et avec combien d'invités en moyenne). Même si tout le monde doit bien commencer un jour, une expérience significative vous garantit les bons réflexes organisationnels, et un bon réseau de prestataires...

- **Les prestataires :** la société travaille-t-elle uniquement avec son réseau ou avez-vous la possibilité d'en proposer d'autres ?
- **La connaissance de la région :** traiteurs, fleuristes, salles… Posez-lui quelques questions sur les prestataires habituels, pour vérifier d'une part que son réseau est suffisamment étendu, et d'autre part que vous êtes en phase sur votre conception du « bon goût » pour un mariage !

Pour que la préparation reste un plaisir

La durée moyenne de préparation d'un mariage est d'un an. La durée moyenne d'un mariage est de 12 heures. Bien sûr, vous vivrez sans doute des petits moments de stress, vous aurez des choix cornéliens à faire (enfin, entre robe courte et robe longue quoi, tout est relatif), mais faites en sorte que les préparatifs vous laissent un souvenir agréable, et qu'ils ne tournent pas au parcours du combattant.

Comment ? En sachant **vous entourer** des bonnes personnes (et des bons livres…), c'est-à-dire celles sur qui vous pourrez compter pour vous aider à prendre les bonnes décisions, vous faire gagner du temps, vous faciliter la vie.

Et en gardant en tête que vous êtes dans un **projet d'amour**, pas dans un marathon événementiel.

Avec vos parents, vos beaux-parents

On en a déjà parlé, on en reparlera dans les pages qui viennent (voir la rencontre parents/beaux-parents, p. 58), ces derniers gravitent aussi autour de votre projet. Parce qu'ils sont votre famille la plus proche, d'abord, et parce qu'ils participeront peut-être financièrement à votre mariage.

Il y a quelques décennies, les futurs mariés n'avaient souvent pas un sou : les parents finançaient la totalité du mariage, et en géraient presque tous les aspects. Souvent pour le plus grand plaisir des mariés, qui se voyaient ainsi déchargés de tâches qu'ils ne tenaient pas à remplir.

Les mariages d'aujourd'hui ont ceci de différent que les mariés ont à cœur de s'occuper de leur mariage, et que, plus vieux qu'avant, ils ont davantage la possibilité d'y mettre des billes (même petites).

Pas toujours facile pour tout le monde, donc, de trouver sa place là-dedans, et pourtant la distribution des rôles contribuera pour beaucoup au **bon déroulement des préparatifs**.

Si vous souhaitez tout gérer et ne pas dépendre de vos parents, **assumez financièrement** votre mariage et expliquez-leur qu'ils sont vos invités, et que vous souhaitez les recevoir. (Sous-entendu, « Belle-maman j'adore votre idée de la robe en napperons, mais non, en fait ».)

Si vos parents respectifs vous proposent de vous aider ou que vous les sollicitez pour cela, soyez beau joueur en **les impliquant dans les décisions**, en les tenant au courant, en acceptant leurs initiatives… Dans la limite du respect de vos choix, bien entendu.

Concrètement, si belle-maman ne jure que par le raphia, c'est peut-être l'occasion de renoncer à votre tissu en liberty pour entourer les serviettes. En revanche, si votre mère rêve que vos demoiselles d'honneur soient habillées en Claudettes, n'ayez pas d'états d'âme pour décliner gentiment la proposition.

Avec l'élu(e) de votre cœur

Gardez le lien avec votre futur(e) époux(se) : ça peut paraître évident, mais on a facilement tendance à se laisser submerger par les détails organisationnels et à oublier l'essentiel, l'engagement que l'on s'apprête à prendre !

La donne est en train de changer et de plus en plus d'hommes s'impliquent réellement dans les préparatifs du mariage. Mais inutile de se voiler la face, de vous deux, c'est la future mariée qui se demandera en s'endormant si les serviettes de table ne vont pas jurer avec la couleur de ses yeux.

Si vous regrettez que votre homme ne s'implique pas assez, **commencez par lui demander son avis**, continuez à le tenir au courant, il finira par se prendre au « jeu ». Formulez-lui aussi que vous avez envie que cette journée vous ressemble, **à tous les deux**, et que vous avez besoin de lui et de ses idées pour cela (ou laissez sur son oreiller ce livre ouvert à cette page, il comprendra) (Eh, salut toi !).

Acceptez de déléguer : on voit des futures mariées regretter que leur cher et tendre n'en fasse pas plus, mais repasser derrière eux parce que le peu qui sera fait ne leur convient pas. Se partager les tâches, c'est aussi accepter qu'elles ne soient pas exactement réalisées à votre idée.

Répartissez-vous les missions : cela vous permettra d'éviter les doublons et les pertes de temps (« ah bon, toi aussi t'as trouvé une salle ? Dommage que ça ne soit pas la même que la mienne »), et d'impliquer le futur-mari-presque-parfait en lui donnant des objectifs précis. (C'est bien connu, l'Homme adooore les objectifs.)

Faites un point régulièrement autour d'un apéritif, en semaine par exemple (à consommer avec modération, cela va de soi), ou le dimanche devant un chocolat chaud (à consommer avec modération aussi, mais pas pour les mêmes raisons). Prenez votre rétroplanning, checkez ce qui est fait, notez le plus urgent, échangez vos impressions, vos anecdotes, savourez votre bonheur…

Ne vivez pas que pour votre mariage durant l'année qui le précédera. Vous êtes en train de vivre une super-période dont vous vous rappellerez longtemps, profitez-en, et ne faites pas du mariage une obsession. Surtout si vous sentez que vous commencez tous les deux à monter en pression, c'est le moment de sortir dîner avec une règle d'or : on fait une pause d'une soirée et le premier qui prononce le mot « mariage » ou « traiteur » a un gage.

Parlez(-vous) d'amour ! Vous êtes peut-être ensemble depuis 15 ans et vous avez peut-être déjà 8 enfants et 1 000 occasions de vous dire que vous vous aimerez pour toujours. Mais quel que soit le sens que l'on met derrière le mariage, c'est une fête d'amour, alors aimez-vous ! Les célébrations religieuses induisent souvent une préparation au mariage durant laquelle les mariés sont invités à parler des sujets qui gravitent autour de leur engagement : la fidélité, les enfants, la communication, la vie intime… Si vous vous mariez civilement seulement, ou si le prêtre qui s'occupe de vous parle en latin de chasteté (c'est une image, mais il arrive que la préparation au mariage religieux ne soit pas tout à fait dans l'air du temps), abordez tout de même toutes ces questions. Pas pour établir un contrat, simplement pour vous projeter, pour intégrer votre projet, pour aborder ces questions essentielles qui jalonneront votre vie amoureuse. C'est une période idéale pour parler à froid de ces aspects du couple, sans pression, sans urgence, sans stress, pour le plaisir de partager et de gagner en complicité et en intimité.

Cela peut avoir lieu sur l'oreiller, au petit déj, dans la voiture ou lors d'un dîner en amoureux. Certains couples décident de partir en « retraite » avant leur mariage : pendant une semaine, dans un cadre souvent religieux, ils prient et abordent avec des hommes de foi et d'autres couples l'ensemble de ces questions.

Mais la plupart de ces structures accueillent également des couples non rattachés à une religion en particulier et simplement désireux d'apporter une dimension spirituelle à leur préparation au mariage.

Voir aussi p. 134, nos solutions pour préparer votre mariage laïc.

L'ESSENTIEL POUR L'ESPRIT DE VOTRE MARIAGE

- Pour que votre mariage soit à votre image, interrogez vos envies d'aujourd'hui, et celles de votre fiancé(e)... Laissez aussi une place à vos parents respectifs s'ils s'impliquent dans les préparatifs : en accueillant leurs idées sans renoncer à ce qui est essentiel pour vous, vous vivrez une expérience familiale enrichissante.
- Pour définir l'esprit de votre mariage, demandez-vous d'abord si vous le souhaitez en petit ou gros comité. Pensez aux solutions alternatives, comme une réception en petit comité et une grosse soirée avec tous vos amis quelques semaines après le mariage.
- Trouvez ce qui vous correspond dans l'éventail infini des possibilités entre mariage traditionnel et mariage original. Et n'hésitez pas à mixer les genres !
- Demandez-vous ce qui est le plus important pour vous, ce que vous aimeriez que les invités gardent comme souvenir de votre mariage.
- Créez-vous un « patchwork d'envies » (sur une feuille, un carnet ou sur le site www.pinterest.com), avec les couleurs, les images, les photos, les imprimés, les ambiances qui vous font envie.
- Définissez votre thème, si vous en voulez un. Et demandez-vous jusqu'où vous voulez le décliner (que sur la déco, ou jusqu'au choix des menus ?).
- Étudiez la question du « wedding planner » : si vous avez peur de manquer de temps, il pourra vous tranquilliser et vous faire bénéficier de tarifs négociés avec les prestataires.
- Faites en sorte que la préparation de votre mariage soit un joli moment : conservez de bons rapports avec vos parents respectifs, et ne perdez pas de vue l'essentiel. Quoi ? Vous allez vous marier parce que vous vous aimez, pardi !
- Si vous ne faites pas de mariage religieux, envisagez la possibilité de partir en « retraite » laïque avec votre futur(e) époux(se), pour vous retrouver et prendre le temps d'aborder les questions qui jalonneront votre vie amoureuse.

Vous allez vous marier : faites-le savoir !

Pour l'instant, seuls vos voisins proches sont au courant (vous étiez TRÈS contents et les murs sont TRÈS mal insonorisés).

Ce petit secret de couple n'en sera pas un longtemps. Car après avoir profité quelques heures (voire quelques jours) de votre bonheur en solo, vous n'allez pas tarder à partager la bonne nouvelle autour de vous. D'abord parce que ça fait environ une trentaine d'années que vous attendez ça. Ensuite parce qu'à partir de maintenant, les préparatifs commencent réellement, et tout va s'enchaîner très vite : l'annonce à vos parents respectifs, puis à vos proches. La question des fiançailles ne tardera pas à se poser, pour savoir si vous souhaitez « officialiser » votre engagement (et réjouir votre grand-mère sensible aux traditions par la même occasion).

Qui dit « annonce » dit aussi « invitations », et donc *Save the Date* (une coutume anglo-saxone qui nous gagne, voir p. 75) et faire-part. Si vous aurez besoin de connaître le lieu précis avant de les rédiger, on vous donne dans ce chapitre toutes les clés pour dresser la liste de vos invités en vue de leur annoncer la bonne nouvelle.

Et puisque c'est souvent en annonçant la bonne nouvelle qu'on demande à ses amis les plus proches d'être témoins de ce grand jour, on vous donne les ficelles pour bien les choisir, et aussi pour déterminer qui composera votre cortège.

La rencontre parents-beaux-parents

Si vous êtes ensemble depuis 47 ans, il est probable que vos parents respectifs se connaissent. Si votre histoire est plus récente, peut-être se sont-ils simplement croisés, à quelques rares occasions (Noël, votre anniversaire, et la fois où ils se sont relayés pour arroser vos plantes un été).

Quoi qu'il en soit, l'annonce de votre mariage justifie bien un petit repas entre vous, n'est-ce pas ?

On stresse à l'idée de cette première rencontre !

Pour certains couples, cette « rencontre » ne sera qu'une formalité ; pour d'autres c'est un peu la première épreuve du feu. Pas du même genre, pas du même monde, pas du même milieu… : **les différences** qui opposent les couples parentaux sont parfois une source d'angoisse pour les futurs mariés, qui pressentent que le bon déroulement des préparatifs dépendra aussi de la bonne entente des parents respectifs…

Pas de panique si c'est votre cas. Même si tout les oppose, vos parents ont un point commun de taille : vouloir le bonheur de leurs enfants. Et il y a donc toutes les chances pour que, quels que soient leurs tempéraments, leurs raideurs, leurs a priori, ils sachent mettre chacun de l'eau dans leur vin (pétillant) pour conserver une ambiance agréable.

Dites-vous aussi que vous n'avez pas à attendre d'eux qu'ils soient les meilleurs amis du monde et repartent main dans la main pour une folle soirée en boîte ou un projet de collocation à quatre.

Sachez enfin qu'on se fait parfois une montagne de pas grand-chose : certes, votre père est plutôt camping à Palavas et votre beau-père tournoi de golf à Carnac (ou l'inverse). Et alors ? Si vous et votre bien aimé(e) vous êtes trouvé des points communs, c'est aussi que vos parents en ont. Ils se retrouveront sans aucun doute sur d'autres choses, comme un sens de l'humour, de la convivialité, des valeurs communes… Et si ce n'est pas le cas, ne les sous-estimez pas : ils seront sans aucun doute en mesure de prendre le recul nécessaire pour **accepter ces différences**, et même les aimer. D'ici à ce que votre beau-père vous rejoigne l'année prochaine à Palavas, il n'y a peut-être qu'un pas…

Pour préparer le terrain (et vous rassurer par la même occasion), n'hésitez pas à **parler de votre belle-famille à votre famille**. Inutile de le faire en présence de votre presque fiancé(e), l'idée n'étant pas de faire annuler le mariage. La démarche ne consiste bien sûr pas à casser des œufs sur leur dos, mais à évoquer avec légèreté les **petits « travers »** de Beau-Papa et Belle-Maman, les petits points de divergence entre eux et vos parents, afin qu'ils ne soient pas surpris le jour J, et qu'ils évitent spontanément les sujets qui fâchent le jour de la rencontre !

Profitez-en pour leur glisser à l'oreille que vous êtes fiers d'avoir des parents comme eux, qui, vous en êtes sûrs, sauront être tolérants et faire en sorte que l'ambiance de la rencontre soit agréable et celle des préparatifs encore plus. (On appelle ça l'art de la diplomatie).

On l'organise quand ?

Ne perdez pas trop de temps avant de mettre au point cette petite rencontre : autant mettre à profit tout le temps dont vous disposez pour les préparatifs.

Inutile non plus de vous précipiter : prenez le temps de savourer ensemble ce petit pacte secret qui vous lie, et aussi d'en parler tous les deux… Surtout si vous avez des parents du genre un peu (ou passionnément) intrusifs.

Forts de cette annonce, ces derniers pourraient se sentir investis d'une mission divine. Celle de préparer votre mariage. Une excellente intention de départ, mais qui pourrait quelque peu vous irriter si vous aviez prévu de vous en occuper, vous aussi.

Prenez donc bien le temps, avec votre futur(e), de **parler de votre projet de mariage**. Reportez-vous aux chapitres précédents si besoin pour définir l'ambiance, le style, l'esprit que vous souhaitez donner à cette journée. Ce qui est essentiel pour vous, ce qui l'est moins. Demandez-vous **quel genre d'implication** vous attendez idéalement de vos parents : un soutien financier ? Ou simplement un petit coup de main de temps en temps ? À moins que vous préfériez tout gérer en duo de A à Z ?

Vous mettre d'accord sur ces points, et leur exposer votre sentiment dès le début, leur permettra de jauger **leur part de responsabilité** dans l'organisation de cette journée, et dans quelle mesure ils pourront donc participer au financement, à l'élaboration de la liste d'invités, aux grandes décisions de prestataires, etc.

On la fait où ?

Chez vous, si vous le souhaitez, autour d'un bon repas. Le champagne ou le Crémant, s'il est à consommer avec modération, est presque de rigueur ce soir-là, vous en avez des choses à fêter ! Vous pourrez opter pour un apéritif seulement si l'épreuve vous angoisse (et à condition que vos parents n'aient pas fait chacun 500 km pour vous rejoindre).

Dans un endroit neutre, si cette idée vous rassure : un apéritif dans un pub sympa, un dîner dans un bon restau, ou une balade en forêt suivie d'un goûter : qu'importe le flacon, pourvu qu'on ait l'ivresse des présentations !

On parle de quoi ?

De la pluie, du beau temps, du prix du carburant, et du mariage. En gros.

De **vos envies**, que vous aurez précédemment éclaircies, de la **période** que vous aurez définie, et du **budget**. Mais cette question est à manier avec des pincettes, surtout si vos parents respectifs se rencontrent pour la première fois. Restez dans ce cas un peu évasifs, faites-leur comprendre, si c'est ce que vous aviez imaginé, que vous comptez en effet très légèrement sur l'aimable participation de vos familles, et laissez-leur le temps de cogiter, pour en reparler plus calmement.

Vos parents n'ont peut-être pas les mêmes moyens, il est inutile de les mettre mal à l'aise en leur suggérant d'office de donner la hauteur de leur participation.

En plus de ce moment « à la cool », vous pourrez choisir, si vous le souhaitez, d'organiser un repas de fiançailles pour officialiser la nouvelle.

« Chéri, veux-tu “me fiancer” ? »

Vous avez encore quelques mois à tenir avant de pouvoir dire « mon mari » mais peut-être pourrez-vous bientôt parler de « votre fiancé(e) ». À condition… de vous fiancer. Eh oui, c'est le jeu, ma pauvre Lucette. Mais le point positif, c'est que vous pouvez très bien le faire ce soir, devant la redif de *Coup de foudre à Nothing Hill* en mangeant un bout de pizza froide. Ou dans quelques semaines, avec votre famille et vos amis les plus proches, autour d'un bon repas.

Les fiançailles n'ont en effet aucune valeur « légale », elles sont juste **une tradition** qui perdure, et qui était à l'origine destinée à faire rencontrer les deux époux afin qu'ils se connaissent un peu avant le jour J. (Délicate attention n'est-ce pas ?)

Aujourd'hui, elle est une étape facultative avant le mariage, et consiste simplement à « officialiser » auprès de vos proches votre **promesse de mariage**.

C'est en général à ce moment-là, si cela n'a pas déjà été fait pendant la demande, que les futurs mariés s'échangent les cadeaux (bague pour madame, et montre ou autre pour monsieur), mais ce joli moment peut aussi se faire à deux, pendant un dîner en amoureux !

Le bon conseil

Traditionnellement, ce sont les parents de la future mariée qui financent le repas de fiançailles. À vous (et aux parents de Madame) de voir si la tradition doit être respectée !

Pour ou contre les fiançailles ?

Pour

☺ Elles sont une première étape vers le mariage, qui peut permettre de réaliser l'engagement et de se « mettre dans le bain ».

☺ Elles peuvent prendre n'importe quelle forme, pas besoin de plomber son budget !

☺ Elles sont l'occasion de faire rencontrer vos familles respectives et d'éviter qu'elles ne se voient pour la première fois au mariage !

☺ Vos futurs témoins et/ou amis les plus proches pourront se rencontrer : ambiance plus conviviale garantie pour l'enterrement de vie de jeune fille et de garçon, et pour le jour J !

☺ Après leur première rencontre, vos parents et beaux-parents pourront ainsi approfondir leurs liens dans une ambiance festive.

☺ Les parents et grands-parents « tradi » sont souvent sensibles à cette coutume.

☺ Cette journée sera une « mise en bouche » avant le jour du mariage, où vous expérimenterez le fait d'être au centre de l'attention et à la tête d'une petite organisation !

Contre

- Elles ne servent « légalement » à rien.
- Elles ajoutent une contrainte en termes d'organisation, avant le mariage.
- Elles représentent forcément un budget (petit ou gros) qui peut empiéter sur celui du mariage.
- Elles ont une petite connotation « tradi » dans laquelle tous les couples ne se retrouvent pas.

Sous quelle forme ?

On vous l'a dit, toutes les formules sont permises, de la plus simple à la plus sophistiquée !

Si par « fiançailles » vous entendez simplement « bague » et « moment romantique », rien ne vous empêche de vous réserver un bon resto avec vos plus proches pour graver ce moment dans vos mémoires.

Vous pouvez aussi opter pour une formule « mixte » : d'abord un repas tranquille avec les parents, les grands-parents et les témoins éventuellement, puis une grosse fiesta avec tous les copains. (Pour le repas, il est d'usage que les parents et les beaux-parents soient situés à la même table que les fiancés, et que les amis et le reste de la famille s'installent aux autres tables.)

Si, pour des raisons de budget ou par choix, vous prévoyez un mariage en tout petit comité, c'est l'occasion de fêter malgré tout votre union avec vos amis !

Pour donner à cette étape un caractère plus sacré, les catholiques peuvent choisir de faire précéder le repas d'une célébration des fiançailles à l'église. En petit comité, réunissant seulement les deux familles proches des futurs époux, cette cérémonie religieuse est l'occasion de faire bénir la bague par le prêtre. La célébration peut avoir lieu avant ou après la messe, renseignez-vous auprès de votre paroisse.

La bague de fiançailles

Nous y voilà ! Enfin, « vous » y voilà, surtout... À la partie que vous attendiez, au moment tant espéré : celui où vous allez choisir THE bague, celle qui symbolisera votre promesse d'engagement, celle qui scintillera de 1 000 feux, laissant derrière vous comme une traînée de lumière, bref, celle avec laquelle vous pourrez crâner à gogo, et que vous regarderez avec des étoiles dans les yeux.

Est-elle obligatoire ?

Rien ne vous oblige à passer par l'étape « bague » : si vous avez un budget mini et que cette dépense risque de le plomber, vous pouvez aussi décider d'**attendre l'alliance**. Les joailliers n'hésitent pas aujourd'hui à délaisser le traditionnel anneau pour parer l'alliance de diamants, afin que les mariées n'ayant pas reçu de bague de fiançailles aient aussi le rêve au bout du doigt.

Qui choisit la bague ?

Certains hommes choisissent **seuls** la bague, pour d'autres couples sa quête est un moment privilégié **à deux**. Si vous optez pour la première solution, pensez tout de même à évoquer la question ensemble, à parler de vos préférences, afin que la bague soit à la hauteur des rêves de Madame. Mademoiselle, pardon. Et vous, Monsieur, pensez à piquer discrètement une bague à votre amoureuse pour obtenir sa taille de doigt. (Et à la remettre à sa place, après.) (La bague, pas votre amoureuse.)

Si vous tenez à ménager la surprise et à ne pas vous faire prendre la main dans le sac (oui, elle compte ses bagues tous les soirs, et alors ?) vous pouvez aussi imprimer un « baguier » : certains sites de joailliers proposent ce document en PDF qui représente toutes les tailles de doigt. Il vous suffit de comparer avec une de ses bagues.

(Au secours), il y a une bague de famille...

Dans certaines familles, la tradition veut que soit offerte à la future mariée la **bague de famille** ayant appartenu à la mère, la grand-mère ou l'arrière-grand-mère du futur époux. Si c'est votre cas, prenez soin d'y apporter quelques modifications afin de la **personnaliser** pour votre presque-fiancée. En plus des retouches de taille, vous pourrez faire modifier chez un joaillier le positionnement des pierres, le type de serti, ou ajouter un détail de finition. Quel que soit son état, faites repolir les pierres !

Quand offrir la bague ?

La bague peut être remise au moment de la **demande en mariage** (cf. toutes les comédies romantiques devant lesquelles vous avez essuyé une larme) ou **le jour des fiançailles**, en présence des proches.

Où porter la bague ?

La bague de fiançailles se porte traditionnellement à l'**annulaire gauche**, en référence à une tradition égyptienne qui dit que ce doigt suivrait la « veine de l'amour » conduisant directement au cœur. Le jour du mariage, la mariée déplacera sa bague de fiançailles à l'annulaire droit, afin de glisser l'alliance sur l'annulaire gauche. (Vous suivez ?) Elle pourra, à l'issue du mariage, porter les deux bagues sur le même doigt, de la main gauche.

Le choix de la bague

Vous aurez sans doute 1 001 modèles en tête, et vos nuits d'insomnie (que c'est bon d'avoir des tracas de ce genre) seront peuplées de diamants et de topazes. Quelques pistes pour vous aider à choisir.

Quel modèle ?

Il en existe à peu près autant qu'il y a de futurs mariés, de futures mariées et de bijoutiers. C'est vous dire. Mais grosso modo, la majorité peut être rattachée à l'une des trois catégories suivantes :

1. **Le solitaire :** le plus répandu, avec une seule pierre au centre de la monture.
2. **Le solitaire épaulé,** avec une pierre centrale rehaussée de pierres plus petites, sur le côté.
3. **La trilogie,** avec trois pierres de la même taille serties sur une monture.

Solitaire

Solitaire épaulé

Trilogie

Quelle matière ?

Elle est en général en **or blanc**, en **or jaune** ou en **platine**. Souvent (mais c'est loin d'être une obligation !) les mariées optent pour une alliance de la même teinte que la bague de fiançailles. L'or blanc et le platine sont si proches qu'ils peuvent être associés sans problème.

Quelle pierre ? (au pluriel, si vous êtes veinarde…)

Les pierres précieuses :

- **Le diamant** tire son nom du mot grec « *adamas* », qui signifie invincible, indomptable. C'est la pierre la plus dure et la plus prisée des futurs époux. Ce sont sa taille, exprimée en carat, et sa teinte qui détermineront son prix. Plus il est clair, plus il est pur (et donc cher) : sa couleur et sa qualité sont notées par une lettre allant de D (incolore) à Z.
- **Le rubis,** « *ratnaraj* », en langue sanscrite, signifie « Roi des Pierres Précieuses ». Il porte bien son nom puisqu'il s'agit de la pierre la plus chère, en raison de sa rareté. Sa couleur rouge vif peut être nuancée de rose ou de pourpre.
- **L'émeraude** est une pierre fragile, de couleur verte, vert jaune ou vert bleu.
- **Le saphir,** de l'hébreu « *sappir* », signifie « la plus belle chose ». Aussi dure que le rubis, cette pierre est généralement de couleur bleue, englobant toutes ses nuances, du bleu translucide au bleu nuit. Il existe également des saphirs roses, jaunes, verts, considérés comme des pierres fantaisies.

Les pierres « semi-précieuses » (ou « pierres fines »)

Que le Dieu du bon goût nous pardonne, l'appellation est très mal vue en France, et on leur préférera le terme de « pierres fines ». Jugées dépassées à une certaine époque, elles reviennent aujourd'hui en force et recueillent les faveurs de plus en plus de joailliers et de futurs mariés. Elles sont globalement **moins onéreuses** que les pierres précieuses, mais certaines, par leur rareté, n'ont plus rien à envier à leurs grandes sœurs. C'est le cas de l'alexandrite, de l'aigue-marine, de la topaze…

Quelques exemples de pierres fines :

- Améthyste : transparente aux reflets violets
- Jade : verte ou jaune
- Jaspe rouge ou jaspe sanguin : verte aux inclusions de rouge
- Aigue-marine : bleue ou verte
- Citrine (ou quartz jaune) : jaune
- Lapis-lazuli : bleue aux éclats dorés
- Tourmaline : verte
- Pierre de Lune : transparente aux reflets bleus

Dites-le avec des pierres

Chaque pierre a son symbole, chaque couleur aussi : apprenez à les déchiffrer, pour trouver la bague qui correspondra le mieux à votre amour.

Les pierres

- Le diamant : Éternité
- L'émeraude : Succès
- Le rubis : Satisfaction
- Le saphir : Sagesse
- Le grenat : Constance
- L'améthyste : Sincérité
- La perle : Santé
- L'opaline : Espoir
- La topaze : Fidélité
- L'onyx : Bonheur conjugal
- L'aigue-marine : Courage

Les couleurs

- Le turquoise : Prospérité
- Le bleu : Spiritualité
- Le rouge : Passion
- Le jaune : Spiritualité
- Le vert : Harmonie
- L'orange : Convivialité
- Le violet : Magie
- Le blanc : Pureté
- Le noir : Solennité
- Le gros compromis
- L'or : Rayonnement
- L'argent : Puissance

Les astuces « petit budget »

Vous n'avez pas le budget, mais vous n'avez pas non plus renoncé au rêve d'offrir (ou de vous faire offrir) une bague, en symbole de votre engagement. Quelques pistes pour réduire la note :

- Il existe une **pierre d'imitation du diamant** appelée « zirconium » : elle est beaucoup moins chère, mais aussi logiquement beaucoup moins résistante qu'un diamant. En revanche, sa brillance et son élégance ne laisseront pas de marbre ! Une solution à envisager pour marquer joliment le coup, à condition de ne la porter que pour les grandes occasions.
- Vous pouvez opter pour **un anneau**, et **y faire incruster une toute petite pierre**. À chaque anniversaire de mariage ou chaque événement heureux de votre vie, vous pourrez **en faire ajouter une**. Votre bague évoluera sans cesse vers plus de beauté, sans plomber d'un coup votre budget ! Et symboliquement, cet anneau aura une valeur vraiment particulière...
- Au niveau des matières, sachez que **le titane, l'acier ou l'argent** sont moins onéreux que l'or (blanc ou jaune), et présentent une bonne résistance.

Les sites sympas pour rêver… ou acheter

- **www.ma-bague-de-fiancailles.com :** un site hyper-complet autour des bagues de fiançailles et plus généralement de la demande en mariage, avec des idées, des conseils, des infos people… Pour ne rien gâcher, le design est vraiment sympa. Le site propose aussi la vente en ligne de ses collections.
- **www.carat-et-moi.com :** en plus de la vente en ligne de bijoux 30 à 50 % moins chers que dans les joailleries traditionnelles, le site propose de nombreux articles très clairs et bien conçus sur l'histoire, l'entretien, le choix de votre bague… Vous pouvez également recevoir des conseils directement dans votre boîte mail en vous abonnant gratuitement à la newsletter.
- **www.bluenile.com** (site en anglais) : vous créez votre bague de fiançailles personnalisée en choisissant le diamant, le sertissage, la couleur et la pureté.
- Même principe sur **www.adamence.com**, où vous pouvez visualiser votre création unique…
- Sur le site **www.maty.com**, deux avantages essentiels : la très large fourchette de prix proposée selon les modèles et la rubrique « Maty outlet » proposant jusqu'à près de 70 % de remise sur une sélection de bijoux.
- Pour vous garantir les prix les plus bas, **www.alliances-ors.com** s'engage à vous rembourser et à vous offrir 5 % de bonus si vous trouvez moins cher ailleurs.
- Sur **www.lepage.fr**, mieux vaut utiliser le moteur de recherche par tranche de prix, car les collections, sublimes, donnent envie de tout acheter. La recherche pourra aussi se faire par matériaux, pierres, sertis… Pratique donc si vous avez déjà une idée de ce que vous voulez.

Le bon conseil

Au moment de l'achat, demandez au joaillier un certificat sur lequel vous trouverez l'origine et les caractéristiques de la pierre. Pour constituer un dossier à destination de votre assureur, demandez également une facture d'achat, et prenez la bague en photo.

VOUS ALLEZ VOUS MARIER : FAITES-LE SAVOIR !

Et le cadeau pour lui ?

La tradition laisse un peu nos hommes en berne, niveau cadeau, mais rien ne vous empêche de lui offrir également un présent ce jour-là, pour vous aussi symboliser votre engagement.

Reste à trouver une idée sympa. Trois catégories pour vous inspirer :

1. **Un cadeau « qui reste » :** montre, boutons de manchette (voir p. 265), tableau, objet de collection, joli stylo (sympa symboliquement, puisqu'il servira à la signature des registres !)…
2. **Un cadeau « high-tech » :** un iPad gravé à son nom, un bel appareil photo, une mini-caméra type « GoPro »…
3. **Un cadeau « sensations fortes » :** des cours de pilotage, un baptême de plongée… ou un saut en parachute, petit clin d'œil au grand saut qu'il s'apprête à faire…

Le choix des invités (J-12 mois)

En parlant ensemble de votre projet de mariage, compte tenu de vos envies et de votre budget, vous avez déjà défini si vous souhaitiez le fêter en petit ou en gros comité. Vous avez donc sans doute une idée (plus ou moins) approximative du nombre de convives qui pourront vous entourer. Reste à déterminer plus précisément qui vous souhaitez inviter, afin de préciser l'effectif et de demander à tout ce petit monde de bloquer sa journée (et une bonne partie de sa nuit) ! Découvrez comment vous y prendre pour établir votre liste d'invités.

Établissez des listes par « cercles »

Vous deux

Chacun de votre côté, établissez une liste selon ces différents cercles.

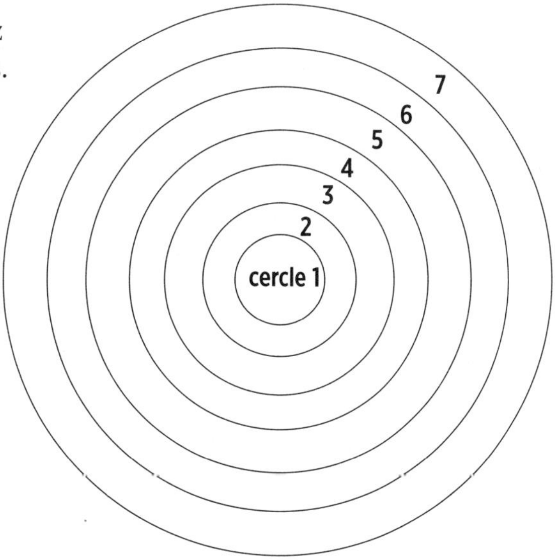

- **Cercle 1 :** parents, grands-parents, frères et sœurs et leurs conjoints (+ enfants, éventuellement).
- **Cercle 2 :** oncles, tantes, cousins/cousines et leurs conjoints (+ enfants éventuellement).
- **Cercle 3 :** témoins et amis proches.
- **Cercle 4 :** famille plus éloignée, en fonction des affinités.
- **Cercle 5 :** copains.
- **Cercle 6 :** relations professionnelles.
- **Cercle 7 :** « les autres ». Ceux qui vous ont invités et à qui vous souhaitez « rendre » l'invitation, les amis d'enfance un peu perdus de vue, les voisins, les copains des frères et sœurs…

Vos parents

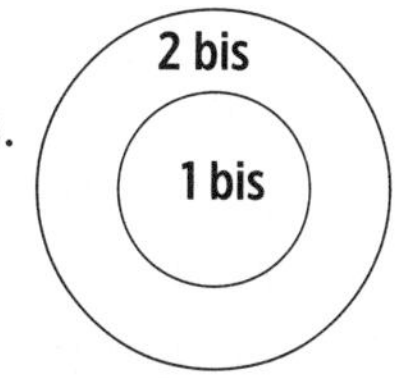

Demandez-leur d'établir leur liste en fonction de deux cercles.

- **Cercle 1 bis :** les amis proches.
- **Cercle 2 bis :** les relations plus éloignées.

Il est d'usage, quand les futurs mariés partagent les dépenses avec leurs parents respectifs, que ces derniers contribuent en fonction de leur nombre d'invités. Mettez-vous donc d'accord sur ce point pour les aider à établir leur liste !

Mettez les listes en commun

Objectif : éviter les doublons (amis en commun avec Jules, amis de vos parents que vous aviez notés sur votre liste…).

VOUS ALLEZ VOUS MARIER : FAITES-LE SAVOIR !

Répartissez les invités entre vin d'honneur, dîner, soirée…

On vous le redit, plein de scénarios sont possibles concernant la structure de votre mariage et la répartition des invités selon ses temps forts : dîner en petit comité suivi d'une soirée dansante avec tout le monde, mariage en petit comité et gros brunch le lendemain (voir p. 181)…

Mais traditionnellement, voilà la structure suivie par les mariés, s'articulant autour de trois moments clés :

1. **Le vin d'honneur (cocktail)** avec, en plus des invités de la soirée (cercles 1 à 5), les collègues et connaissances des mariés et des parents (cercles 6, 7 et 2 bis).
2. **Le dîner,** avec les proches (cercles 1 à 5, et 1 bis).
3. **La pièce montée et la soirée dansante** (cercles 1 à 5 et 1 bis), avec quelques jeunes invités en plus (amis des frères et sœurs…).

Estimez le nombre de réponses positives

Statistiquement, sachez qu'environ 20 % des invités ne viendront pas. Mais ce pourcentage peut varier en fonction de la date et du lieu déterminés : si vous avez choisi de vous marier au milieu du mois d'août, par exemple, il est probable que les absents se rapprochent plutôt de la barre des 30 %…

Ajustez votre liste

En fonction du nombre d'invités inscrits sur votre liste et du nombre potentiel de « présents », commencez à réajuster : si ce chiffre vous semble bien trop élevé, procédez par cercles, en retirant d'abord les plus éloignés. Puis allégez les autres, jusqu'à obtenir grosso modo une liste au contenu réaliste.

Remplissez un tableau comme ci-contre

Flashez ce code ou rendez-vous sur www.quotidienmalin.com/mariage pour télécharger gratuitement ce tableau Excel et le remplir directement.

Tableau à photocopier

Nom	Prénom	Nombre de personnes	Type d'invitation reçue	Adresse postale	Adresse mail	Réponse	Cadeau	Remerciements
Dupont	*Alexis*	*2*	*Cocktail + Dîner*	*12 rue des oiseaux 44000 Nantes*	*Alexis@gmail.com*	*OK cocktail + dîner*	*Oui Chèque 100 €*	*Envoyé le 10/09/12*

Appliquez-vous en tirant consciencieusement la langue comme à l'école, il vous suivra jusqu'au jour J pour vous faciliter la vie : envoi des faire-part, décompte du nombre d'invités présents, remerciements…

Notez-y :
- Le nom des invités (et le nombre de personnes présentes par famille).
- Le « type » d'invitation reçue (cocktail, soirée, brunch du lendemain, la totale…).
- Leur adresse mail.
- Leur adresse postale.
- Leur réponse à votre invitation.
- Leur cadeau.
- Votre remerciement (fait ou pas).

Help, je galère pour récupérer les adresses !

Quelques pistes pour vous aider :
- Emprunter à vos parents leur répertoire : vous y trouverez déjà sans doute les adresses d'une bonne partie de la famille.
- Si votre frère/sœur/belle-sœur a été amené(e) à envoyer des faire-part (mariage, naissance…), il y a sûrement quelque part dans son disque dur un fichier d'adresses qui pourrait bien vous sauver la mise.
- Profitez de votre *Save the Date* virtuel (voir p. 75) pour demander les adresses postales de tout le monde par retour de mail.

Les invitations

Une fois la date et le lieu déterminés (les deux étant souvent liés), vous pourrez enfin passer le mot à vos invités afin qu'ils réservent leur journée et une bonne partie de leur nuit. Plus tôt vous le ferez, plus vous avez de chances que tout le monde soit présent. Une solution assez récente et très tendance consiste à les avertir dans un premier temps grâce à un simple *Save the Date*, suivi d'une invitation plus officielle, par le biais du faire-part.

Le Save the Date

Son objectif : avertir au plus vite les invités de la date choisie, afin qu'ils puissent la bloquer.

Les faire-part arrivant plus tard (parfois trop tard pour ceux disposant d'un agenda de ministre), les *Save the Date* sont un bon moyen de vous assurer qu'un maximum d'invités répondra « présent ».

Une solution à envisager en particulier si vous vous mariez loin, ou à une période « chargée » (juillet ou août), afin que tous puissent s'organiser au mieux !

Quand ?

Dès que la date est fixée, pour que vos invités la bloquent. En revanche, au-delà de 18 mois avant le mariage, vos convives auront tendance à se dire qu'ils le noteront plus tard… et à ne pas le noter. À partir de 18 mois avant le mariage, donc, c'est tout bon. Évidemment, il n'y a pas de délai minimum (mieux vaut toujours tard que jamais), mais si vous décidez de vous marier dans trois mois, autant envoyer les faire-part directement !

Quoi ?

Concernant le contenu, ne vous compliquez pas la vie. Il est en général très court : un mot, une date. Clair, net, précis, et surtout efficace ! (Voir plus loin.)

Ajoutez vos coordonnées complètes, et demandez éventuellement à vos invités de vous communiquer en retour leur adresse par mail, pour gagner du temps dans l'élaboration de votre fichier.

Précisez que l'invitation « officielle » suivra, pour que votre arrière-grande tante ne s'inquiète pas.

VOUS ALLEZ VOUS MARIER : FAITES-LE SAVOIR !

Comment ?

La spécificité des *Save the Date* (SDT), c'est que le message y est très simple (« VOUS AVEZ INTÉRÊT À ÊTRE LÀ LE JOUR J !!! PS : on vous aime), mais la forme y est variable à l'infini.

L'option pratique : le STD par mail. On envoie un petit mot avec la date et une jolie photo ou, mieux, on prépare tout ça gratuitement sur le Web.

- Sur www.mylittlewedding.com/save-the-date, il n'y a qu'à télécharger une photo, choisir un dessin, remplir le texte et c'est parti (pour le show) !
- Sur www.paperlesspost.com, on court dans la catégorie « Save the Dates », et Ô joie, on découvre des dizaines de modèles vraiment sympas, à imprimer gratuitement…

L'option photo : on choisit une mise en scène sympa, cliché façon « Photomaton », photo du couple avec chacun une ardoise affichant les infos nécessaires, baiser tout doux échangé devant un mur vide, à l'exception de deux cadres avec les prénoms des mariés et la date choisie, date écrite au rouge à lèvres sur un miroir… Et on envoie la photo par mail ou par courrier.

L'option septième art : le STD vidéo. Un studio de créa (ou des futurs mariés hyperdoués pour tout ça), une caméra, une jolie musique, deux minutes de film, et un résultat émouvant, rigolo, sympa et mémorable. Les mariés sont mis en scène pour annoncer la date de leur mariage et la vidéo est envoyée sur CD ou par e-mail.

Le bon plan

Sur www.sketch.odopod.com, on choisit un dessin, puis on écrit ce qu'on veut dessus. Le site nous obtient comme par magie un « sketch », c'est-à-dire une jolie petite vidéo dans laquelle notre œuvre apparaît peu à peu, retraçant les étapes de sa réalisation. C'est vraiment joli, et vraiment gratuit…

L'option « objets dérivés » : la date est ici envoyée aux invités par courrier, sur un support original. Quelques idées en vrac : un magnet, un bracelet brodé, un marque-page, un papier de bonbon (avec un bonbon dedans !), du chocolat, une sucette, des *Save The Date* à gratter pour découvrir la date…

Des exemples de jolies réalisations, pour vous inspirer

- www.lamarieeauxpiedsnus.com/tag/save-the-date-mariage
- unbeaujour.fr/blog-mariage/save-the-date
- www.mariagesetbabillages.com, rubrique « Catégories » dans la colonne de droite, vignette « Déco », puis « Save the date ».
- www.myweddingthing.com, rubriques « Catégories », « Papeterie ».

Les faire-part

Quand ?

Cinq mois avant, on commande les faire-part. **On les envoie traditionnellement trois mois avant le jour J.** Ce délai s'avère en général suffisant, surtout si un *Save the Date* a été envoyé au préalable. Si vous avez sauté cette étape, prévoyez un peu plus large. Pour les mariages d'été et de septembre en particulier, vos invités auront besoin de s'organiser avant leur départ en vacances : cinq mois, c'est parfait.

Concernant le délai minimal, considérez pour des raisons pratiques organisationnelles que les faire-part devront être envoyés au moins six semaines avant le jour J.

Le contenu du faire-part

Contrairement à ce que l'on croit parfois, un faire-part n'est pas une invitation puisqu'il se contente d'annoncer le mariage.

Il peut être accompagné de deux autres documents : une invitation au cocktail, à la soirée ou au brunch du lendemain (voire les trois) et une feuille avec les infos pratiques (plan d'accès, liste d'hébergements...).

Vous pouvez néanmoins choisir de mentionner le cocktail sur le faire-part (*« La célébration sera suivie d'un cocktail servi à... »*), et de glisser une invitation en plus aux convives attendus pour le dîner.

Le faire-part comporte les infos suivantes :

- Prénoms et noms des mariés (c'est plus personnel).
- Date et lieu du mariage (c'est plus pratique).
- Adresses et horaires de rendez-vous aux célébrations (civiles et religieuses) (c'est moins risqué).

Pour l'invitation, pensez à indiquer vos coordonnées complètes (adresse, e-mail, téléphone) et à préciser la date de réponse souhaitée (environ un mois avant le mariage). Mention très bien pour les coupons-réponses glissés dans l'enveloppe (voir aussi le paragraphe « Qu'est-ce qu'on peut y ajouter ? », p. 86) avec des cases « *Viendra* », « *Ne viendra pas* » : un geste sympa pour les invités et qui, leur faisant gagner du temps, vous garantit plus de réponses rapidement ! Précisez bien sûr le lieu de réception.

Avant, c'était le nom de la mère de la mariée qui était inscrit « Madame Georges Aurand recevra... », mais la mère de votre futur époux risque de tirer un peu la tronche. Ça tombe bien, la coutume est plutôt aujourd'hui de faire apparaître les noms des deux mamans... Mais toujours celui de la mère de la mariée en premier.

Si c'est vous qui financez votre mariage, faites plutôt apparaître votre nom à tous les deux.

Le texte du faire-part

Trois catégories de formulations règnent sur l'empire faire-part :

1. **L'annonce par les grands-parents** (s'ils sont encore vivants !) **et les parents** (comme ci-contre).

Pourquoi deux faire-part différents ? Voir p. 83.

Monsieur et Madame Georges Aurand
Monsieur et Madame Michel Delatour

Monsieur et Madame Hervé Aurand

Ont l'honneur de vous faire part du mariage de

Mademoiselle Marine Aurand, leur petite-fille et fille,
avec Monsieur Samuel Falques.

Leur union sera célébrée le samedi 5 juillet 2014 à 15 h 30
en l'église Sainte-Jeanne-d'Arc

Adresse des parents de la mariée *Adresse des parents du marié*

Adresse des mariés

Monsieur et Madame Charles Falques
Monsieur et Madame Robert Camus

Monsieur et Madame Patrick Falques

Ont l'honneur de vous faire part du mariage de

Monsieur Samuel Falques, leur petit-fils et fils,
avec Mademoiselle Marine Aurand.

Leur union sera célébrée le samedi 5 juillet 2014 à 15 h 30
en l'église Sainte-Jeanne-d'Arc

Adresse des parents de la mariée *Adresse des parents du marié*

Adresse des mariés

2. **L'annonce du mariage par les parents** (si les grands-parents sont morts ou qu'on veut une formulation moins tradi).

Monsieur et Madame Hervé Aurand	Monsieur et Madame Thierry Falques

Ont l'honneur de vous faire part du mariage de leurs enfants

Marine et Samuel,

Qui sera célébré le 5 juillet 2014 à 14 heures à la mairie de Rouen

Adresse des parents de la mariée — *Adresse des parents du marié*

Adresse des mariés

3. **L'annonce par les mariés eux-mêmes.**

Marine et Samuel

ont la joie de vous annoncer leur mariage,
et seraient heureux de partager ce moment avec vous,

le 5 juillet 2014 à 14 heures à la mairie de Rouen

Adresse des mariés

Mais tout est permis, et vous pouvez très bien donner la parole à quelqu'un d'autre (vos enfants par exemple, si vous en avez), ou opter pour une formulation plus originale.

Quelques exemples de faire-part originaux (source : www.carnetdefrance.fr).

Certains diront qu'ils ont mis le temps.

D'autres diront qu'ils avaient le temps.

Ils se sont enfin décidés !

Marine et Samuel

Se diront oui le samedi 5 juillet 2014

À la mairie de Rouen à 14 heures.

Je vais vous dire un secret : Papa et Maman se marient !

Ils ont pris leur temps, ils ont bien réfléchi, mais ça y est, c'est sûr : c'est pour la vie !

Ce sera le plus beau jour de notre vie… après ma naissance, bien sûr…

Ce qui serait encore mieux, c'est que vous soyez tous là

pour partager ce beau moment avec nous.

Retrouvons-nous le samedi 5 juillet 2014 à 14 heures
à la mairie de Rouen.

La fête se poursuivra après la cérémonie, jusqu'au bout de la nuit !

Deux souris et quelques clics leur ont suffi pour se rencontrer.

Dès lors ils ne se sont plus jamais déconnectés.

Marine et Samuel

ont décidé de poursuivre leur surf en se mariant
le samedi 5 juillet 2014

et vous invitent à partager leur joie.

Une cérémonie civile sera célébrée à 14 heures,
suivie de la bénédiction nuptiale à 15 h 30.

Un vin d'honneur sera servi à l'issue de la cérémonie.

Vos parents sourient jaune devant la formulation rock'n'roll que vous leur proposez ? Le bon compromis : imprimer deux types de faire-part. Un « classique » pour les invités de vos parents et un plus à votre image pour vos convives !

Formulation : les cas particuliers

Si les parents sont **divorcés**, notez d'abord le prénom et le nom de jeune fille de la mère, puis en dessous celui du père.

En cas de **remariage** d'un des parents, le nom du nouveau conjoint peut apparaître si le couple de mariés se sent proche de lui.

En cas de **veuvage**, notez seulement le nom du « parent survivant » : si c'est la femme qui est veuve, la formule est : Madame + prénom de son défunt mari + nom (exemple : « Madame Thierry Burtin »), ou indiquez les nom et prénom du mari décédé, suivis d'une petite croix.

Le faire-part mentionne les **distinctions** de chacun : fonctions professionnelles officielles (Docteur, Ministre, Professeur...), grades militaires, décoration (Légion d'honneur)...

Mentionnez le nom de l'officiant à la cérémonie religieuse.

La forme du faire-part

Le faire-part tra-tra

Le modèle le plus tradi consiste à imprimer deux faire-part (un où les grands-parents et parents de la mariée annoncent l'union, un ou les grands-parents et parents du marié le font), et à les glisser l'un dans l'autre en mettant celui qui concerne l'invité (celui où la famille de la mariée parle, pour les invités côté mariée) en premier.

Il est de plus en plus courant d'imprimer ces deux faire-part sur une même feuille pliée en deux. Vous avez alors quatre faces, et vous imprimez sur les faces 1 et 3. Puis vous pliez la feuille de façon à mettre en premier la page qui concerne l'invité en question (page d'annonce par la famille du marié pour les invités côté marié).

Enfin, vous pouvez aussi faire apparaître sur un seul et même faire-part les grands-parents et parents des deux côtés : mettez alors les noms des deux couples de grands-parents de la mariée et des parents de la mariée à gauche, ceux du marié à droite.

- Format : 200 x 150 mm ou 297 x 210 mm.
- Papier : Vélin d'Arches blanc ou ivoire.
- Typographie : lettres anglaises (gravées ou imprimées) noires (autres couleurs : vert foncé, bleu marine). Notez bien que même pour un faire-part ultra-classique, il est d'usage de coordonner les couleurs au thème choisi pour le mariage.
- Le carton d'invitation est un peu plus petit, mais le papier et la typographie sont les mêmes que ceux du faire-part.
- Les autres infos (plan d'accès, etc.) figurent sur une simple feuille.

Quel style pour mon faire-part ?

En général, au stade de l'envoi des faire-part, le thème du mariage est déjà défini : commencez donc dès maintenant à créer une cohérence en donnant à votre faire-part une petite touche du style choisi (couleur, motif, ambiance…). Même pour un faire-part traditionnel, n'hésitez pas par exemple à utiliser pour l'écriture une des couleurs de votre thème.

Les faire-part classiques

Ils reprennent la plupart des codes du faire-part traditionnel (contenu, formulation…), mais en osant la couleur et les effets de papier (froissé, calque, irisé…).

Les faire-part modernes

Ils rivalisent d'imagination pour une annonce haute en couleur. Formes de cœur ou d'étoile, jeux de textures et de transparence, supports originaux (aimant, fanion, sucette, CD audio…), accompagnés de chocolat, d'une bague fantaisie…

Où les trouver ?

Sur **Internet**, de nombreux sites proposent la réalisation de faire-part en ligne, à partir de centaines de modèles :

- http://dancourt.net (Possibilité de recevoir des échantillons pour se rendre compte de la qualité des papiers.)
- www.le-faire-part.com
- www.clicpostal.com
- www.faire-part-en-ligne.com
- www.regalb.com
- www.poobies.com, c'est même vous qui composez vous-même votre faire-part en quelques clics.

Pour un effet très sophistiqué, adressez-vous à des **maisons spécialisées** dans une technique d'impression ou de réalisation : gaufrage, aquarelles, dorure à chaud…

- www.intaglio.fr
- www.imprimeriedumarais.fr

Les créateurs offrent quant à eux une liberté infinie dans la réalisation de votre faire-part, des plus classiques aux plus originaux.

- Des faire-part sur magnet (www.fairepartmagnet.com ou la « carterie sur mesure » : www.happilyfactory.com).
- Des faire-part envoyés avec du chocolat aux noms des mariés sur le site www.framboise-crea.com.

- Des faire-part sur CD-Rom (annonce « en direct », photos ou vidéos du lieu, plans d'accès à télécharger…).

Attention : si vous partez sur l'idée d'un support original, pensez aux prix d'affranchissement, qui peuvent sérieusement gonfler la note !

Le bon conseil

Vous vous en doutez en voyant l'étendue des possibilités, les prix peuvent varier du simple au quintuple, voire plus… N'hésitez donc pas à demander des devis. Pour bien les comparer, ils devront faire figurer le maximum d'infos : la qualité du papier, le format du faire-part, les détails d'impression, le nombre de lignes, la fourniture ou non d'enveloppes, les délais d'impression…

Et l'option « **fait maison** » alors ?

- À envisager d'urgence si vous avez zéro budget pour ce poste : dans ce cas, place à un envoi par mail, grâce à un joli PDF avec photo (en plus, c'est écolo !), ou via des sites Internet.
- www.acapela.tv propose par exemple de faire réciter le texte de votre choix par un poisson, un lapin, un animateur télé…
- www.e-invitation.com propose une large gamme de faire-part à envoyer par mail, et une version imprimable pour que Papy Jacky et Mamie Suzie ne soient pas en reste.
- **La solution intermédiaire :** ne confier que l'impression à une boutique spécialisée. C'est vous qui gérez la conception du faire-part, le choix du papier et les petits détails éventuels (rubans, raphia, plumes…).

Quelques adresses pour trouver des merveilles :

- www.mapetitemercerie.com
- www.art-du-papier.fr
- www.mylittlesquare.com/fr/100_mylittlesquare-mercerie

La grosse tendance du moment : le *masking tape*, sorte de ruban adhésif décoratif qui permet de personnaliser pour presque rien, en un temps record et même avec deux mains gauches les faire-part. (Mais aussi les menus, vos meubles, les photophores…) Rendez-vous sur www.maskingtape.fr.

Que vous réalisiez vous-même vos faire-part ou que vous confiiez la tâche à un professionnel, soignez le style : c'est celui qui donnera le ton, qui annoncera la couleur du mariage.

Zoom sur les enveloppes

Elles doivent en principe être assorties au faire-part et à l'invitation, au niveau du choix des papiers comme des couleurs.
Les nom et adresse des destinataires sont écrits à la main, de votre plus belle écriture (ou de celle d'une copine serviable…).
Pensez à en prévoir un petit peu plus que nécessaire en cas de rature !

Combien on en prend ?

On envoie un faire-part par famille (ou par couple), et pas par personne… (Vous semblez soulagés, d'un coup !) Grosso modo, comptez 60 faire-part pour 100 invités.

Faites bien le calcul :
- du nombre de faire-part (vous pouvez envoyer un simple faire-part sans invitation à vos connaissances) ;
- du nombre d'invitations au cocktail ;
- du nombre d'invitations à la soirée.

Commandez-en 10 % de plus : en cas d'oubli, vous pourrez les utiliser plutôt que de demander un nouveau tirage, plus cher.

Qu'est-ce qu'on peut y ajouter ?

Vous connaissez maintenant les éléments indispensables. Mais quelques petits « trucs » en plus peuvent faire toute la différence.

- **L'adresse de votre blog de mariage** (voir encadré plus loin) : elle permet de mettre à disposition de tous les invités les infos pratiques (notifiées en dessous du plan d'accès, par exemple). Particulièrement utile si vous y avez mentionné l'endroit où vous avez déposé votre liste de mariage, et plus délicat que de l'indiquer directement sur l'invitation…
- Même s'il figure sur votre blog, joignez au courrier **un plan d'accès** que les invités pourront embarquer avec eux.
- Si vous n'avez pas de blog, pensez à spécifier toutes **les infos pratiques nécessaires** : liste d'hébergement, horaires de train...
- **Le « dress code »,** s'il y en a un (voir p. 276).
- Un lien vers un **site de covoiturage** sur lequel vous aurez créé une page consacrée à votre mariage (voir p. 316).
- **Un « coupon-réponse »** avec la date de retour souhaitée, et votre adresse au dos. Gros coup de cœur pour l'idée repérée sur www.lamarieeauxpiedsnus.com/tag/texte-pour-rsvp-mariage : un coupon avec un texte à trou rigolo à remplir par les convives pour répondre à l'invitation. Prévoir un texte pour le « oui », et un texte pour le « non ».
- **Un timbre personnalisé.** Marianne, c'est pas qu'on ne l'aime pas, mais il y a quand même mieux pour orner vos jolies enveloppes. Vous pouvez choisir de remplacer son minois par une photo de vous, un joli dessin… Rendez-vous sur http://timbres.laposte.fr (rubrique « Créer mes timbres ») ou www.timbre-mariage.com.
- **Un cachet de cire** pour fermer élégamment l'enveloppe.
- **Un joli tampon au dos, avec vos coordonnées,** pour l'envoi des réponses (sur www.etsy.com)

Les blogs de mariés

Ils vous permettent, en plus de garder le contact avec tous vos invités durant les préparatifs, de mettre à leur disposition toutes les informations pratiques dont ils peuvent avoir besoin : plan d'accès, infos pour le covoiturage, hébergement, météo, lieux à visiter dans les alentours si les invités veulent prolonger le séjour… C'est aussi ici que vous pourrez indiquer où vous avez déposé votre liste de mariage. Une façon plus délicate que de le noter sur le faire-part !

→

Pour créer votre blog de mariage gratuitement en quelques minutes :

- www.petit-mariage-entre-amis.fr. *Le petit plus :* chaque invité peut confirmer sa présence en ligne, et même verser directement dans votre cagnotte sa participation à votre liste !
- www.notre-blog.com. *Le petit plus :* à la fin de votre mariage, vous pourrez faire imprimer votre blog sur un livre relié, pour en garder un joli souvenir toute votre vie.
- www.blog-mariage.fr. *Le petit plus :* un outil de statistiques pour connaître le nombre de visites, les pages de votre blog les plus vues…

« Veux-tu être mon témoin ? »

Le jour J, ils vous accompagneront dans deux étapes clés : le mariage civil et la cérémonie religieuse (éventuellement). Quel est leur rôle ? Combien pouvez-vous en prendre ? Comment bien les choisir ?

Les témoins « civils »

Leur rôle

Comme leur nom l'indique, ils sont appelés à témoigner de votre engagement et, à ce titre, signent le registre à la fin de la cérémonie.

Les conditions pour être témoin

Une seule condition : avoir plus de 18 ans (ou être émancipé).

Après, à vous de choisir. Ils peuvent avoir un lien de parenté avec vous ou non, et même avoir un lien familial entre eux (Tonton Georges et sa femme Georgette, ça marche).

Combien on en prend ?

Au moins un par époux, et au maximum quatre en tout (deux et deux, ou trois et un…).

On choisit qui ?

Même si leur rôle est administratif, les personnes que vous choisirez seront quand même au tout premier plan de ce moment clé de votre vie (et au premier plan des photos).

Ils sont donc aussi témoins de cœur, et si certains couples « piochent » en priorité dans leurs frères et sœurs, rien ne vous y oblige, suivez ce que vous dicte votre petit cœur !

Une dernière chose : choisissez quelqu'un de fiable… Certains de vos amis ont peut-être le cœur gros comme « ça », mais maintenant que vous les connaissez depuis longtemps, vous savez qu'ils sont les rois des lapins et des brêles de l'organisation ? Évidemment, ils pourront sans doute s'entraîner à être à l'heure d'ici votre mariage, mais inutile de vous stresser avec ça si vous doutez de leur capacité à être là dans les temps (sans avoir raté leur train/ leur avion/ avoir confondu les semaines…). Au pire du pire, c'est un officier d'état civil qui vous servira de témoin, mais c'est quand même moins sympa, non ?

Les papiers à fournir

Nom et prénom, date de naissance, adresse, profession et photocopie de la pièce d'identité sont à fournir par chacun des mariés au moment du dépôt de dossier à la mairie.

Les témoins religieux

Leur rôle

Témoigner de votre amour et de votre engagement dans le lieu de culte que vous avez choisi. En l'absence de valeur « administrative », le fait de témoigner d'une union religieuse prend une dimension plus spirituelle.

Comme à la mairie, les témoins signent le registre à la fin de la cérémonie.

Vous pouvez également demander à vos témoins de faire la première lecture (voir le chapitre sur les différentes cérémonies religieuses, p. 101) ou de lire vos intentions de prière.

Nombre et conditions

Vos témoins religieux peuvent être les mêmes qu'à la mairie, ou d'autres.

- **Mariage catholique :** le registre peut accueillir les signatures de deux témoins par époux. Il est néanmoins possible d'en avoir plus (jusqu'à cinq chacun), mais la question est à négocier avec l'officiant ! Les témoins n'ont pas besoin d'être majeurs ni baptisés.
- **Mariage orthodoxe :** comptez un ou deux témoins par époux. Ils doivent appartenir à la communauté chrétienne (catholique, protestant, orthodoxe).
- **Mariage protestant :** idem, un ou deux témoins par époux. En revanche, peu importe ici la religion et l'âge.
- **Mariage juif :** deux témoins en tout, obligatoirement des hommes de confession juive.
- **Mariage musulman :** les témoins ne sont pas ceux du marié ou de la mariée, mais ceux du couple. Il doit y avoir au moins deux témoins hommes (ou un témoin homme et deux témoins femmes d'après l'école hanafite) de religion musulmane.

Pensez à aborder la question des témoins avec la personne qui célébrera la cérémonie, lors de votre première rencontre. Les conditions peuvent varier selon les paroisses et les officiants.

On choisit qui ?

En dehors des conditions à respecter propres à chaque religion, le choix est bien sûr d'abord celui du cœur. Si vous avez du mal à choisir, demandez-vous parmi vos proches quels sont ceux qui ont le plus compté dans la construction de votre couple (ceux qui vous ont présentés, par exemple !), dans les difficultés que vous avez pu rencontrer… Si l'aspect religieux de votre mariage est très important à vos yeux, peut-être vous sentirez-vous particulièrement bien accompagnés par des témoins qui partagent votre foi et votre conception de la religion…

Être témoin : un rôle qui ne s'arrête pas à la signature des registres

En plus d'être témoins de votre engagement, les proches que vous choisirez auront une place particulière durant la préparation du mariage, et pendant le D-Day si vous leur demandez !

Soutien et amitié pendant la préparation

Si on ne les choisit par « pour ça », il est d'usage (et c'est surtout un plaisir réciproque !) que les témoins filent un petit coup de main pour les préparatifs. C'est en tout cas vers eux que vous pourrez vous tourner le plus naturellement si vous avez besoin de quelque chose.

Demandez par exemple à votre témoin de vous accompagner pour les premiers essayages, émotion – et parfois fous rires – garantis !

S'ils habitent dans le coin, n'hésitez pas non plus à leur proposer une « soirée enveloppes ». Le concept ? Un apéro, et un coup de main pour vous aider à écrire les adresses sur les (nombreuses) enveloppes de faire-part.

Les variantes : soirée « dragées », soirée « livrets de messe », soirée « fabrication de photophores »… Enfin vous voyez l'idée, quoi.

L'organisation de l'« EVJF » et l'« EVG »

Derrière ce nom de code se cache un événement que vous attendez peut-être, ou que vous redoutez... Votre enterrement de vie de jeune fille, ou de garçon !

C'est en général les témoins qui sont à l'initiative de cette petite parenthèse parfois déjantée, et (presque) toujours enchantée…

Le principe : vous embarquer le temps d'une journée ou d'un week-end pour fêter vos derniers instants d'homme et de femme non mariés.

Et à ce niveau-là, on trouve vraiment de tout, de la journée dans les rues déguisé en panda à devoir récolter de l'argent auprès des passants, à la journée sensations fortes avec saut en parachute en passant par l'ambiance détente d'un hammam entre copines ou le week-end de fiesta à Barcelone…

C'est à vos témoins de prendre en charge l'organisation de cette fête, et il est plutôt mal vu de donner des instructions claires quant à son déroulement… L'idée, c'est quand même de vous laisser porter par vos potes et par l'ambiance ! Mais rien ne vous empêche de donner quelques indices à vos témoins pour orienter leurs choix.

Car l'objectif, c'est quand même de vous faire plaisir ! Si vous avez une montée d'urticaire à l'idée de devoir vous déguiser en *catwoman* un 30 juin sur les Champs-Élysées, vous pouvez leur laisser entendre, l'air de rien, que vous êtes mal à l'aise devant les futures mariées déguisées que vous croisez parfois au début de l'été…

D'autant plus qu'il y a aujourd'hui des programmes vraiment sympas pour marquer les esprits et profiter à fond de cette journée entre potes.

La preuve, avec nos quatre coups de cœur « girly » du moment :

1. Épouse-moi Cocotte, une équipe de choc pour un **shooting photo** mémorable. Le lieu et les accessoires sont choisis en fonction de la personnalité de la future mariée, l'ambiance est vraiment sympa et quelques jours après, chacune reçoit à la maison une sélection des meilleurs clichés : www.epousemoicocotte.com
2. Imaginez : vous êtes dans le métro, deux contrôleurs s'approchent et, soudain, font tomber la chemise et le reste. C'est le scénario proposé par Elie et Lou, pour **un strip-tease qui change**… Et qui marque à vie ! Pour toute info : loulouzampa@gmail.com
3. Qui ne s'est jamais rêvée en pin-up ? Prenez vos rêves pour des réalités en suggérant à vos copines de se rendre sur www.pinuporama.com. Elles y trouveront toutes les infos pour un **relooking façon *Mad Men***, avec splendide portrait à la clé !

4. *« On ne laisse pas bébé dans un coin. »* Si cette phrase devenue mythique vous arrache des hurlements, c'est que vous êtes (vous aussi) une fan inconditionnelle du film *Dirty Dancing*. Et puisque vos entraînements incessants devant la télé n'ont pas suffi à vous faire maîtriser parfaitement la choré, Feeling Danse Factory (www.feelingdance.fr) vole à votre secours, avec ses **cours de danse thématiques**, pour un super-moment entre copines. Vous pourrez même décider de reprendre la choré pendant le mariage, pour un effet « flash mob » (voir p. 315) mémorable !

Zoom sur la tendance *Bridal Shower*

Venue tout droit des États-Unis, cette tendance en matière d'EVJF est un appel au calme et au repos. Comme un pied de nez à la tradition française de l'EVJF festif et déjanté, le *Bridal Shower* consiste à se retrouver entre filles chez la future mariée ou dans un restau. Il est traditionnellement planifié et orchestré par la future mariée, mais les témoins peuvent vous faire la surprise en l'organisant chez l'une d'entre elles. Comme le veut la tendance actuelle aux « States », choisissez, si c'est vous qui recevez, un thème pour votre petite réception et déclinez-le dans la déco, le menu... Chacune des copines arrive alors avec un cadeau pour la future mariée, dont elle pourra se servir le jour J ou pour son voyage de noces. Vous pouvez agrémenter la journée d'ateliers manucure, coiffure, maquillage, de jeux de société...

Les témoins le jour J

Le jour du mariage, il sera indispensable pour vous de déléguer certaines tâches, afin de profiter sereinement de ces instants magiques.

Vos témoins seront (aussi) là pour ça ! N'hésitez pas à distribuer les rôles, vous serez rassurés et eux, fiers d'apporter leur pierre à l'édifice de votre mariage !

Voici quelques « missions » que l'on vous conseille de confier à vos témoins :

- mettre en place les fleurs le jour J, à la mairie, à l'église et sur le lieu de réception ;

- gérer votre trousse de secours et vos autres affaires (chaussures de rechange, etc.) : les conserver, vous les apporter si besoin ;
- donner un coup de main pour la décoration de la salle la veille ou le jour J ;
- gérer les enfants d'honneur, avant l'entrée dans la mairie ou l'église ;
- récupérer le livret de famille délivré à l'issue de la cérémonie civile ;
- « placer » les gens à l'église : invités de la mariée à gauche, invités du marié à droite ;
- distribuer les livrets de messe à l'entrée ou les déposer sur les bancs ;
- donner un coup de main aux enfants d'honneur durant la quête ;
- distribuer les confettis (ou les pétales de rose), à la sortie ;
- orienter au téléphone les invités perdus ;
- allumer les bougies avant de passer à table ;
- inciter les invités à passer à table, après le cocktail ;
- organiser l'ordre des discours ;
- décorer la voiture des mariés ;
- récupérer les cadeaux et bouquets donnés de main à main, les mettre de côté, et noter qui a offert quoi, pour faciliter les remerciements ;
- donner un coup de main pour le service du cocktail (veillez en particulier aux personnes âgées qui, assises, ne sont peut-être pas encore servies) ;
- aller servir vos grands-parents et leur rapporter une assiette pleine, si vous avez opté pour un buffet ;
- s'occuper des derniers règlements des prestataires, grâce aux chèques que vous lui aurez confiés ;
- ou encore… penser à vous apporter une coupe pendant le cocktail, puisque vous serez trop occupés à saluer tout le monde !

Dites clairement à chacun de vos témoins ce que vous attendez de lui, et organisez une « répétition générale » de la cérémonie, 15 jours avant le mariage, pour vous assurer que tout est au point.

Le top du top, c'est de présenter un ou deux de vos témoins à tous les prestataires (photographe, DJ, traiteur, animateurs…) afin qu'ils puissent s'adresser à eux en cas de petit « hic », et que vous et vos parents puissiez continuer à profiter sans être au courant de rien !

Concernant les témoins « filles », vous pouvez aussi leur demander de vous accompagner et de vous aider pendant que vous vous préparerez :

coiffure, habillage, maquillage… En plus de vous prêter main-forte, elles contribueront surtout à vous détendre, et vous garderez sans doute longtemps un souvenir ému de cette jolie entrée en matière avant le grand saut…

Le saviez-vous ?

Le jour J, les témoins prennent traditionnellement la parole pour dire un petit mot aux mariés. Plus d'infos p. 314, dans le chapitre consacré aux invités !

VOUS ALLEZ VOUS MARIER : FAITES-LE SAVOIR !

En plus des témoins, vous devrez éventuellement désigner qui aura la chance, que dis-je, l'honneur suprême, de constituer votre cortège.

Le choix du cortège

Il est l'un des « codes » des mariages classiques, et cette tradition remonte à l'Antiquité ! En réalité, tradi ou rock, rares sont les mariés qui renoncent au cortège… Même Kate Moss et Jamie Hince ont voulu leurs jolies demoiselles d'honneur ! Et il est vrai que le cortège confère à la cérémonie un aspect attendrissant assez irrésistible.

À quoi ça sert ?

Contrairement aux témoins, ils n'ont aucun rôle « officiel ». Leur présence est simplement un petit plus, car elle apporte une touche de gaîté et d'émotion supplémentaire (comme si ça manquait !) à la journée.

Le cortège **accompagnera vos déplacements** les plus importants (arrivée et sortie à la mairie et à l'église). En général, le cortège est séparé en deux petits groupes : le premier vous précède et le second vous suit, en tenant votre traîne.

Le cortège est un élément d'autant plus important qu'il sera présent sur la plupart des photos, y compris celle de la sortie de la mairie, ou de l'église, où vous souriez derrière une pluie de confettis, et qui trônera sur la cheminée ces 100 prochaines années.

Les cortèges version junior

Vous devrez pour cela choisir entre 4 et 8 enfants environ. En général ils sont composés :

- des enfants des mariés s'ils en ont ;
- des filleul(e)s des époux ;
- de leurs neveux et nièces ;
- d'enfants d'amis proches…

Bien entendu, certains mariés avec des petites familles verront toutes ces « catégories » représentées, mais pour d'autres, il y aura un choix à faire !

Pour cela, préférez les enfants **entre 4 et 10 ans**. Avant 4 ans, ils auront du mal à comprendre ce que vous attendez d'eux et risquent de ne pas jouer le jeu. Après 10 ans, c'est un peu grand, et les enfants pourraient ne pas être très à l'aise dans cette situation.

Le cortège intervient durant les moments solennels et forts (entrée dans l'église, en particulier) : choisissez des enfants plutôt **calmes**, qui pourront mesurer l'importance de bien se tenir !

Si vous redoutez que les enfants soient agités, mieux vaut mille fois décider d'entrer sans eux, plutôt que d'être stressée par cet aspect.

Cortège ou pas cortège ?

« On n'invite pas d'enfants à la réception » : si vous avez décidé de faire un mariage « entre adultes », laissez tomber l'idée du cortège d'enfants. Certes, c'est ravissant, mais la démarche qui consisterait à n'inviter quelques enfants que pour « faire beau » sur les photos pourrait manquer de délicatesse ! Et pensez aux frères et sœurs des heureux élus qui seraient trop tristes de ne pas être de la fête... Soyez cohérents, préférez dans ce cas un cortège d'adultes ! (Voir « Les demoiselles d'honneur », plus bas.)

« On a zéro budget » : si le budget que représente la tenue des enfants d'honneur vous fait peur, rassurez-vous, vous pouvez très bien vous en tirer pour zéro euro. Comment ? En laissant aux parents des enfants le soin de les habiller, à condition de ne fixer qu'un thème couleur. Vous donnez le ton (« blanc et gris », « rose pour les filles, bleu pour les garçons », « beige », « vert anis »), et vous laissez les parents libres d'acheter ou de recycler dans leur garde-robe la tenue pour le jour J (voir p. 272-273). Attention : prenez tout de même en compte le prix de la baby-sitter, nécessaire pour que les parents profitent de leur soirée.

Le cortège version adulte : les demoiselles d'honneur, grande tendance du moment

Aux États-Unis, point de soucis d'enfants agités puisque le cortège est exclusivement composé d'adultes : les garçons d'honneur pour Monsieur, les demoiselles d'honneur pour Madame. Et en nombre identique, s'il vous plaît.

Auparavant associé aux comédies romantiques un peu ringardes, le cortège d'adultes est devenu en France « LA » tendance incontournable des mariages à la mode. Le cortège est généralement composé des témoins des futurs mariés, mais vous pouvez le compléter par d'autres proches : frères, sœurs, cousins, cousines, copains...

Au niveau du dress code, deux solutions s'offrent à vous : choisir les tenues (auquel cas c'est à vous de les financer), ou opter seulement pour un code couleur ou un détail commun. Voyez nos astuces p. 273 !

Maintenant que vous avez averti vos cercles les plus proches, vous pouvez répandre encore la bonne nouvelle, en informant votre boss, pour des raisons pratiques, et la terre entière, parce que c'est quand même sacrément chouette.

Informer le Big Boss

En lui annonçant la nouvelle, vous aurez le droit, en plus de félicitations chaleureuses, à un joli cadeau de mariage : 4 jours de congés, voire plus si votre convention collective le prévoit !

Informez-le donc à temps pour pouvoir vous organiser, et si vous n'avez pas prévu d'inviter vos collègues il est de bon ton d'organiser un « pot » pour fêter ça.

L'annonce à tous : à J-15, dans la rubrique mondaine du journal

Comment ça, « c'est vieux jeu » ? Oui, peut-être, mais après tout la mode est aux mariages rétro. Et surtout, c'est pratique. Cette tradition ancestrale répond à un objectif bien précis : faire connaître à votre entourage plus éloigné (amis perdus de vue, anciennes connaissances de vos parents…), par le biais d'une annonce dans le journal, votre intention de vous marier. Les plus classiques parmi ceux qui prendront connaissance de la nouvelle par ce biais (et qui vous connaissent, hein, pas tous les lecteurs) pourront alors vous envoyer un petit mot, parfois accompagné d'un cadeau.

Qui parle ? Les grands-parents, les parents des futurs époux, ou les futurs époux eux-mêmes.

Où ? Dans le carnet mondain du *Figaro*, du *Monde*, de *Libé*, ou encore dans la presse locale. À vous de voir en fonction de la « portée médiatique » souhaitée et de votre budget ! (Une remise est généralement accordée si vous êtes abonné.)

Quand ? Environ 15 jours avant le jour J.

L'ESSENTIEL POUR VOTRE ANNONCE

- Organisez une rencontre entre vos parents et vos beaux-parents.
- Demandez-vous si vous souhaitez organiser vos fiançailles, pour « officialiser » votre promesse de mariage.
- Selon votre budget, penchez-vous sur le choix de la bague, ou patientez jusqu'à l'alliance !
- Établissez la liste des invités en procédant par « cercles », et réajustez-la si besoin.
- Une fois que la date sera déterminée (souvent en fonction de la disponibilité de la salle), envoyez un *Save the Date* pour inviter vos proches à bloquer leur week-end.
- Puis, trois mois avant la date, faites-leur parvenir un faire-part avec tous les détails nécessaires.
- Choisissez vos témoins, en tenant compte des conditions légales (cérémonie civile) et religieuses, mais aussi de leur rôle hautement symbolique pour cette journée.
- N'hésitez pas à leur confier certaines missions le jour J.
- Déterminez aussi les enfants qui composeront votre cortège, pour prévenir leurs parents…
- … ou inspirez-vous de la tendance américaine des cortèges d'adultes !

Quelle cérémonie pour dire « oui » ?

Que vous vous mariiez uniquement à la mairie, ou que la célébration civile soit suivie d'une célébration religieuse ou laïque, la cérémonie qui vous unira est la clé de toute cette journée. Si certains couples considèrent le passage à la mairie comme une simple formalité, d'autres y voient un symbole fort de leur union. Quant aux cérémonies religieuses et laïques, elles sont facultatives et répondent donc toujours, pour les mariés qui les ont choisies, à une volonté de donner un sens plus profond à leur engagement. Les cérémonies (hormis la laïque) sont régies par de nombreuses règles à respecter : nos éclairages pour les connaître, et nos conseils pour en faire aussi une étape à votre image.

Le mariage civil

Plus de 200 000 couples s'unissent chaque année civilement. Le mariage à la mairie doit être célébré devant un officier de l'état civil et en présence de vos **témoins** (au moins un témoin par époux, au maximum quatre en tout). Ils peuvent être de votre famille ou pas, mais seront obligatoirement **majeurs** (ou émancipés).

Quand ?

Si la plupart des mariages civils ont lieu le **samedi**, le vôtre peut tout à fait être célébré **en semaine**. Un seul impératif, si vous vous mariez aussi religieusement : le mariage civil doit obligatoirement avoir lieu **avant**, que ce soit une heure, un mois ou un an !

Souvent, les mariés qui s'unissent à la mairie et à l'église le font dans la même journée. Mais vous pouvez décider de fixer **deux dates**. Une pour le mariage civil, suivi d'un restau en petit comité, et une pour la célébration religieuse avant de fêter votre « grand » mariage ! Une solution à envisager aussi si vous avez eu un coup de cœur pour une salle éloignée géographiquement de la mairie dont vous « dépendez », ou si l'officiant que vous convoitez n'est pas disponible à la date choisie pour le mariage civil.

Le bon conseil

La plupart des mairies acceptent de bloquer le jour et l'heure au moment du **retrait** du dossier de mariage. Pour les autres, c'est au moment du **dépôt** du dossier, soit trois mois avant la date choisie. Courez-y trois mois **PILE** avant le mariage, pour être sûrs de pouvoir **bloquer** la date !

Quelle mairie ?

Le mariage doit se dérouler, au choix :

- dans la mairie de la commune où l'un des deux futurs époux a son domicile. Dans ce cas, aucune condition de durée n'est à respecter ;
- dans la mairie de la commune où l'un des deux époux a sa résidence, à condition qu'il y habite depuis plus d'un mois avant le jour de la publication des bans. (On désigne par « résidence » l'endroit où vous logez effectivement, sans que ce soit forcément votre domicile officiel.)

À noter qu'au moment de la rédaction de ce livre, la possibilité de se marier dans la commune de résidence des parents est en cours de légalisation par le gouvernement. Auparavant, même si certaines mairies acceptaient des « petits arrangements », vous ne pouviez officiellement vous marier dans la commune du domicile de vos parents ou de leur résidence secondaire que si vous y viviez effectivement pendant au moins un mois avant le jour de la publication des bans. Vous deviez pour cela obtenir l'autorisation du maire et fournir une attestation sur l'honneur.

Quelles sont les conditions pour se marier ?

Vous devez :

- Ne pas être du même sexe que Jules (ou Juliette). Pour les unions homosexuelles, le Pacs reste la solution la plus « officielle » au moment où ce livre est écrit. Il se conclut au tribunal et, comme dans le cas d'une cérémonie civile, peut-être suivi d'une fête réunissant tous les proches des amoureux !
- Être âgé d'au moins 18 ans (sauf dispense d'âge accordée par le procureur de la République pour « motifs graves », comme une grossesse). Un mineur émancipé peut se marier, à condition d'avoir le consentement de ses parents.
- Donner votre consentement.
- N'avoir aucun lien de proche parenté ou d'alliance avec votre conjoint.
- Ne pas être par ailleurs marié. Avant 2005, il existait un délai légal de 300 jours pour se remarier après un divorce. Ce n'est plus le cas

aujourd'hui, et l'inscription du jugement de divorce en marge de l'acte de mariage et de naissance suffit.

Toutes ces conditions sont respectées ? Étape suivante : le dossier de mariage.

Le dossier de mariage

Si vous êtes allergique à la paperasse, ne tremblez pas comme ça, les démarches sont simplifiées et ce passage obligatoire se déroule désormais sans encombre !

Le dossier se retire à la **mairie où sera célébré le mariage civil**. Rendez-vous d'abord sur le site Internet de la mairie en question, car certains proposent le téléchargement du dossier de mariage pour vous éviter de vous déplacer.

Attention : certaines mairies acceptent de bloquer la date au moment du retrait du dossier, auquel cas vous avez tout intérêt à le faire dès la date fixée ! Dans d'autres mairies, seul le dépôt du dossier de mariage complet permettra de réserver. Retirez-le assez tôt pour avoir le temps de réunir tous les documents nécessaires, dont voilà la liste :

- une copie de votre pièce d'identité à tous les deux ;
- une copie intégrale de l'acte de naissance de chacun : elle doit dater de moins de trois mois par rapport à la date de votre mariage s'il a été délivré en France, et de moins de six mois s'il a été délivré Outre-mer ou dans un consulat ;
- un justificatif de domicile pour chacun de moins de trois mois ;
- un certificat du notaire si vous avez conclu un contrat de mariage ;
- la copie de la carte d'identité de vos témoins et leurs coordonnées (nom, prénom, date et lieu de naissance, adresse, profession).

Lors de votre visite à la mairie, n'hésitez pas à poser **toutes les questions** qui vous passent par la tête : des **pièces spécifiques** peuvent être demandées en cas de veuvage ou de divorce, de mariage avec un militaire ou avec un agent diplomatique et consulaire (!), si les futurs mariés sont étrangers, ou si le mariage est mixte...

Vous devrez déposer le dossier de mariage au plus tôt **3 mois moins un jour** avant la date déterminée (certains documents devant dater de moins de trois mois), et au plus tard 11 jours avant le mariage.

Le bon conseil

Certaines mairies disposent de **« kits de préparation au mariage civil »**. Il est composé d'un livret mis à disposition des futurs époux pour récapituler leurs droits et devoirs à venir, et d'un référentiel de formation pour le personnel des mairies. Il est destiné à informer les futurs mariés sur l'aspect juridique du mariage et à leur donner toutes les infos nécessaires pour que la cérémonie soit mieux préparée, plus solennelle. N'hésitez pas à le demander à votre mairie !

Le dépôt et la validation de votre dossier permettront à la mairie de « publier les bans ». Les quoi ?

La publication des bans

La mairie s'en charge automatiquement, **par affichage**, après l'ouverture de votre dossier de mariage. Elle mentionne les noms, prénoms, professions, adresses des mariés et le lieu de mariage. Elle vise à **faire connaître à autrui** votre mariage, au cas où quelqu'un souhaiterait s'y opposer (bouh). Le mariage ne peut être célébré qu'après le 10e jour de publication des bans.

L'audition commune

Si, à l'issue du dépôt du dossier, l'officier d'état civil a un doute sur les intentions cachées derrière la volonté de se marier, s'il redoute que le mariage repose sur l'obtention d'un avantage (titre de séjour, nationalité française...) plus que sur les sentiments, il peut demander à recevoir les futurs époux ensemble ou séparément, pour leur poser quelques questions, avant d'en référer éventuellement au procureur de la République.

Mais restons dans les aspects administratifs, avec la question du contrat de mariage.

Le contrat de mariage

Il n'est pas obligatoire et si vous n'en faites pas, vous serez soumis au **régime de droit commun**.

Sinon, plusieurs possibilités s'offrent à vous, qui régiront vos biens en déterminant s'ils vous appartiennent personnellement, ou s'ils appartiennent au couple que vous formerez. Vous devrez pour cela passer par un **notaire**, environ 5 mois avant le jour J. (À noter que vous pourrez changer de régime deux ans après votre mariage si celui que vous aviez choisi ne vous convient plus.)

Mini-glossaire des types de contrat de mariage : (vous verrez, ça va bien se passer)

Le régime de droit commun

Également appelé « Régime de la communauté réduite aux acquêts », c'est celui dont vous dépendrez si vous n'établissez pas de contrat de mariage.

Chacun des époux a ses **biens propres**, acquis avant le mariage. Tout ce qui a été acquis pendant le mariage, les « **acquêts** », fait l'objet d'un **partage** en cas de divorce.

Pendant le mariage, chaque conjoint peut administrer seul les biens de la communauté, sauf pour les opérations importantes (vente d'un bien immobilier, donation, baux...) où l'accord des deux est nécessaire.

La communauté réduite aux acquêts avec aménagements

Les futurs époux peuvent choisir le régime de droit commun, mais en modifiant quelques **clauses**. Par exemple, la clause de préciput appliqué à un bien permet aux époux de décider que le bien en question reviendra automatiquement à l'époux survivant en cas de décès de l'autre.

Dans ce cas, et contrairement au régime précédent, il faut passer devant un **notaire** pour signer un contrat.

La participation aux acquêts

Pendant le mariage, chacun dispose de ses **biens propres** mais en cas de dissolution, l'époux le moins enrichi a droit à une **créance de participation** « égale à la moitié de la différence existant entre la valeur des patrimoines de chaque époux acquis pendant le mariage ». (Oui, vous avez le droit de relire cette phrase une deuxième fois.)

Exemple : Jules et Juliette se marient sous le régime de la participation aux acquêts en 2000. Leurs patrimoines respectifs sont les suivants :
Juliette : 1 000 000 euros / Jules : 1 500 000 euros
Au moment du divorce de Jules et Juliette et de la dissolution du régime, leurs patrimoines sont de :
Juliette : 1 500 000 euros / Jules : 1 750 000 euros
Leurs acquêts nets s'élèvent à :
Juliette : 500 000 euros (1 500 000 – 1 000 000 euros)
Jules : 250 000 euros (1 750 000 – 1 500 000 euros)
L'excédent des acquêts nets s'élève à 250 000 euros. (Les 500 000 euros de Juliette – les 250 000 euros de Jules = 250 000 euros)
Jules a donc droit à une créance de participation de la part de Juliette égale à la moitié de ces acquêts nets, soit 125 000 euros.

La communauté universelle

Tous les biens des époux sont **mis en commun**, à savoir ceux acquis par chacun avant le mariage, ceux acquis pendant le mariage, et les biens reçus en héritage ou donation.

Durant le mariage, les époux sont responsables solidairement des dettes, qu'elles aient été contractées ensemble ou individuellement.

La séparation de biens

Chacun des époux est propriétaire **personnellement** de ses biens acquis avant le mariage, de ceux acquis pendant le mariage en son nom et de ceux reçus en héritage ou en donation.

Idem au niveau des dettes, où chacun est personnellement responsable des dettes contractées en son nom propre.

Pour plus d'infos, prenez rendez-vous avec votre notaire (il ne facture pas le conseil mais l'acte, donc n'hésitez pas !) et consultez le tableau récapitulatif et comparatif des différents contrats de mariage sur le site www.mariage-idf.fr (rubriques « Infos » puis « Les contrats de mariage », « Tableau récapitulatif »).

Le bon conseil

Les bons comptes font les bons amis/amants/époux, paraît-il. Mais les discussions sur l'argent ne sont jamais faciles à avoir, et si vous sentez qu'il y a de l'eau dans le gaz à ce niveau-là, n'hésitez pas à aller rencontrer un conseiller conjugal. Il ne vous donnera pas une solution « clé en main », mais vous aidera à dédramatiser le sujet et à en parler mieux. Certaines mairies proposent des rencontres avec ce genre de professionnels, renseignez-vous !

Une fois ces étapes respectées, vous pourrez donc vous unir devant Monsieur le maire. Souvent rapide, la cérémonie civile n'en est pas moins essentielle. Découvrez ses coulisses, pour savoir à quoi vous attendre… Et comment en faire un moment magique.

Le déroulement de la cérémonie civile

- Les invités s'installent et attendent les futurs mariés. Certaines mairies disposent uniquement d'une petite salle pour les mariages, renseignez-vous pour vous assurer que tout le monde pourra rentrer. Le cas échéant, les invités pourront vous attendre à la sortie de la mairie.
- L'officier d'état civil veille à ce que la porte reste ouverte, au cas où quelqu'un voudrait s'opposer à votre mariage (oui, comme dans les films, mais en réalité, ça n'arrive presque jamais).
- La mariée s'installe à gauche du marié, face à l'officier d'état civil et dos aux invités. Les témoins s'assoient de chaque côté des mariés.
- L'officier accueille l'assemblée et les futurs mariés, énonce l'identité des époux et leur rappelle leurs droits et devoirs. Puis il leur demande si un contrat de mariage a été conclu.
- Les mariés se lèvent et échangent leur consentement. Après avoir recueilli leurs « oui », l'officier les déclare mari et femme.
- Les applaudissements fusent, les yeux s'humidifient, les mariés se regardent avec des petits cœurs dans les yeux.
- Si vous vous mariez uniquement à la mairie, c'est le moment d'échanger les alliances (même s'il n'y a aucune obligation légale de le faire).
- Les mariés signent le registre, puis c'est au tour des témoins.
- L'officier remet aux mariés le livret de famille. Ne le perdez pas dans l'émotion, vous en aurez besoin toute votre vie !
- Après une vingtaine de minutes (et oui, c'est tout !) les invités sortent.
- Les mariés suivent, accueillis par des applaudissements et sous une pluie de confettis, de bulles de savon ou de cotillons, et parfois une haie d'honneur.

Le bon conseil

S'il est censé porter bonheur aux jeunes mariés, le riz n'a plus vraiment la cote auprès des mairies. Entre la question éthique du gaspillage, les risques de glissades et de chute pour les personnes âgées et les indigestions des pigeons (entre autres arguments !), il n'est pas rare que les mairies interdisent cette pratique. Idem pour les cotillons, qui salissent les parvis et n'ont plus

→

vraiment bonne presse. Deux conseils, donc : renseignez-vous auprès de votre mairie (et faites passer le message à vos convives !), et reportez-vous p. 228, où fusent d'autres idées pour surprendre vos invités !

Combien ça coûte ?

La cérémonie civile est gratuite, mais il est recommandé d'organiser une petite collecte ou de donner une enveloppe destinée aux œuvres de la commune.

Comment personnaliser votre passage à la mairie ?

Si vous avez choisi de vous unir religieusement en plus de la cérémonie civile, vous aurez votre lot d'émotion et de jolis moments. Mais si vous vous mariez seulement à la mairie, vous pourriez être déçus par le côté un peu administratif et expéditif de la célébration. À vous d'en faire un joli moment, en le personnalisant au maximum et en lui donnant le supplément d'âme qui lui manque parfois. Quelques idées à piquer.

- Si vous ne prévoyez rien, les invités s'assoiront sans doute un peu au hasard. Vous pouvez décider de les répartir en deux groupes : côté marié, derrière lui et côté mariée, derrière elle. Chargez un oncle, une belle-sœur ou une amie (qui ne soient pas témoins) de s'occuper du placement à l'entrée.
- Vous pouvez prévoir des petits livrets à déposer sur les chaises, avec une jolie photo de vous et un plan d'accès au lieu de réception, par exemple.
- Le petit discours de bienvenue de l'officier d'état civil est logiquement plus émouvant et plus sympa quand il connaît, même vaguement, les mariés. Essayez de le rencontrer avant pour vous présenter à lui, profitez-en pour lui glisser quelques anecdotes sur votre rencontre, votre couple, afin qu'il personnalise son petit mot.
- Vous pouvez, avec l'accord de l'officier d'état civil, prendre la parole quelques minutes (pas trop nombreuses, un autre couple passe sans doute juste après vous !) au début de la célébration : une occasion sympa d'accueillir vos invités et de leur dire votre joie qu'ils soient avec vous !

- Prévoyez une musique d'entrée et une musique de sortie, qui conférera au moment une dimension plus émouvante. Demandez à la personne qui réceptionnera votre dossier si un lecteur CD est laissé à la disposition des mariés, c'est souvent le cas dans les mairies. Le cas échéant, assurez-vous que le maire n'y voit pas d'inconvénient, et amenez le vôtre ou, pourquoi pas, un vieux gramophone ou un mange-disque vintage !
- Vous pouvez décider d'arriver dans la salle de mariage au bras de votre père ou de votre mère.
- Sans relooker complètement la salle, prévoyez quelques éléments de déco à la mairie (voir p. 227).
- Avez-vous pensé à une haie d'honneur à la sortie de la mairie ? Dans cette tradition, les invités forment deux rangées, de part et d'autre de la porte, pour accueillir et honorer les mariés à leur sortie. Pour cela, ils brandissent un objet, dont l'accumulation forme comme un « toit » pour le jeune couple. Un temps jugée « vieux jeu », la haie d'honneur connaît un nouveau souffle grâce à la créativité des jeunes mariés. En fonction de vos passions ou de votre thème de mariage, vous pouvez en effet imaginer une haie d'honneur de casques (pour les motards), de moulins à vent, de skis, de ballons de foot ou de rugby, de cuillères en bois (thème gourmandise), de branches de bambous, de panamas, de pinceaux…

À l'issue de la cérémonie civile, vous serez officiellement « mari et femme ». Étape suivante, facultative mais aussi souvent la plus importante pour les couples qui font ce choix : la cérémonie religieuse.

Le mariage religieux

Il s'agit bien sûr d'une option et le mariage civil suffit légalement pour pouvoir dire « Mon mari ». Mais le mariage religieux confère pour les croyants une dimension spirituelle au mariage, en plaçant leur couple et leur amour sous la protection divine. Panorama des différentes célébrations religieuses, selon les confessions.

Le mariage catholique

Les fondements : le mariage catholique est un sacrement que se donnent les époux devant Dieu, en se jurant **fidélité**, en s'engageant à **vivre ensemble** jusqu'à ce que la mort les sépare et en se promettant d'accueillir les **enfants** à venir.
Qui ? Le mariage peut être célébré à l'église avec un non-baptisé ou quelqu'un de confession différente après avoir demandé auprès de l'évêché une **dispense pour « disparité de culte »**.
Quand ? Le mariage peut avoir lieu tous les jours sauf le dimanche et le Vendredi saint. C'est en général le samedi qui est choisi.
Où ? Le mariage a le plus souvent lieu dans la **paroisse de la future mariée**. Mais certains prêtres peuvent donner leur accord pour célébrer votre union, même si vous dépendez d'une autre paroisse.
Liste des diocèses et paroisses : www.eglise.catholique.fr

Comment se passe la préparation ?

Vous devrez d'abord constituer un **dossier de mariage** (et oui, encore un !). Il doit être validé par l'Église via le prêtre et l'évêque du diocèse et doit comporter les pièces suivantes :

- extrait d'acte de naissance ;
- certificat de baptême (à demander à la paroisse dans laquelle a été célébré le baptême) ;
- certificat de mariage civil ;
- liste des témoins ;
- un petit texte rédigé par les futurs mariés, faisant part de leur projet de vie et expliquant leur volonté de s'unir devant Dieu. Cette « déclaration d'intention » vous invite à réfléchir sur les fondements du mariage : la fidélité, la liberté, l'indissolubilité, la fécondité.

À noter que, comme pour la cérémonie civile, une enveloppe pour la paroisse est recommandée.

Dans chaque diocèse, des centres de préparation au mariage (CPM) organisent des rencontres avec les futurs mariés pour aborder différents thèmes gravitant autour de l'engagement à venir. Si certains mariés y vont parfois à reculons, c'est pourtant l'occasion de **se préparer à ce moment**

fort : après tout, rien ne nous oblige à vous marier à l'église, alors si vous le faites, n'est-ce pas une décision importante qui mérite un minimum de préparation ?

Il y a en général **cinq rencontres** durant les six mois de préparation (mais cela dépend de chaque paroisse et de votre parcours) :

1. une avec le prêtre ;
2. une avec un couple marié servant de « guide » ;
3. une avec d'autres couples de futurs mariés, pour confronter les points de vue et échanger ensemble ;
4. un autre entretien avec le couple « guide » ;
5. une réunion finale avec le prêtre.

Comment se déroule la cérémonie ?

À moins d'opter pour la bénédiction (voir encadré p. 122), la cérémonic catholique est longue (1 h 30 environ) et ponctuée d'**étapes incontournables**, entrecoupées de nombreux chants. Sans chercher à inventer un type de célébration, vous pouvez discuter avec le prêtre de l'aménagement de certaines étapes. Voici la liste des principales :

- l'entrée des mariés ;
- préambule, avec rappel de la signification du mariage ;
- Gloria ;
- première lecture ;
- psaume ;
- lecture d'un texte profane (facultatif) ;
- acclamation puis lecture d'un extrait de l'Évangile et homélie ;
- profession de foi (Credo) ;
- invocation de l'Esprit-Saint (et appel éventuel des témoins à entourer les mariés) ;
- action de grâce
- échange des consentements ;
- échange et bénédiction des alliances ;
- prière des époux ;
- bénédiction nuptiale ;
- prière universelle ;
- offrande ;
- Sanctus ;

- prière eucharistique ;
- Anamnèse ;
- Notre Père ;
- Agnus Dei ;
- communion ;
- prière à la Vierge (facultatif mais très courant) ;
- bénédiction finale ;
- signature des registres ;
- sortie de l'église.

L'entrée des mariés

Les invités sont déjà installés dans l'église, traditionnellement suivant cette séparation : la famille du marié à **droite** de l'église (en regardant l'autel), celle de la mariée à **gauche**.

Les témoins du marié sont assis à la première rangée derrière lui, ceux de la mariée à la première rangée derrière elle. La famille est juste derrière (à gauche pour la mariée, à droite pour le marié).

Le **marié** entre en premier, au bras de sa **mère**, pendant que les invités se lèvent. Il ramène sa mère à sa place (au deuxième rang) et attend sa future épouse debout devant sa chaise.

Le père du marié arrive au bras de la mère de la mariée.

Puis c'est au tour de la **mariée**, au bras de **son père**, suivis ou précédés du cortège. Le père laisse sa fille aux côtés de son fiancé, et retourne s'asseoir.

Quelques suggestions de chants d'entrée (voir aussi les chants de sortie p. 121) :

Le canon de Pachelbel.
La marche nuptiale de Mendelssohn.
Air on the G String de Bach.
Ave Maria de Schubert.
Écoute la voix du Seigneur.
Si le Père vous appelle.
Que vive mon âme à te louer.

Qui mène la mariée à l'autel ?

En cas de décès d'un ou des parents

Si le père de la mariée est décédé, elle peut choisir d'entrer au bras de son grand-père, de son frère aîné, de son parrain ou d'un de ses témoins.
Si la mère du marié est décédée, il entre au bras de sa grand-mère, de sa sœur, de sa marraine ou de l'une de ses amies.
Si le marié a perdu ses deux parents, il entrera au bras de la mère de la mariée.

En cas de divorce des parents

Vos parents sont séparés, non remariés, et ils s'entendent plutôt bien : ils peuvent être placés à l'église l'un à côté de l'autre.
Ils sont remariés et en bons termes : la mère est traditionnellement assise au premier rang avec son mari, le père juste derrière avec sa femme.
Vos parents, tous les deux remariés, sont en conflit : votre mère sera assise au premier rang, votre père au deuxième et leurs conjoints respectifs derrière.

La première lecture

Tirée de la Bible, elle peut être lue par un ami, un témoin, un parent… C'est à vous de choisir celle que vous souhaitez.

Quelques suggestions de première lecture :

- « Un amour plus grand que l'amour. » Lecture de la première lettre de saint Paul Apôtre aux Corinthiens (12,31 – 13,8a).
- « Un seul corps un seul esprit. » Lecture de la lettre de saint Paul Apôtre aux Éphésiens (4, 1-6).
- « Il n'est pas bon que l'homme soit seul. » Lecture du livre de la Genèse (2, 18-24).
- « C'est l'amour qui fait l'unité. » Lecture de la lettre de saint Paul Apôtre aux Colossiens (3, 12-17).

Le bon conseil

Une fois votre choix arrêté, pensez à transmettre le texte à la personne qui devra le lire, pour qu'elle se l'approprie et soit à l'aise le jour J !

Le psaume

Il est en quelque sorte la réponse de l'assemblée à la première lecture. Il peut être lu ou chanté par tous.

Quelques suggestions de psaume :

Psaume de la création
Seigneur ton amour sois sur nous,
comme notre espoir est en toi (psaume 102)
Bénis le Seigneur, ô mon âme (psaume C 114)

Un texte profane

Ce n'est pas obligatoire, mais vous pouvez choisir d'intercaler ici la lecture d'un texte non religieux. Il en existe des sublimes sur l'amour, que vous pourrez lire ensemble : séquence émotion garantie ! Pour des idées de textes, voir p. 140, au chapitre sur la cérémonie laïque.

L'Évangile et l'homélie

C'est la **parole de Dieu** rapportée par les évangélistes, elle est **lue par le prêtre**. Vous pouvez néanmoins choisir celle qui vous parle le plus. Après l'avoir lue, le prêtre parle à l'assemblée de ce qui vient d'être dit et établit des liens avec le mariage que vous célébrez aujourd'hui, c'est ce commentaire du prêtre qu'on appelle homélie.

Lire tous les évangiles en ligne : www.bibliques.com

Quelques suggestions d'évangiles :

Évangile de Jésus-Christ selon saint Matthieu (5, 1-12a).
Évangile de Jésus-Christ selon saint Matthieu (7, 21.24-29).
Évangile de Jésus-Christ selon saint Jean (15, 9-13).

L'invocation de l'Esprit-Saint

C'est l'acteur premier du sacrement du mariage car c'est lui qui consacre l'union. On l'invoque pour qu'il donne aux nouveaux époux sa force et sa grâce.

L'échange des consentements

Le prêtre orchestre ce moment fort, particulièrement émouvant, où **les mariés se disent « oui »**. Faites travailler votre mémoire en retenant par cœur cet échange, ou du moins vos réponses, pour donner les bonnes au bon moment ! (À noter qu'il existe d'autres formulations que celle-ci, donnée à titre d'exemple.)

Le prêtre : Juliette et Jules, vous avez écouté la parole de Dieu qui a révélé aux hommes le sens de l'amour et du mariage. Vous allez vous engager l'un envers l'autre. Est-ce librement et sans contrainte ?
Juliette et Jules : Oui.
Le prêtre : Vous allez vous promettre fidélité. Est-ce pour toute votre vie ?
Juliette et Jules. Oui, pour toute notre vie.
Le prêtre : Dans le foyer que vous allez fonder, acceptez-vous la responsabilité d'époux et de parents ?
Juliette et Jules : Oui, nous l'acceptons.
Jules : Juliette, veux-tu être ma femme ?
Juliette : Oui, je le veux. Et toi Jules, veux-tu être mon mari ?
Jules : Oui, je le veux. Juliette, je te reçois comme épouse et je me donne à toi pour t'aimer fidèlement tout au long de notre vie.
Juliette : Jules, je te reçois comme époux et je me donne à toi pour t'aimer fidèlement tout au long de notre vie.

L'échange et la bénédiction des alliances

Ce moment symbolise l'**union devant Dieu**. Le témoin ou la demoiselle d'honneur – ou n'importe quelle autre gentille personne qui a pensé à prendre les alliances – vous les apporte et, chacun votre tour, en la passant au doigt de votre époux(se) (l'annulaire de la main gauche !), vous prononcez la phrase :

« Je te donne cette alliance, signe de notre amour et de notre fidélité. »

Le prêtre déclare alors : « Désormais, vous êtes unis par Dieu et par le sacrement du mariage. »

(Juliette lève son voile, Jules et Juliette s'embrassent, les flashs crépitent et les cœurs battent.)

La bonne idée

Si vous avez peur que votre futur mari se trompe de main lors de l'échange des alliances (l'émotion, le stress, toussa), convenez de mettre un bracelet sur le poignet gauche.

La prière des époux

Ce texte, **lu par les époux**, est en général un texte **écrit par eux** (souvent avec l'aide du prêtre !), s'adressant à Dieu pour le remercier et lui demander de veiller sur leur nouvelle union.

Comment on l'écrit ? Pour vous aider, suivez la structure suivante :

- Pardon (de notre tiédeur passagère envers la Foi, de nos disputes, de nos errances…).
- Merci (de nous aimer, de garder nos proches en bonne santé, pour cette belle journée…).
- S'il te plaît (veille sur notre couple et sur nos proches, donne-nous de fonder une famille…).

Aïe, on sèche !

Pas de panique, mieux vaut dans ce cas aller emprunter un texte existant quelque part et l'adapter à ce que vous voulez faire passer plutôt que d'improviser pour le meilleur et pour le pire…

Ne vous prenez pas la tête, l'idée n'est pas de scotcher vos invités et Dieu, mais de lui adresser votre première prière, avec vos mots à vous. N'hésitez pas à vous inspirer de prières trouvées sur le Web et à les retravailler à votre sauce. Vous pouvez aussi opter pour la lecture d'une prière que vous aimez.

- Un exemple de prière des époux sur : www.croire.com (rubriques « Étapes de la vie », « Mariage », « Exemples de prières des époux »).

La bénédiction nuptiale

Le prêtre bénit les époux, en récitant un **court texte**.

La quête

L'assemblée apporte une **contribution financière** à l'Église. Traditionnellement, ce sont les **enfants d'honneur** qui passent la corbeille à chaque bout de rang et les ramènent devant l'autel.

Pensez à prévenir les enfants concernés (attention aux âges et aux tempéraments, cette tâche impose un minimum de rigueur et de calme !) et à **désigner deux adultes** (un de chaque côté de l'église) pour aider les enfants si besoin.

Ce moment, qui peut durer une petite dizaine de minutes, est en général accompagné d'une musique ou d'un chant.

La bonne idée

Vous pouvez vous arranger avec le prêtre pour organiser la quête pendant la signature des registres par exemple, pour éviter les « temps morts ».

La prière universelle

Elle est écrite par les mariés ou par l'un de leur proche et lue par un membre de la famille ou un ami. Contrairement à la prière des époux, elle va au-delà du couple pour s'adresser à tous, d'où son nom…

En général, elle développe cinq intentions : une pour l'Église (le Pape, les évêques, les prêtres…), une pour les nouveaux mariés, une pour le monde ou les couples du monde, une pour ceux qui souffrent et une pour la paroisse. Vous pouvez aussi ajouter une intention de prière pour les absents et les défunts de votre famille.

Chaque intention peut-être ponctuée d'une phrase, par exemple, « Ensemble, prions le Seigneur », ou d'un refrain chanté. Autre solution, ne chanter le refrain qu'au début et à la fin de la prière.

> **La bonne adresse**
>
> Si vous êtes en panne d'inspiration, rendez-vous sur le site www.mesdocumentscathos.fr, qui propose le téléchargement gratuit d'un livret contenant plein d'intentions pour chacune des catégories (l'Église, le monde…). Certaines sont très tradi et ne parleront donc pas à tous, à vous de faire le tri !

Exemples de prière universelle sur : www.mesdocumentscathos.fr (rubrique « Prières universelles »).

Le Sanctus, la prière eucharistique et l'anamnèse sont chantés par l'assemblée.

Le Notre Père est récité ou chanté, en se tenant les mains ou pas.

L'Agnus-dei et la communion : ceux qui le souhaitent (et qui ont fait leur première communion !), viennent recevoir le « corps du Christ ». C'est un temps de recueillement qui peut durer un petit moment (un quart d'heure, quand l'église est grande et pleine), et qui est donc généralement accompagné d'une musique douce. Ceux qui n'ont pas fait leur première communion mais souhaitent s'associer à cet instant peuvent également s'avancer les bras croisés sur la poitrine pour recevoir une bénédiction.

Quelques exemples de chants de communion :

Comme un souffle fragile.
À l'image de ton amour.
L'amour jamais ne passera.
Voici le corps et le sang du Seigneur.
Devenez ce que vous recevez.
C'est toi Seigneur le pain rompu.

La bénédiction finale

Elle est lue par le prêtre et s'adresse aux époux.

La signature des registres

Les mariés signent, tout comme les témoins, pendant que l'assemblée s'apprête à quitter l'église, sur la **musique de votre choix**. Depuis quelques années, la signature ne se fait plus sur l'autel mais sur une table disposée près de l'autel. Objectif : donner un peu moins d'importance à ce moment souvent « surmédiatisé » par les tontons et cousins paparazzis, alors qu'il ne s'agit que d'un acte administratif pour l'Église.

La sortie des époux

Entrés chacun de leur côté, les époux sortent maintenant ensemble, après tout le monde, et suivis de leurs enfants d'honneur. Ne négligez pas le choix de la musique qui vous accompagnera ! Sacrée, religieuse ou païenne, la musique de sortie, contrairement aux autres, n'appelle pas tant au recueillement qu'à la joie : exprimez-la, en choisissant un titre qui vous donne le sourire !

Quelques titres de chant de sortie, à aller écouter au plus vite :

- Chants classiques :

La marche nuptiale de Mendelssohn.
La marche nuptiale de Wagner.
Fugue du requiem en ré mineur de Mozart.
Sarabande d'Haendel.

Hymne à la joie de Beethoven.
Jésus que ma joie demeure de Bach.

- Chants religieux :

Ils deviennent chemin.
Allez dire à tous les hommes.
Je veux chanter ton amour Seigneur
Proclamez que le Seigneur est bon
Bénissez le Seigneur (Taizé)

- Chants profancs : voir p. 137, au chapitre sur la cérémonie laïque.

Le choix de la bénédiction

Il s'agit d'une célébration sans l'étape de l'Eucharistie, c'est-à-dire de la communion. Si une messe de mariage « classique » dure une bonne heure et demie, **la bénédiction ne dure qu'une toute petite heure**.
C'est une solution à envisager, par exemple si vos familles respectives ne sont pas pratiquantes.
Attention cependant à ne pas choisir cette option « pour aller plus vite » : avec ou sans Eucharistie, il s'agit d'un mariage devant Dieu, qui n'a de sens que si les futurs époux souhaitent donner une dimension spirituelle à leur union. Chacun vit sa foi comme il l'entend, mais la cérémonie religieuse implique aussi une croyance, un engagement particulier. Demandez-vous quelles sont vos motivations réelles et profondes. Si vous en venez à la conclusion que vous souhaitez vous marier à l'église parce que vous redoutez l'aspect un peu froid et expéditif du mariage civil, envisagez plutôt la cérémonie laïque : on vous explique tout p. 134 !

Nos proches ne sont pas très croyants : comment rendre malgré tout cette cérémonie agréable et vivante ?

Vous avez décidé de vous unir à l'église, mais vos proches ne sont pas sensibles à la religion, et pas vraiment au fait de ses rites. Même si c'est votre cérémonie avant tout, vous souhaitez les concerner, attirer leur attention, partager ce moment avec eux, bref, faire de cette cérémonie un moment joyeux et ne pas croiser de regards interrogatifs-blasés-surpris-fatigués. Quelques idées à picorer :

- Si c'est un choix qui vous convient, préférez une bénédiction, plus courte qu'une messe.
- Expliquez la situation au prêtre : il saura alors sans doute trouver les mots justes pour toucher vos proches, tout au long de la cérémonie, et leur parler de sujets universels, au-delà de la religion : l'amour, la fidélité, le soutien, les épreuves, le pardon…
- Prenez la parole au début de la cérémonie pour leur dire votre joie de partager ce moment avec eux et leur expliquer qu'au-delà de la religion, il s'agit d'amour, tout simplement, et que vous espérez qu'ils se retrouveront eux aussi dans les textes et les chants.
- Prenez soin de tout noter sur les livrets de messe, afin que chacun suive la cérémonie sur son livret, et sache quoi répondre au prêtre et à quel moment… (Précisez avant la réponse : « tous ensemble ».)
- Optez quand vous le pouvez pour des textes « païens » qui parlent d'amour.
- Choisissez quelques chants laïcs (en particulier pour la sortie).
- Pour les chants religieux, préférez les plus connus, que vos invités pourront entonner même sans être des habitués de l'église.

Pensez tout de même à épargner un peu le prêtre, s'il est plutôt tradi… La plupart autorisent les mariés à personnaliser leur messe grâce à des textes et chants qui ne sont pas religieux, mais souvenez-vous que son rôle est de vous unir devant Dieu, dans le respect de la religion. Alors ne lui en voulez pas s'il vous refuse de la disco à la sortie de la messe !

À propos de musique, voyons comment vous occuper de l'animation musicale pendant la cérémonie.

L'animation musicale, ou comment trouver votre DJésus

Pour animer les chants, un chanteur ou une chanteuse est proposé(e) par la paroisse locale (il est d'ailleurs de bon ton de laisser dans ce cas une petite enveloppe à la paroisse pour l'en remercier).

Mais vous pouvez choisir de confier cette mission de « chantre » (c'est le nom donné à celui qui dirige les chœurs) à un oncle, une amie ou une sœur avec de très bonnes qualités vocales… Et un répertoire large ! Faites un premier essai, puis envoyez-lui les chants choisis (le mieux étant de l'associer à la préparation de la cérémonie), et pensez à faire une ou deux autres répétitions pour vérifier que la musique donne, donne, donne… (et qu'elle ne triche paaas).

Niveau musique, pensez aussi à impliquer vos proches si vous avez des musiciens parmi eux ! Certes, c'est une responsabilité et cela demandera quelques répétitions, mais c'est une jolie façon de participer à votre cérémonie, et l'émotion est très souvent au rendez-vous quand quelques instruments accompagnent les plus jolis chants…

Certains futurs mariés vont plus loin en décidant de faire appel à un prestataire extérieur pour animer leur cérémonie religieuse : chorale gospel ou classique, soliste, quatuor, ensemble vocal…

Si vous êtes tentés, fiez-vous au bouche à oreille, ou rendez-vous sur les annuaires de chorales : www.chorales.info, www.festivocal.org. Contactez les plus proches du lieu de la cérémonie pour leur demander si elles proposent ce type de prestations, et à quel prix.

D'autres prestataires pour l'animation musicale de votre cérémonie religieuse :

- www.mariagevip.com
- www.eclipse-animation.fr
- www.meusergateamor.fr
- http://gospelspirit.free.fr

Les livrets de messe

Les livrets sont le support de l'assemblée durant toute la cérémonie, le fil rouge qu'ils suivront pour découvrir les chants, les prières.

On y met quoi ?

Quand vous serez au clair sur toutes les étapes, listez le choix des textes, des chants, afin de pouvoir imprimer les livrets à J-1 mois.

À l'intérieur des livrets, on trouve :

- Le nom des chants choisis et les paroles.
- L'énoncé des différentes étapes.
- Pour la majorité d'entre elles, le détail des étapes (reconstitution de la première lecture et de l'Évangile choisis…) afin de permettre à tous de suivre.
- Les remerciements, en dernière page : pour la paroisse, le prêtre qui a célébré votre mariage, vos témoins, mais aussi ceux qui se sont éventuellement impliqués dans la cérémonie (les enfants du cortège, le tonton chanteur, le cousin à la guitare…).

En « couverture » et au dos du livret :

- Vous pouvez inscrire la date et vos deux prénoms.
- Une jolie photo de vous deux ou de l'église où vous vous unissez personnalisera le livret.

En plus, vous pouvez ajouter au livret :

- Une feuille présentant les indications pour se rendre jusqu'au cocktail, ainsi que le numéro de téléphone de l'un de vos témoins, chargé de guider les invités perdus.
- Une jolie citation, une image que vous aimez.
- Une petite phrase de bienvenue pour vos invités.
- Le « matériel » pour vous applaudir à la sortie : petit ballotin de riz ou mini-nécessaire à bulles de savon accroché au livret.

On les met où ?

- Dans une corbeille, à l'entrée, pour que chacun puisse se servir.
- Pour éviter que les têtes en l'air oublient, vous pouvez prévoir de les faire distribuer à l'entrée.
- Si vous avez le temps, vous pouvez les disposer sur les bancs, juste avant la cérémonie.

Pour ces deux dernières solutions, pensez à nommer un « chef de mission » !

On les fait comment ?

- On fait faire. Un imprimeur peut s'en charger (si c'est le même que celui des faire-part et des menus, vous obtiendrez des prix dégressifs intéressants).

- Do It Yourself. Aidez-vous de tutoriels gratuits péchés sur le Net, ils vous simplifieront la vie en vous donnant les marges à respecter, les espaces à prévoir… (Par exemple : http://astuces.jeanviet.info, tapez « créer un livret de messe » dans le champ de recherche en haut.)

Vous pouvez utiliser pour l'impression un papier classique, mais aussi calque (pour la couverture), cartonné…

Pour la reliure, la solution classique, facile et jolie consiste à simplement plier les pages et à les relier grâce à du raphia ou un joli ruban noué autour de la pliure.

Mention très bien pour le ruban plus long, qu'on pourra accrocher aux chaises pour décorer l'Église sans dépenser plus !

Une autre bonne idée pour les mariages en plein été : le livret cartonné, découpé en triangle et collé sur un bâtonnet de bois : et hop, un éventail pour ces dames (et ces messieurs au chaud sous leur costume) !

Le mariage orthodoxe

Les fondements : le mariage orthodoxe repose sur la communion de vie et la responsabilité des époux.
Qui ? Pas besoin d'être tous les deux orthodoxes pour vous marier, la religion tolère la disparité de culte à condition que les époux soient baptisés.

La bonne idée

Les orthodoxes font partie de la « famille des chrétiens » : si vous vous mariez avec un(e) catholique ou un(e) protestant(e), un prêtre ou un pasteur peuvent assister à la cérémonie.

Vous pouvez en théorie vous **remarier** si le précédent mariage est dissous. Mais dans ce cas, l'évêque examinera votre situation et acceptera ou pas une nouvelle union.
Quand ? N'importe quel jour ! La date est à déterminer avec le pope, qui le célébrera, en fonction du calendrier liturgique.
Où ? Dans une église orthodoxe, liste sur www.orthodoxesaparis.org

Comment se passe la préparation ?

La durée varie en fonction du souhait du pope, qui décide du nombre de rencontres. En général, il y en a **entre deux et quatre**, où sont évoquées la vie de couple et la cérémonie.

Comment se déroule la cérémonie ?

C'est une cérémonie fastueuse qui commence par les **fiançailles**, célébrées au fond de l'église.

L'échange des anneaux est précédé de la lecture de la grande litanie de paix, entrecoupée, à chaque demande de l'officiant, d'une réponse du chœur : « Kyrie eléison. »

- Exemple d'office des fiançailles sur : www.orthodoxworld.ru/fr (rubriques « Sacrements », « Offices de mariage »)

Les **anneaux** sont échangés et les mariés sont menés à l'autel par le pope pour la cérémonie du **couronnement**, en mémoire des martyrs et des témoins des souffrances du Christ.

S'ensuit une lecture de deux textes du **Nouveau Testament** :

- La lecture de l'épître du saint apôtre Paul aux Éphésiens (5, 20-33)
- La lecture de l'Évangile selon saint Jean (2, 1-11)

Puis vient le rituel du **partage de la coupe** : attention de ne pas en faire tomber une goutte, qui serait considérée comme un mauvais présage pour votre couple !

En symbole de l'éternité de leur engagement, les mariés et leurs témoins font **trois fois le tour du lutrin** où sont disposés les évangiles.

Enfin, le pope enlève la couronne du marié en lui disant :

« Époux, sois magnifié comme Abraham, béni comme Isaac, riche de fils comme Jacob ; avance sur les chemins de la paix, accomplis en toute justice les préceptes divins. »

Puis celle de la mariée en disant :

« Et toi, Épouse, sois magnifiée comme Sarah, comblée de joie comme Rébecca, féconde comme Rachel ; trouve ta joie dans celui qui est ton mari et garde les préceptes de la loi, afin de plaire au Seigneur ton Dieu. »

Les pièces à fournir : les **actes de baptême** – à demander à la paroisse qui vous a baptisé(e) – sont à donner au pope lors de votre première rencontre.

Le mariage juif

Les fondements : le mariage juif implique **affection**, **entretien** et **protection** des époux l'un envers l'autre.
Qui ? La religion juive interdit les mariages mixtes. Les deux futurs époux doivent donc être de **confession juive**, ou **se convertir** le cas échéant.
Quand ? N'importe quel jour sauf le samedi (sabbat), les jours de jeûne et de fête (Pourim, Pessa'h, Hanouka…).
Où ? Dans la synagogue de votre choix, sous réserve d'accord du rabbin. Liste des synagogues : http://ctrouve.fr/index.php/synagogues.

Comment se passe la préparation ?

La tradition veut que la future épouse rencontre une femme mariée (souvent la femme du rabbin), qui va **la « former » aux traditions** : cachérisation de la viande, séparation de la vaisselle, éducation des enfants…

Le samedi précédant la cérémonie, les mariés et leurs parents vont à la synagogue pour recevoir la **bénédiction divine**.

Une semaine avant, les juifs sépharades célèbrent la cérémonie du henné : on applique un peu de henné dans la paume de la main droite de la mariée, puis on y pose un louis d'Or, avant de recouvrir le tout d'un ruban rouge.

Puis la veille, la future mariée se rend au **« mikvé »** avec ses amies pour un bain rituel de purification, à l'issue duquel elle reçoit une attestation indispensable à la cérémonie.

Comment se déroule la cérémonie ?

Le jour J, les fiancés ne se voient pas et jeûnent jusqu'à la cérémonie. Ils se tiennent sous un « dais », symbole de **protection divine**. Tous les invités doivent avoir la **tête couverte**, à l'exception des jeunes filles.

Après l'étape du **kidouchin** (fiançailles), où le couple boit dans la coupe, place au rituel des **alliances** : l'homme la passe au doigt de sa femme, puis au sien.

La **lecture de la ketuba** rappelle les devoirs de l'époux envers sa femme. Le rabbin en fait un résumé en français, que vous trouverez sur le site www.massorti.com (rubriques « Questions pratiques », « Mariage », « Les étapes d'un mariage juif »). S'ensuit le **chant des 7 bénédictions** *(rendez-vous sur le même site que ci-dessus).*

Puis, **un verre est cassé** en symbole de la fragilité du bonheur de l'être humain (et des efforts à déployer pour le garder intact !) et de la destruction du temple de Jérusalem. Enfin, les époux repartent avec la ketuba.

Les pièces à fournir

L'acte de mariage religieux des parents, un extrait d'acte de naissance à demander auprès de votre mairie de naissance, le livret de famille des parents, un certificat de célibat pour les étrangers, à demander auprès du Consistoire de la commune d'origine ou du consulat du pays d'origine.

Le tout est à envoyer trois mois avant le mariage à l'adresse suivante :

Services des mariages du Consistoire de Paris
17, rue St-Georges, 75009 Paris
(01 40 82 26 26)

Le mariage musulman

Les fondements : il repose sur le **libre consentement** des deux époux. La religion musulmane autorise le divorce et la polygamie, mais cette dernière reste interdite en France ! Les époux s'engagent aussi à élever leurs enfants dans le **respect** de la religion musulmane.

Qui ? Le **marié** doit impérativement être **musulman**. Si ce n'est pas le cas, il devra se convertir.

La **mariée** peut en revanche être d'une **autre confession** religieuse, mais le mariage avec une athée est proscrit.

Si c'est l'imam qui célèbre souvent les mariages, la cérémonie peut être célébrée par un autre membre musulman.

Quand ? Dans les pays musulmans, les mariages ont souvent lieu le jeudi et le vendredi, mais en France ils se déroulent principalement le samedi et le dimanche.

Le bon conseil

En 2014, le ramadan devrait avoir lieu du 28 juin au 28 juillet. Si la religion n'interdit pas les mariages pendant cette période, notez bien que vos invités pratiquant le jeûne ne pourront commencer à boire et à se nourrir qu'au coucher du soleil, et que les époux sont tenus de n'avoir aucune relation sexuelle après le lever du soleil…

Où ? La cérémonie se déroule à la mosquée ou au domicile des parents de la future mariée. Liste des mosquées disponible sur : http://mosquee.free.fr

Comment se passe la préparation ?

Elle est très restreinte, car le mariage est **avant tout un acte civil**. En revanche, une tradition incontournable a lieu la veille du jour J : **la cérémonie du henné**, au cours de laquelle une femme applique du henné sur les mains et les pieds de la future mariée.

Comment se déroule la cérémonie ?

Doivent être présents **les témoins des mariés et le « walî »** de la mariée, représentant du mariage : son père, son grand-père, son arrière-grand-père ou encore son frère. Si une femme convertie vivant en France n'a pas de « walî », elle peut s'adresser à un homme musulman de son choix.

L'imam (ou l'homme de savoir, si la cérémonie a lieu à domicile), ouvre généralement la cérémonie par la **récitation d'un court serment d'introduction, puis par trois versets** (Sourate 3, verset 102 ; Sourate 4, verset 1 ; Sourate 33, versets 71-72). Les textes sont disponibles sur www.maison-islam.com, catégorie « Mariage et famille », en réponse à l'article « Comment procède-t-on pour célébrer un mariage religieux ("nikâh"-"fâtiha") ? ».

Les **époux s'échangent ensuite leurs consentements** et en profitent pour préciser un point important : le douaire (ou « mahr »), sorte de dot que le mari donne à sa femme pour lui témoigner son affection. Son montant ou son objet (il peut s'agir d'un bien, même symbolique) est librement consenti : vous pouvez l'annoncer durant la cérémonie, ou vous contenter de dire que la question est réglée entre vous.

Puis vient le moment des éventuelles conditions additives : il s'agit pour chacun des mariés d'**énumérer ce qu'il attend de son époux(se)** : droit au divorce, non à la polygamie… Comme pour l'étape du douaire, les amoureux peuvent choisir, si le mariage a lieu chez eux, de lire leurs dispositions respectives, ou de les échanger seuls, préalablement à la cérémonie.

Si les rituels varient d'une culture à l'autre, l'« après » est **toujours fait de fête**, de chants, et de musique de tambourin.

Les traditions musulmanes s'accordent pour recommander d'organiser **un banquet après le mariage**, même si rien n'est obligatoire.

Le moment clé de la cérémonie pourra être celui où la jeune mariée est menée jusqu'à la maison de son époux, la nuit de consommation du mariage, ou le troisième jour suivant le mariage.

Les pièces à fournir : le certificat de mariage civil.

Le mariage protestant

Les fondements : le mariage n'est ici pas un sacrement mais un **acte de responsabilité**. C'est le mariage civil qui est reconnu comme valable et suffisant.
Qui ? La religion autorise les **mariages mixtes**, ainsi que les **remariages**.
Quand ? En théorie, il peut avoir lieu n'importe quel jour sauf le dimanche, mais c'est en général le samedi qui est choisi.
Où ? Dans une église protestante (liste sur www.protestants.org, rubrique « Annuaire ») ou, si le pasteur l'accepte, à l'extérieur : dans un parc, sur le lieu de réception…

Comment se passe la préparation ?

Le mariage protestant n'exige pas de préparation spécifique. Une **rencontre avec le pasteur** permet juste de déterminer la date, les chants et les textes.

Comment se déroule la cérémonie ?

Elle est caractérisée par la **simplicité** et se déroule brièvement.

Il n'existe pas de protocole particulier pour l'ordre d'entrée des mariés et de leur proche : les mariés peuvent très bien arriver au bras l'un de l'autre s'ils le souhaitent, et sur la musique de leur choix, en accord avec le pasteur.

Un **registre** est signé par les mariés, leurs parents et les témoins, dès leur entrée, car contrairement au mariage catholique les mariés protestants sont déjà considérés comme unis par le mariage civil.

Après un mot de bienvenue de l'officiant et un éventuel chant d'accueil, trois extraits du Nouveau Testament sont lus par le pasteur. Ils peuvent être entrecoupés de chants ou de musique.

Puis le pasteur procède à sa prédication puis, après une parenthèse de calme en silence ou en musique, les époux lisent éventuellement un texte ou une prière écrit par eux, et s'échangent les consentements.

La bénédiction est suivie de l'échange des alliances et du don de la bible aux jeunes mariés.

Les pièces à fournir : certificat de mariage civil et fiche d'état civil des différents témoins.

Le bon conseil

La cérémonie religieuse est un moment solennel. Pour pouvoir en profiter, vous recueillir, et pour que l'émotion soit bien là, tout doit être bien orchestré, afin d'éviter le stress, les bruits inutiles… Vous pouvez pour cela répartir les rôles auprès de quelques proches ou de vos témoins.

- Une personne à l'entrée pour indiquer aux invités où s'asseoir (invités de la mariée à gauche, invités du marié à droite).
- Deux personnes pour s'occuper d'aider les enfants d'honneur au moment de la communion.
- Une personne pour déposer les livrets de messe sur les bancs ou les distribuer à l'entrée.
- Votre grand frère donne aux invités les confettis, les pétales de rose, à la sortie.

La cérémonie laïque : option romantique, attention, yeux qui piquent

Autrefois, vous la regardiez avec des cœurs dans les yeux, dans les comédies romantiques qui vous faisaient rêver. Vous ne vous doutiez pas, alors, que c'est vous qui seriez un jour à sa place sous l'arche de fleurs au bras de votre Brad.

Qu'est-ce que c'est ? Tout droit venue des États-Unis, la cérémonie laïque est en phase de devenir THE détail tendance des mariages à venir. Jugée « bizarre », « théâtrale » ou « inutile » il y a encore quelques années, la cérémonie laïque est la « petite nouveauté » qui monte, qui monte, qui monte...

Son objectif : compléter le mariage civil, en proposant aux jeunes mariés un **moment fort et émouvant**, avec leurs invités.

Ceux qui ont décidé de s'unir dans la religion ont sans doute eu leur dose de sensations fortes pour la journée. Mais c'est à ceux qui y ont renoncé, en raison d'une disparité de culte ou tout simplement d'un refus de passer par la case « Religion », que la cérémonie laïque s'adresse.

Elle n'a **aucune valeur légale**, mais elle permet d'unir symboliquement et joliment les époux qui le souhaitent, quand le passage à la mairie a été vécu comme un peu trop expéditif.

La journée et l'union des mariés revêtent alors une dimension très **romantique**, et surtout plus **spirituelle**, sans être religieuse, dans laquelle de plus en plus de fiancés se retrouvent.

Les préparatifs

Encore une fois, la cérémonie laïque n'a aucune valeur légale. Aucune préparation spécifique n'est donc requise et vous avez carte blanche ! Mais à vous de mettre en place une préparation à votre sauce, aussi bien au niveau spirituel que matériel.

La préparation « spirituelle »

Contrairement aux célébrations religieuses, personne ne vous prendra par la main pour vous préparer à votre mariage. Et c'est d'ailleurs souvent cette liberté dans l'engagement et dans ce qu'on met derrière qui séduit les futurs mariés.

Mais peut-être aimeriez-vous malgré tout vous « préparer » à votre façon ? Si c'est votre cas, cette nouveauté va vous séduire : les **préparations civiles au mariage** commencent à se développer, essentiellement par le biais de « retraites laïques ». Le principe : partir quelques jours à deux, ou avec d'autres couples, et un accompagnant, parfois pour parler des divers aspects de la vie de couple, parfois… en silence, pour se retrouver et se ressourcer.

Philippe Geffroy et Sylvie Ferrieu, thérapeutes, accueillent des couples dans un cadre apaisant et ressourçant, à une heure d'Agen. Objectif : aidés par ce couple dans la « vraie vie », construire son propre projet de couple, apprendre à mieux communiquer, gagner en complicité et en intimité…
www.lesjardiniersdeletre.com

Autre option : l'association Cap Mariage vise à préparer les futurs mariés à leur union civile, par le biais de stages et de rencontres, partout en France, avec des juristes, des conseillers conjugaux… L'adhésion coûte 30 euros par couple. Plus d'infos : www.mariage-civil.org

La préparation matérielle

Le lieu : la cérémonie laïque peut avoir lieu dans la salle de réception, juste avant le cocktail, ou chez vous si le mariage est prévu à domicile.

Vous pouvez aussi sortir le grand jeu, « à l'américaine » : cérémonie à l'extérieur avec arche en fer forgé couverte de fleurs, bouquets et bougies au sol… (Voir nos conseils déco pour la cérémonie laïque, p. 231.)

Le matériel :

- si la cérémonie a lieu à l'extérieur, une tente vous sauvera la mise en cas d'intempéries ;

- prévoyez un nombre suffisant de **chaises** pour les invités (c'est un moment doux et romantique qui doit se dérouler dans un minimum de calme) et un **micro** pour l'officiant ;
- installez également une petite table, afin d'y poser les registres que vous pourrez faire signer par vos témoins laïcs ;
- enfin, prévoyez de quoi diffuser de la musique (un iPod et des enceintes par exemple) ou faites appel à un groupe d'animation musicale (voir p. 202).

Pour orchestrer la cérémonie, vous devrez avoir recours à un officiant.

L'officiant

C'est la personne qui introduira la cérémonie et la dirigera. Concernant son choix, c'est… vous qui voyez ! (C'est bien, vous suivez.) Autrement dit, vous pouvez faire appel à votre père, votre belle-mère, votre meilleur ami… Peu importe, pourvu que vous ayez avec cette personne un **lien affectif** assez fort pour avoir du plaisir et de l'émotion à le voir célébrer votre union.

Autre option : faire appel à un **officiant « extérieur »**, spécialisé dans les cérémonies de ce genre. Certes, le lien affectif ne sera pas le même, mais cette solution a l'avantage de vous garantir une cérémonie bien orchestrée par un professionnel rompu à ce genre d'exercices, et un aspect plus solennel.

Les agences proposant l'organisation de cérémonies civiles et les services d'un officiant :

- www.2l-festivites.com
- www.1andonly-ceremony.fr
- www.officiantceremonielaique.fr
- www.my-special-event.fr
- www.jsevents.fr
- www.cellaic.com (le service est gratuit, mais une aide financière est la bienvenue…)

Le déroulement de la cérémonie

Un mot d'ordre : comme vous le sentez. Néanmoins, pour qu'elle ne dure pas 4 minutes (la durée idéale est de 30 à 45 minutes) et afin qu'elle soit à la hauteur de vos espérances, voilà un **exemple de structure** que vous pouvez suivre :

- Installation des invités sur les chaises. (Vous pouvez placer vos invités en indiquant par exemple que la famille et les amis de la mariée prendront place côté gauche, ceux du marié côté droit.)
- Entrée du marié, puis du père du marié au bras de la mère de la mariée.
- Entrée de la mariée au bras de son père.
- Nous vous conseillons d'accompagner ce moment d'une jolie musique d'entrée, dans un registre calme et émouvant.
- Pour les chansons anglophones, attention aux traductions françaises, les airs mélancoliques et romantiques sont parfois trompeurs. Et même si votre famille n'est pas bilingue, autant éviter les impairs. Le meilleur exemple : la splendide chanson de Police *Every Breath You Take*. Vous pensiez qu'il s'agissait d'une jolie déclaration d'amour ? C'est en réalité la folie d'un ex qui promet à son amour perdu qu'il l'espionnera dans ses moindres faits et gestes. Tout de suite, ça calme un peu.

QUELLE CÉRÉMONIE POUR DIRE « OUI » ?

Après avoir choisi votre chanson, faites imprimer les paroles sur des livrets pour que vos invités puissent pousser la chansonnette. Vous pouvez ajouter la traduction française si le sens de la chanson vous touche particulièrement.

Quelques suggestions de musique d'entrée :

– *Feeling Good*, par Nina Simone

Extrait (refrain) :
It's a new dawn
It's a new day
It's a new life
For me
And I'm feeling good

– *L'hymne à l'amour*, par Édith Piaf

Extrait :
Le ciel bleu sur nous peut s'effondrer
Et la terre peut bien s'écrouler
Peu m'importe si tu m'aimes
Je me fous du monde entier (...)

– *The Rose*, par Bette Midler

Extrait :
Some say love, it is a river
That drowns the tender reed
Some say love, it is a razor (...)
Some say love, it is a hunger,
An endless aching need
I say love, it is a flower,
And you its only seed

• Discours d'introduction

Ces quelques mots consistent d'abord à souhaiter la bienvenue aux invités. Ils peuvent être prononcés par votre « maître de cérémonie » ou par vous-mêmes. Profitez de cette occasion pour expliquer en quelques phrases « pourquoi cette cérémonie est laïque ». L'idée n'est bien sûr pas de se justifier, mais de développer vos intentions : il s'agit d'un phénomène plutôt récent qui peut être déstabilisant pour certains, en particulier pour les personnes âgées qui ne comprennent pas toujours la raison d'être d'une cérémonie ni civile, ni religieuse. Si vous avez prévu que ce soit l'officiant qui ouvre la cérémonie, parlez-lui des raisons qui vous ont poussés à envisager une cérémonie laïque. Vos proches seront ainsi sensibilisés à votre démarche et à l'importance de cet instant pour vous.

• Diffusion d'un chant choisi par vos soins.

Si votre entrée appelait à une musique calme et propice au recueillement, n'hésitez pas cette fois-ci à élargir votre répertoire musical et à opter pour une chanson plus « punchy ».

Quelques suggestions :

– *Lovely Day*, par Bill Withers

Extrait :
When I wake up in the morning, love
And the sunlight hurts my eyes
And something without warning, love
Bears heavy on my mind
Then I look at you
And the world's alright with me
Just one look at you
And I know it's gonna be
A lovely day

– *I say a little prayer*, par Aretha Franklin

Extrait :
Forever, and ever, you'll stay in my heart
And I will love you
Forever, and ever, we never will part
Oh, how I love you
Together, together, that's how it must be
To live without you
Would only mean heartbreak for me

– *All you need is love*, des Beatles

Extrait :
All you need is love.
All you need is love
All you need is love, love,
Love is all you need

• Témoignages de vos proches.

Certains de vos proches, y compris vos témoins, auront sûrement à cœur de vous dire un petit mot, pour vous féliciter et vous adresser leurs vœux de bonheur. La cérémonie laïque se prête bien à ces témoignages d'amour de vos proches, mais attention à ne pas multiplier les interventions. Essayez de les répartir : réservez-en quelques-unes à cet instant, et d'autres pendant le dîner.

Les « petits mots » des proches sont souvent des surprises pour les mariés, et il est toujours un peu délicat de leur demander à l'avance s'ils ont l'intention d'intervenir ou pas. Désignez plutôt parmi vos proches un « chargé de discours » qui aura pour mission de répartir les discours tout au long de la soirée et de désigner, avec l'accord des intéressés, qui interviendra pendant la cérémonie laïque. (Pour les discours, voir aussi p. 314.)

- Nouvel intermède musical.

À ce stade, et pour impliquer vos invités, n'hésitez pas à opter pour un chant plutôt connu, afin que tous puissent participer.

- Lecture d'un texte par la (les) personnes de votre choix, ou par vous-mêmes.

Si vous confiez cette mission à un invité, pensez à le lui dire à l'avance et à lui transmettre le texte en question afin qu'il ait le temps de se l'approprier avant le jour J.

Quelques suggestions de jolis textes sur l'amour (retrouvez ces suggestions et d'autres sur le site www.croire.com) :

- Khalil Gibran, *Le prophète*

Vous êtes nés ensemble, et ensemble vous serez pour toujours.
Vous serez ensemble quand les blanches ailes de la mort
disperseront vos jours.
Oui, vous serez ensemble même dans la silencieuse mémoire de Dieu.
Mais laissez l'espace entrer au sein de votre union.
Et que les vents du ciel dansent entre vous.
Aimez-vous l'un l'autre, mais ne faites pas de l'amour une chaîne.
Laissez-le plutôt être une mer dansant entre les rivages de vos âmes.
Emplissez chacun la coupe de l'autre,
mais ne buvez pas à la même coupe.
Donnez à l'autre de votre pain, mais ne mangez pas de la même miche.
Chantez et dansez ensemble et soyez joyeux,
mais laissez chacun de vous être seul.
De même que les cordes du luth sont seules
pendant qu'elles vibrent de la même harmonie.
Donnez vos cœurs, mais pas à la garde l'un de l'autre.
Car seule la main de la Vie peut contenir vos cœurs.
Et tenez-vous ensemble, mais pas trop proches non plus :
Car les piliers du temple se tiennent à distance,
Et le chêne et le cyprès ne croissent pas à l'ombre l'un de l'autre.

– Rainer Maria Rilke, dans *Lettres à un jeune poète*

Il est bon aussi d'aimer : car l'amour est difficile. L'amour d'un être humain pour un autre, c'est peut-être l'épreuve la plus difficile pour chacun de nous, c'est le plus haut témoignage de nous-même ; l'œuvre suprême dont toutes les autres ne sont que des préparations. (...) L'amour ce n'est pas dès l'abord se donner, s'unir à un autre. L'amour, c'est l'occasion unique de mûrir, de prendre forme, de devenir soi-même un monde pour l'amour de l'être aimé. C'est une haute exigence, une ambition sans limite, qui fait de celui qui aime un élu qu'appelle le large.

• Rite « symbolique » d'union

Si la cérémonie laïque n'a rien de légal ni d'officiel, elle mérite un temps fort durant lequel vous réitérerez, après l'avoir fait à la mairie, votre volonté de vous unir.

L'officiant peut orchestrer ce moment phare en recueillant, par exemple, les consentements mutuels, qui pourront être accompagnés de l'**échange d'un bijou ou même des alliances**, puisque rien ne vous oblige à les échanger à la mairie.

Ce moment est aussi l'occasion de rendre hommage à des **rites** qui vous sont chers : par **plaisir,** tout simplement, ou en raison de vos **origines culturelles ou religieuses**, en particulier si vous avez renoncé au mariage religieux pour disparité de culte, mais que vous souhaitez faire un clin d'œil à la tradition.

Quelques exemples de rites :

- Dans la culture **hindoue**, les mariés s'échangent des colliers de fleurs et se passent la bague à l'orteil. Puis le marié marque le front de sa femme d'un point rouge.
- Au **Japon**, le moment le plus important du mariage se situe dans l'échange des coupes nuptiales de saké (alcool de riz), selon deux procédés au choix :
- « La cérémonie des trois coupes », où la première coupe est commencée par le mari et terminée par la femme, la deuxième commencée par la femme et terminée par le mari, et la troisième commencée par le mari et terminée par la femme (hips !).

– « Le 3 x 3 : 9 fois », où les coupes doivent être bues en trois gorgées : première coupe pour l'homme, seconde pour la femme, troisième pour l'homme.
– En **Russie**, les invités portent un toast aux mariés et boivent cul sec leur vodka avant de jeter leur verre par-dessus leur épaule (attention au voisin de derrière), pour leur souhaiter bonne chance.
– En **Argentine**, c'est traditionnellement à 3 heures du matin (mais vous pouvez le faire dès maintenant) qu'a lieu le carnaval Criocha : des danseuses viennent apporter à chaque invité un chapeau, dans le but de les motiver à faire la fête et de les aider à ne pas se sentir ridicules en dansant !
– Dans la religion **chrétienne**, c'est le partage du pain et du vin, symboles de communion et d'alliance, qui peut être repris et réinterprété.
– Vous pouvez aussi faire une référence à la **tradition juive** grâce à l'étape du verre cassé (voir p. 129) ou à la **religion musulmane** grâce à des tambourins utilisés dans les mariages traditionnels pour faire connaître à tous la bonne nouvelle du mariage.

Le bon conseil

Dans cette même optique de clin d'œil à une culture ou une religion, n'hésitez pas à choisir des textes ou des chants traditionnels qui, en plus de faire de cette cérémonie un moment à votre image, ravira les aînés.

• Signature des registres.

Ces signatures n'auront pas de valeur purement légale, mais vous pouvez demander à vos témoins laïcs (les mêmes que les témoins civils ou d'autres) de venir signer un livre. Il peut s'agir par exemple de la première page de votre livre d'or : une jolie façon de l'entamer et de montrer à vos témoins leur rôle privilégié !

• Petit mot des mariés.

Préparez un court texte ensemble, pour le lire à deux voix, ou chacun de votre côté. Dans ce cas, vous pouvez choisir de vous adresser à votre nouvel(le) époux(se) : émotion garantie !

Remerciez vos invités d'être là et lancez le coup d'envoi des festivités !

- Conclusion de l'officiant, éventuellement. Sortie en musique, jusqu'au lieu du cocktail.

À ce stade, deux options : sortir en premier, suivis de votre cortège et des invités sur une musique romantique, ou opter pour un tube plus entraînant, signe que la fête peut commencer !
Pour savourer ce moment jusqu'au bout, pourquoi ne pas choisir « votre » chanson, celle sur laquelle vous vous êtes rencontrés, ou embrassés pour la première fois ?

L'ESSENTIEL POUR VOTRE CÉRÉMONIE

- Définissez le lieu et la date de votre mariage à la mairie. Ne tardez pas à aller chercher votre dossier de mariage : certaines mairies acceptent de bloquer la réservation à ce moment-là. Pour les autres, il faudra pour bloquer la date retourner le dossier complet, au plus tôt trois mois moins un jour avant le jour J.
- Rencontrez un notaire, si vous souhaitez établir un contrat de mariage.
- Si vous ne vous mariez qu'à la mairie, faites en sorte que la cérémonie soit riche en émotions, en la personnalisant.
- Contactez l'officiant pour votre cérémonie religieuse, afin de déterminer la date : seul impératif, elle devra avoir lieu après la cérémonie civile.
- Commencez éventuellement la préparation religieuse au mariage et organisez la célébration.
- Si vous ne vous mariez pas religieusement, pensez aux cérémonies laïques, orchestrées par un proche ou un officiant extérieur.

Salle et traiteur, le duo leader

À ce stade, on n'a jamais été autant dans le vif du sujet. Car dans le monde merveilleux des préparatifs du mariage, c'est le choix de la salle et du traiteur qui règnent en maître.

Imaginez un peu : vous vous apprêtez à chercher le décor du plus beau jour de votre vie, à trouver le lieu dans lequel vous aurez vos plus jolis souvenirs, celui qui réunira tous les gens que vous aimez et qui abritera votre bonheur naissant. Ça y est, vous avez bien la pression, là ? Allons, allons, pas de panique, dans la série des choix importants d'une vie, celui-ci n'est pas trop désagréable, non ? Ne vous en faites pas une montagne, vous verrez qu'avec des conseils malins et appropriés, votre quête du Graal se déroulera sans encombre… Et avec, à la clé, le plus bel écrin qui soit pour votre réception.

Le repas est un moment fort du mariage, le choix du traiteur s'impose donc aussi comme l'un des plus importants. Encore une fois, ne vous mettez pas pour autant la rate au court-bouillon (de volaille). Un traiteur ultra raffiné n'est pas la condition *sine qua non* d'un mariage réussi. Le « bon » traiteur, c'est celui qui correspondra à l'esprit du mariage et avec qui vous serez heureux de collaborer, sans culpabilité liée au prix que vous payez. Un traiteur à votre image et au niveau de vos moyens.

Souvent, les traiteurs et salles de réception travaillent main dans la main (enfin c'est une image, hein, ils la lâchent de temps en temps). Parfois, la salle impose un traiteur, parfois elle en propose plusieurs parmi lesquels vous devrez choisir le vôtre. Certains futurs mariés rechignent devant ce genre de formules, avec le sentiment qu'ils payeront plus cher qu'en trouvant leur propre traiteur. C'est en réalité une option très intéressante : non seulement les traiteurs « attitrés » sont en général du même standing que la salle, c'est-à-dire dans les mêmes fourchettes de prix, mais ils sont surtout habitués au lieu, aux cuisines, à la disposition des tables : vous pourrez ainsi leur faire une confiance aveugle sur le déroulement du cocktail et du repas. Et surtout, vous gagnez un temps précieux puisque vous faites d'une pierre deux coups en trouvant en même temps votre salle et votre traiteur...

La salle : quel écrin pour votre bijou de réception ?

Internet est une mine d'or pour qui cherche un palais pour son mariage. Vos amis en rajoutent une couche avec les plus jolies salles qu'ils connaissent, sans parler de votre belle-mère qui vous appelle trois fois par jour pour vous dire qu'elle en a trouvé une super. Halte ! Le piège, c'est d'y passer sa vie, et se marier à 81 ans (dans une salle, certes, vraiment chouette). Essayez de ne pas vous égarer, en vous concentrant sur les salles qui correspondent à vos besoins : vous verrez que déjà, vous effectuerez un sérieux tri. Vous avez pour l'instant une idée du budget dont vous disposez et vous connaissez l'éventail de dates qui vous convient. Avant de vous interroger sur le style de salles, affinez vos besoins en répondant à ces deux questions essentielles : où et quelle superficie ?

Les fondamentaux : commencer par le commencement

Où ? Les 5 éléments à prendre en compte

1. L'emplacement de la mairie

Si vous ne vous mariez qu'à la mairie : le mariage civil a normalement lieu dans la mairie de votre commune d'habitation (voir p. 103). Si le mariage civil se déroule le même jour que la réception, vous devrez donc trouver une salle dans le même coin. Et hop, il y a déjà un sacré tri de fait ! (Notez qu'en choisissant que la réception aura lieu un autre jour que le mariage civil, vous aurez alors la plus grande liberté de choix…)

Si vous vous mariez aussi à l'église : vous pourrez célébrer discrètement le mariage civil à une date antérieure pour avoir une plus grande liberté dans le choix de la paroisse et donc du lieu pour la fête.

2. La distance entre église ou mairie et lieu de réception

Dans tous les cas, prévoyez une distance maximale de 40 minutes entre le lieu de la cérémonie (mairie ou église) et le lieu de la réception. Au-delà c'est contraignant pour les personnes âgées, et vos convives risquent de se perdre. Vous pouvez augmenter légèrement cette distance si tous les invités connaissent bien la région et si la route est simple.

3. Votre région coup de cœur

Vous rêvez de vous marier du côté d'Avignon pour avoir du soleil ? Ou près de Metz, puisque c'est là que vous vous êtes rencontrés ? Ce critère peut très bien orienter vos recherches : à vous de le confronter aux autres éléments pour savoir si vous restez sur cette idée.

4. La proximité de vos proches

Plus la salle est proche du lieu d'habitation de vos invités, plus vous avez de chances de les avoir tous auprès de vous. Les déplacements d'un bout à l'autre de la France sont souvent redoutés, surtout par les personnes âgées.

5. L'aspect pratique des préparatifs

Vous aurez à vous déplacer de nombreuses fois jusqu'à la salle pour les préparatifs, d'ici au jour J. Tenez-en compte, en ne convoitant des régions éloignées de votre domicile que si vous avez les moyens financiers et logistiques d'assumer ces déplacements.

Quelle superficie ?

Vous avez établi précédemment la liste de vos invités. Bien sûr, vous ne connaissez pas encore leur nombre exact, mais vous pouvez estimer que 80 % environ des réponses seront positives.

En fonction de cela, évaluez la surface nécessaire pour la salle, en sachant que vous devrez compter :

- entre 0,50 et 1 m^2 par personne debout (pour le cocktail, et pour le buffet éventuel) ;
- entre 1,50 m^2 et 2 m^2 par personne pour un dîner assis ;
- 1 m^2 pour quatre invités pour la soirée dansante, sachant que :
  - tous les invités ne vont pas danser ;
  - tous les danseurs n'iront pas sur la piste en même temps (du coup, 1 m^2 pour deux personnes qui dansent c'est parfait) ;
  - les tables peuvent être déplacées pour libérer l'espace nécessaire pour danser.

Ces données ne tiennent pas compte de la présence éventuelle d'une petite salle pour les enfants, de la place nécessaire pour installer le DJ, le buffet, la table avec le livre d'or, ni de l'espace dont auront besoin les serveurs et les invités pour circuler… Ne voyez donc pas trop petit, si vous ne voulez pas manger avec le coude de votre témoin sous l'aisselle et celui du serveur dans la nuque !

Nombre de personnes	Espace approximatif nécessaire pour...			
	le cocktail	le dîner	la danse	les petits plus : DJ, buffets...
25	13 à 25 m²	38 à 50 m²	7 m²	20 m²
50	25 à 50 m²	75 à 100 m²	14 m²	30 m²
100	50 à 100 m²	150 à 200 m²	28 m²	35 m²
150	100 à 150 m²	225 à 300 m²	42 m²	40 m²
200	150 à 200 m²	300 à 400 m²	56 m²	40 m²

En connaissant à présent le lieu et la superficie souhaités, vous pouvez commencer vos recherches efficacement. Découvrez pour cela les différentes possibilités qui s'offrent à vous.

Louer, squatter, inviter... : les différentes possibilités

Recevoir chez soi (ou chez un proche)

Pour des raisons pratiques, budgétaires ou symboliques, certains couples décident d'organiser un mariage « maison ». Vrai Bon Plan ou Fausse Bonne Idée ?

Les plus

- ☺ Le **côté personnel** du mariage et l'**aspect affectif du lieu**, surtout s'il s'agit d'un bien de famille ou d'une maison dans laquelle vous avez grandi.
- ☺ Pour les mariages en petit comité, vous respectez ainsi le **côté « intimiste »** de la réception.
- ☺ Si les lieux disposent d'un grand terrain et d'un abri en cas de pluie, les **économies** sont réelles par rapport à une salle de réception.
- ☺ Vous avez la plus **grande liberté** dans le choix de la date. Idéal si vous souhaitez vous marier rapidement !
- ☺ Vous aurez **tout votre temps** pour décorer la salle, commencer les installations pour le cocktail...

☺ **Aucune contrainte** en termes d'horaires (à condition d'avoir des voisins sympas ou pas de voisins du tout) : la fête se termine quand vous le décidez !

☺ Vous pouvez prévoir d'**héberger** certains de vos invités, dans les chambres s'il y en assez ou dans des tentes si le terrain le permet.

Les moins

☹ Si l'agencement ne permet pas d'affronter un éventuel mauvais temps, vous devrez **louer une tente**. Pour 100 personnes, comptez de 300 euros (pour une tente standard louée à un particulier et installée par vos soins…) à 1 500 euros pour une jolie tente et des prestations de qualité (montage, démontage…).

☹ Si vous avez l'intention de louer une tente, vous devrez vous assurer que l'**agencement et l'inclinaison de votre terrain** le permettent.

☹ **Certains « à-côtés » sont à prévoir,** des toilettes par exemple (histoire d'éviter que 150 personnes n'utilisent les vôtres à l'étage), des meubles et des chaises… Au final, la location du matériel revient parfois plus cher qu'une petite salle pour la soirée…

☹ À moins d'habiter dans la campagne profonde, vos invités pourraient avoir des difficultés à trouver de la place pour **se garer**.

☹ Si votre cuisine n'est pas adaptée aux besoins du traiteur, vous devrez assumer le prix de la **location du matériel** pour le repas.

☹ Une réception à domicile est certes moins contraignante, mais aussi **plus stressante** ! Du choix des prestataires aux installations électriques, vous aurez tout à gérer sans pouvoir compter sur l'aide et le réseau de professionnels de la réception de mariage…

Alors, vous avez pesé le pour et le contre ? Si vous avez dit « oui » à cette option, voici un mémo des petits trucs à ne pas oublier.

La location du matériel

- Pour la tente, demandez des **devis** incluant l'installation et le démontage : vous aurez bien d'autres choses à gérer la veille ou le jour J !
- Si vous souhaitez la présence d'un **plancher** sous votre tente, comptez environ 8 euros/m^2.
- Vérifier que le modèle de la tente est traité **anti-incendie**. Sachez aussi qu'une **homologation par le BVCTS** (Bureau de vérification des chapiteaux tentes et structures) est obligatoire à partir de 50 m^2.

- **Pensez à inclure dans le prix global le coût de l'éclairage et celui éventuel d'un chauffage.**
- Certains loueurs de tente proposent le **matériel** (tables, chaises…) en même temps. Une option pratique, mais qui peut faire grimper la note. Pour économiser sur ce poste, deux pistes : récolter les chaises et les tables nécessaires auprès de **vos voisins et de vos proches**, ou vous adresser à votre **mairie**, qui pourra vous louer ou même vous prêter le mobilier des salles communales. Dans les deux cas, il vous suffira d'agrémenter les chaises d'un gros ruban (ou d'une housse, selon le budget) pour créer une harmonie (voir aussi nos conseils déco p. 239).

La bonne adresse

www.belounge.fr. Cette société propose la location et la vente de mobilier design ainsi que de structures pour accueillir vos invités : tentes féeriques d'inspiration nomade, mais aussi structures gonflables.

Les aspects pratiques

- **Délimitez l'espace** dans lequel vous voulez que les invités circulent chez vous. Par exemple, vous souhaitez éviter qu'ils montent à l'étage ? Des gros pots de fleurs ou de plantes sur la première marche de l'escalier et le message sera joliment clair. N'hésitez pas aussi à fermer à clé certaines portes, en y consignant les objets fragiles et précieux que vous ne voulez pas laisser traîner.
- Faites un repérage des **différents parkings** aux alentours de chez vous et signalez-les sur un plan envoyé aux invités. Le jour J, vous pourrez en plus mettre en place une signalétique pour leur simplifier la vie.
- Le jour J, prévoyez aussi d'**indiquer la route** du lieu de la cérémonie jusqu'à votre maison, grâce à des pancartes ou des ballons placés aux points stratégiques (rond-point, intersection…)
- Prévoyez un **vestiaire** dans une pièce de la maison (et éventuellement quelqu'un pour le tenir), avec des portants et suffisamment de cintres pour tout le monde.

Le repas

- Dans les petits espaces, les **buffets** et **cocktails dînatoires** sont les solutions les plus pratiques… Et les moins encombrantes.
- Pour rester dans l'esprit convivial du lieu, vous pouvez aussi envisager un **plat unique** (tajine, paella…).
- Autre option : demander à chacun d'**apporter quelque chose à manger**. Dans ce cas, une **thématique** peut rendre la mission de vos convives plus sympa et le rendu du buffet plus joli. Par exemple, « rose, rouge ou blanc ». Au menu : salades de betteraves, sushis aux crevettes, verrines pamplemousse fromage blanc, carpaccio de bœuf, saumon mariné aux baies roses, salades de fruits rouges… Vous êtes des inconditionnels du fromage ? Occupez-vous des boissons, du pain et des salades, et demandez à chacun de vos convives d'apporter un fromage, pour une soirée *« wine and cheese »*. Pour éviter de vous retrouver avec 80 camemberts, mettez au point une règle simple : chaque invité doit choisir un fromage commençant par la même lettre que celle de son prénom.
- Prévoyez des **glacières** pour les boissons.
- Si vous optez pour un cocktail, prévoyez tout de même des **« mange-debout »**, tables hautes destinées à poser les verres et les petits fours, et quelques chaises pour les personnes âgées.

Les petits plus

- Installez des **paillassons** devant chaque accès à votre maison pour limiter les dégâts.
- Achetez des **plaids** dans un magasin d'ameublement discount et déposez-les dans des grandes corbeilles dehors : ils réchaufferont vos convives à la tombée de la nuit et feront office de petits cadeaux vraiment sympas.
- Prévoyez de vous faire aider le lendemain par des amis dévoués ou faites appel à quelqu'un pour **faire le ménage**.
- Pensez à **prévenir les voisins** (et à les inviter, éventuellement) pour éviter la plainte pour tapage nocturne.

Recevoir au restaurant

Vous pouvez choisir de privatiser un restaurant pour recevoir vos convives. Une solution à envisager en particulier si le mariage se fait en comité limité, et si vous vous mariez bientôt (les restaurants sont moins pris d'assaut que les salles de réception).

L'avantage : la simplicité. Après avoir trouvé le bon restaurant, une grosse partie des préparatifs est réglée. Vous disposez du traiteur et de son équipe pour le service, des tables et des chaises du lieu, et de la déco. Vous n'aurez plus qu'à choisir le menu et à personnaliser la pièce avec quelques éléments de décoration si vous le souhaitez.

L'inconvénient : vous êtes moins « libres » qu'en optant pour la location d'une salle de réception. Au niveau de la déco, mais surtout des horaires : le repas est en général servi vers 20 heures, et tous les restaurants ne proposent pas de vin d'honneur. Vous devrez trouver un autre endroit si vous désirez en faire un (chez vos parents, dans une salle de la mairie pour limiter les dépenses…), ou vous en passer.

Si vous vous en passez, **attentions aux temps morts** entre la fin de la cérémonie (religieuse ou civile) et le début du repas. Si vos invités habitent dans le coin, ils pourront repasser chez eux. Si ce n'est pas le cas, prévoyez de remplir les heures d'attente, pour ne pas casser le rythme. En plus des séances photos, vous pourrez vous rendre dans un parc, au bord de la mer, organiser une partie de pétanque… Ce peut être aussi l'occasion d'organiser une petite cérémonie laïque (voir p. 134) dans votre jardin, celui de vos parents ou celui du restaurant, si vous n'êtes pas passés par la case « lieu de culte ».

Au niveau des horaires, idem pour la fin de soirée : vous arriverez difficilement à avoir la permission de 5 heures du matin, comme c'est le cas pour les salles de réception. Le plus souvent, les restaurants demandent à ce que la fête soit finie à 3 heures, soit simplement par volonté de fermer, soit parce que les arrêtés préfectoraux les y obligent.

La recherche du restau idéal

Certains couples se concentreront sur l'allure, l'ambiance, les aspects pratiques du restaurant, auquel cas les démarches seront globalement les mêmes que pour la salle de réception.

Pour d'autres futurs mariés, ce sont les mets proposés qui guideront principalement le choix, auquel cas ils devront suivre la même procédure que pour le choix d'un traiteur !

Dans les deux cas, reportez-vous aux paragraphes suivants, qui vous donneront toutes les clés pour bien choisir.

Louer une salle

Les 3 types de salles petit budget

Vous voulez faire des économies sur ce poste, parce que vous avez un budget riquiqui ou parce que vous préférez le consacrer à d'autres dépenses : traiteur, robe, animations… Et vous avez raison si vous êtes ric-rac, **une salle ne doit pas dépasser 20 % de votre budget** ! Découvrez les salles « bons plans ».

1. Les salles municipales et communales
Autrement dit, la salle des fêtes de votre mairie. Mais, ne faites pas cette tête ! Si l'image qu'on en a n'est a priori pas très glamour, vous pourriez vite changer d'avis sur la question. Ce qu'il faut savoir.

Quelle commune ?

- La vôtre, c'est là que vous aurez le plus de chances que votre demande aboutisse.
- Vous pouvez très bien choisir de louer la salle des fêtes d'une autre mairie que la vôtre, à condition de payer un petit peu plus que le tarif destiné aux habitants.
- Souvent, les salles très demandées donnent la priorité aux habitants de la commune. Si vous ne dépendez pas de la mairie que vous convoitez, ne perdez pas de temps !

Quel prix ?

- Comptez entre 150 et 2 000 euros pour une location le week-end entier.
- Retenez que les tarifs sont plus élevés en région parisienne qu'en province, et également plus élevés en ville qu'à la campagne.
- À ce tarif de base, qui comprend en général la location des chaises et des tables, pensez à ajouter le coût de la location de la vaisselle, de la cuisine, du service de nettoyage…
- Gardez aussi en tête la petite enveloppe que vous aurez sans doute à consacrer à la déco pour rendre le lieu plus chaleureux !

Quelles démarches ?

- D'une manière générale, faites votre demande le plus tôt possible : crise oblige, les salles à petit prix connaissent un pic de demande.
- Selon la mairie, la demande de location doit se faire sur place ou par courrier. Pour les formalités, rendez-vous sur le site de la mairie en question.

Quelles contraintes ?

- Si la salle se trouve à proximité d'habitations, vous devrez respecter un couvre-feu : parfois une heure du matin, parfois 3 heures On pourra aussi vous demander de seulement baisser la musique à partir de cette heure-là. Pour les plus chanceux (et les salles les plus paumées), aucune consigne du genre ne sera donnée.
- Les salles de ce type ne sont pas toujours très séduisantes au premier abord. Qu'à cela ne tienne ! Si la salle est vraiment moche, vous pourrez faire des merveilles avec la déco. Si vous louez votre salle 250 euros, elle sera facilement métamorphosée avec un petit budget déco. Voire même un « gros », de 300 à 500 euros, avec lequel ça vaudrait encore vraiment le coup… (Pour transformer une salle moche, voir p. 236.)
- Les salles municipales et communales ne disposent pas toujours d'un espace privatif extérieur pour le cocktail.

2. Les salles paroissiales

Comme leur nom l'indique, elles appartiennent à la paroisse. Elles sont donc logiquement réservées aux mariés ayant choisi de s'unir **religieusement**. Les tarifs excèdent rarement 500 euros, l'idée n'étant pas de faire du bénéfice mais de rendre service aux paroissiens. Ces salles étant en général destinées à recevoir les cours de catéchèse, les préparations au mariage, etc., elles ne sont **pas toujours équipées de cuisine**. Buffet froid de rigueur !

3. Les écoles

Imaginez une seconde vous marier dans l'école publique qui vous a vu grandir… Hautement symbolique, ce lieu est aussi très intéressant financièrement. Ce qu'il faut savoir. Toutes les mairies ne proposent pas ce service, et celles qui le font ont l'habitude de le réserver aux **habitants de la commune** : renseignez-vous auprès de votre mairie !

Pour le **tarif**, comptez de 200 à 800 euros. C'est le **réfectoire** qui est proposé à la location et comme toute bonne cantine (à moins d'être dans un tout petit village), la capacité d'accueil peut facilement aller jusqu'à 100 personnes. En plus du réfectoire, vous pourrez sans doute disposer de la **cour de récré** et du préau, qui s'avérera être parfait pour le vin d'honneur dans une ambiance joliment nostalgique et rétro. Dans certains cas, les équipements de la cuisine seront mis à votre disposition. Dans d'autres, vous n'aurez accès qu'à la salle, auquel cas il vous faudra prévoir un buffet froid.

Les autres astuces petit budget

- On l'a dit : pour la location, les mariages d'hiver vous coûteront environ 30 % moins cher que ceux d'été.
- Idem pour les mariages en semaine, même si ceux du vendredi, de plus en plus fréquents, sont donc en train de perdre leur avantage tarifaire.
- Adressez-vous à votre comité d'entreprise, qui pourrait vous révéler une belle surprise : certains CE mettent des jolies salles à disposition de leurs employés, à des tarifs préférentiels.

Les salles de réception

Il en existe pour tous les goûts et pour tous les budgets. On l'a vu, inutile de vous perdre dans l'immensité des possibilités, avant de commencer vos recherches, mieux vaut savoir ce que vous voulez et ce que vous pouvez.

Vous vous êtes déjà interrogés sur le **budget** à allouer à ce poste, sur les **dates** qui vous conviennent, sur la **région** qui recueille votre préférence et sur la **superficie** dont vous avez besoin.

Vous n'avez plus qu'un dernier élément à mettre au clair avant de pouvoir entamer sereinement les recherches. Et l'autre bonne nouvelle, c'est que vous y avez sans doute déjà plus ou moins réfléchi !... Et en particulier en lisant le chapitre concernant… le style du mariage (voir p. 37).

Définir le style

Cet élément, c'est celui du **style** que vous recherchez pour votre salle de réception. Du type de salle dans lequel vous vous sentirez sur un petit nuage, du genre de lieu qui collera parfaitement à l'ambiance que vous souhaitez donner à votre mariage.

Pour vous aider à définir ce style, piochez parmi ces grandes catégories :

- **Les lieux romantiques** (souvent les plus chers) **:** un château, un manoir, une abbaye, un prieuré, un hôtel particulier, un cloître…
- **Les lieux de charme régionaux :** une ferme, un mas, un vignoble, un moulin, un chalet, une grange…
- **Les lieux « nature » :** en bord de mer, dans un champ, un jardin, une forêt, sur une péniche…
- **Les lieux luxueux :** un hôtel, un palace, une villa de luxe, un salon d'établissement prestigieux, un riad…
- **Les lieux insolites** (imposant la plupart du temps un nombre restreint d'invités) **:**
  - **un musée** (ex : musée Grévin) ;
  - **une structure gonflable** en cube au design pour le moins futuriste (www.geome-structuresgonflables.com) ;
  - **un vrai chapiteau de cirque** (le chapiteau du cirque le Grand Céleste dans le 20e, à Paris, disponible à la location pour 130 à 370 personnes) ;
  - **une cabane perchée dans un arbre** (www.la-cabane-perchee.com ou www.la-cabane-de-lyon.fr) ;
  - **un train :** l'*Orient-Express* peut être privatisé pour votre réception le temps d'un Paris-Venise, pour la maudite somme de… 230 000 euros. Autre option : le Wagon Bleu, un restaurant dans le 17e arrondissement de Paris aménagé dans un ancien wagon de l'*Orient-Express* et proposant une privatisation pour 30 à 100 personnes, à partir de 5 000 euros (www.wagonbleu.fr) ;
  - **une gare :** c'est à quelques kilomètres de Lille que vous pourrez trouver cette ancienne gare SNCF réaménagée en restaurant wagon-hôtel. En embarquant dans « la gare des Années Folles », vous découvrirez une salle de réception pouvant accueillir de 60 à 100 personnes, un wagon d'époque proposant en tout 14 couchages, dont une suite nuptiale. Pour ne rien gâter, un chapiteau est mis à

disposition dehors. Le prix ? Comptez 23 à 33 petits euros par invité (privatisation des lieux et restauration), et seulement 370 euros pour la location de l'ensemble des chambres !
http://lagaredesanneesfolles.fr

Le bon compromis

Sauf rares exceptions, se marier dans un lieu insolite représente un gros budget. La solution à envisager : organiser le cocktail seulement dans l'endroit qui vous fait rêver, puis enchaîner sur un repas à domicile, ou dans une salle à petit prix (municipale, paroissiale...).

À titre d'exemple :
Une balade de deux heures en bus dans Paris pour 40 personnes avec chauffeur, DJ et agent de sécurité = 790 euros sur www.sortiebus.com. Vous devrez aussi vous charger des boissons et, si vous aviez prévu un mariage en plus gros comité, n'invitez au cocktail que votre entourage le plus proche. Les conventions, c'est aussi fait pour être bousculé !

Si vous êtes décidés sur le type de salle que vous souhaitez louer, découvrez maintenant les démarches à respecter pour trouver la bonne.

Trouver la bonne salle

Vous êtes à présent au clair sur le type de salle que vous recherchez, la région concernée, l'effectif nécessaire et le budget disponible. Le plus gros du travail est fait, il ne vous reste plus qu'à suivre nos conseils pour savoir où chercher et comment vous décider !

Les sources

Le bouche à oreille

C'est la solution idéale pour 1) gagner du temps, 2) ne pas avoir de mauvaises surprises.

Si vous êtes allés à un mariage dont le lieu vous a séduits, passez un petit coup de fil à la personne qui vous avait reçus pour avoir une idée des tarifs, vous renseigner sur le propriétaire…

Parlez-en autour de vous, utilisez éventuellement les réseaux sociaux, ils sont souvent une niche de bons plans.

Les portails autour du mariage

Ils recensent des centaines de prestataires, et proposent des moteurs de recherche bien conçus pour aller droit au but et trouver rapidement le lieu qui vous fera succomber.

- **1 001 mariages :** www.1001mariages.com. Vous rentrez le département et le nombre d'invités : on vous propose une sélection de prestataires. Vous pouvez en sélectionner un ou plus, et faire une demande groupée de devis après avoir renseigné quelques infos importantes : date du mariage, traiteur, horaires, budget…
- **Pronoce :** www.pronoce.fr. La recherche s'effectue par région et par type de prestation (château, demeure de charme…). Pratique si on a une idée très précise de ce que l'on veut, mais pas si on est ouvert à tout type de lieu. On est ensuite simplement orientés vers les sites des lieux en question.
- **Le site du mariage :** www.lesitedumariage.com. Après une recherche par région, vous avez la possibilité, pour chaque lieu, de recevoir une doc, un devis, ou d'envoyer un message.
- **www.mariages.net :** on choisit le type de salle et la région, et on a accès aux informations concernant les différents lieux. Le petit plus : les galeries photo, souvent bien complètes.

Le très bon plan : louer un gîte pour votre mariage

Vous aviez déjà pensé à en louer un pour un week-end entre amis : pourquoi pas pour votre mariage ? À des prix défiant toute concurrence, vous disposez du gîte pour tout le week-end. De l'espace extérieur pour votre cocktail, de la salle de réception, mais aussi des nombreuses possibilités d'hébergement inhérentes à ce type de structure. Cerise sur le gâteau : une ambiance particulièrement conviviale, idéale si vous voulez éviter à tout prix l'effet « mariage en grande pompe ».

Gîtes de France : www.gites-de-france.com. Rubrique « Location et gîtes », cocher « gîtes de groupe », puis classez la capacité par ordre décroissant pour avoir d'abord accès aux gîtes pouvant accueillir 100 personnes et plus.

www.grandsgites.com : le site est spécialisé dans les gîtes de grande capacité. La recherche peut s'effectuer par le nombre de couchages, la région ou le thème.

Les sites de location de lieux

- **1 001 salles :** www.1001salles.com. On peut cocher de un à trois départements et faire une recherche générale ou par critères (lieu atypique, bateau, château…).
- **Loc Salle :** www.locsalle.com. La recherche se fait soit par département, soit par type de lieu… Mais pas les deux en même temps. À privilégier donc pour vos recherches par régions, ou si vous tenez à un style en particulier mais êtes très souples sur le lieu.
- **ABC salles :** www.abcsalles.com. Un moteur de recherche complet qui permet d'être efficace : vous renseignez le département, le nombre d'invités, si vous prévoyez un buffet debout ou un repas assis, si vous avez déjà votre traiteur ou pas et si vous avez l'intention de danser. Vous pouvez ensuite contacter le propriétaire ou demander un devis en ligne. Pas bête, un clic sur « télécharger la fiche » et vous pourrez la ranger dans votre dossier « Mariage ».
- **Direct salles :** www.directsalles.com. Idem, la recherche s'effectue facilement puisqu'on renseigne le lieu et le périmètre autour du lieu, le nombre de personnes, le type de réception (assis ou debout). On

sait tout de suite, sur chaque fiche, si le traiteur est imposé, si le lieu dispose d'hébergement, de parking… Et on peut sélectionner les lieux afin de faire une demande groupée de devis.

- **ID salles :** www.id-salles.com. Seule une recherche par département est possible. Le site donne ensuite pour chaque lieu une fiche avec les coordonnées du propriétaire.
- **Guide des salles :** www.guidedessalles.com. La recherche se fait par département et par type de lieu, avec la possibilité de préciser un rayon kilométrique autour de la ville renseignée. Demande de devis en un clic.

Les salons du mariage

Ils se déroulent de septembre à février et réunissent des centaines de prestataires dans chaque ville, y compris des propriétaires de salles de réception. En province, les salons du mariage ne réunissent que les prestataires de leur région. À Paris, ils accueillent des prestataires venus de toute la France. À Paris, il en existe plusieurs : à l'cspacc Champcrrct (www.salonmariagefete.com), au Parc Floral (www.legrandsalondumariage.fr), au Carrousel du Louvre (www.mariageaucarrousel.com)...

Sachez qu'il existe également un salon consacré au mariage oriental : www.grandsalondumariageoriental.com

Le hic : en province comme à Paris, les salles représentées étant les plus connues et les plus prisées, il faut souvent s'y prendre deux ans avant la date prévue.

Le petit plus : si vous avez un gros coup de bol, vous pourrez y apprendre qu'un désistement a eu lieu pour dans six mois…

Zoom sur les salons du mariage tendance

Les salons du mariage traditionnel se déroulent le plus souvent dans des parcs expo, et réunissent un grand nombre de prestataires, tous styles et tous niveaux de gamme confondus. Mais quelques structures ont tenu à réinventer le concept du salon du mariage, en proposant des évènements plus « select », avec des prestataires triés sur le volet, et faisant souvent la part belle aux jeunes créateurs tendances.

Les Coulisses du Mariage

Lancé par 1 001 listes (www.1001listes.fr), le concept est très séduisant : il s'agit d'un salon du mariage en version beaucoup plus intimiste et confidentielle. Les prestataires y sont triés sur le volet pour leur qualité, leur élégance, leur excellent rapport qualité/prix. Vraiment dispos pour les visiteurs, vous aurez le temps de vous entretenir tranquillement avec eux. Ces salons ont lieu à chaque fois dans des lieux de réception canon, pour lesquels vous n'êtes pas (du tout) à l'abri d'avoir un vrai coup de foudre… Plus d'infos sur : www.lescoulissesdumariage.com

La Love etc.

Même principe : proposer aux futurs mariés une alternative aux salons gigantesques. La sélection des prestataires présents met à l'honneur le beau, le chic, le tendance. Sur le site, les photos parlent d'elles-mêmes et donnent envie de s'inscrire fissa pour la prochaine session : www.lovetc-event.fr

Sites de mariage et blogs de mariés

Ils sont nombreux à fleurir sur le Net, pour mettre à l'honneur les mariages de « monsieur et madame Tout-le-monde », et pour y piocher des idées, des bonnes adresses… L'avantage, par rapport à un portail ou un site de location de salles : les articles sont illustrés de nombreuses photos prises le jour J. Vous pouvez avoir une vision très précise de ce que peut donner la salle « en condition », avec du monde.

Voici une liste de blogs et sites consacrés au mariage et comportant des rubriques « vrais mariages » : pour la quête de votre salle, utilisez les moteurs de recherche de ces sites en tapant la région de votre choix. Avec un peu de chance, vous serez alors dirigés vers les « vrais mariages » ayant eu lieu dans votre coin.

- www.lamarieeencolere.com
- www.myweddingthing.com
- www.organiser-un-mariage.com
- http://desideespourunjolimariage.com
- www.lafianceedupanda.com
- www.leblogdemadamec.fr
- www.unbeaujour.fr
- www.lamarieeauxpiedsnus.com
- www.mariagesetbabillages.com
- www.trendyweddingleblog.com

Un lieu semble correspondre à vos critères ? Place à l'étape « visite », pour infirmer ou confirmer votre premier avis.

Les visites

Si vous êtes au clair sur vos critères, vous n'aurez sans doute pas à visiter 50 lieux. Mais à moins d'avoir un véritable coup de cœur pour la première salle, il est fréquent d'aller à la rencontre de plusieurs lieux avant de trouver le bon (coup de cœur, rencontres, trouver le bon, ça vous rappelle quelque chose ?). Et pour continuer dans ce romantique parallèle, fiez-vous à votre cœur (aussi) pour le choix de la salle. Ne restez pas figés dans des critères trop étroits, et **soyez attentifs au feeling**, à la façon dont vous vous sentez dans les lieux. Comme pour le choix d'une maison (ou d'un futur mari), ce qui compte c'est de s'y sentir bien. Vous trouverez peut-être un lieu pile poil dans vos critères de superficie, de style et de budgets. Mais si vous bloquez un peu sans savoir pourquoi, si vous n'arrivez pas du tout à vous projeter dedans, faites-vous confiance. Quitte à faire quelques concessions sur le style, le prestige, la date ou la vue !

Lors des visites, vous devrez d'une part être attentifs à plusieurs **aspects pratiques** et, d'autre part, penser à poser **quelques questions** au propriétaire.

Mémo des éléments à checker et des points à préciser en page suivante (fiche à photocopier et à remplir, puis à glisser dans votre classeur Mariage).

Les questions à poser pendant la visite

Nom du lieu : ....
Adresse : ....
....
Coordonnées du propriétaire : ....
....
Visite le :....../....../......

L'ACCÈS ET LA PRATICITÉ

Le lieu est-il facilement accessible pour les personnes non motorisées (aéroport, gares, bus…) ? ....
....

Y a-t-il des dangers potentiels pour les enfants (bassins, piscine, escaliers raides…) ? ....
....

L'endroit est-il accessible pour les handicapés (si vous avez des invités en fauteuil) ? Et les infrastructures (toilettes, vestiaires…) ? ....
....

Les personnes âgées pourront-elles circuler facilement ? (Y a-t-il des escaliers pour mener au lieu ? Et aux toilettes ?) ....
....

LES ÉQUIPEMENTS ET LES INFRASTRUCTURES

Les sanitaires sont-ils en bon état et assez nombreux ? ....
....

Y a-t-il suffisamment de places de stationnement ? (Pour établir une moyenne entre les familles, les couples, les célibataires… comptez une place pour trois personnes.) ....
....
....

Faut-il prévoir un gardien pour le parking (s'il est loin de la salle ou situé dans une zone passante) ? ....
....

Y a-t-il un endroit couvert pour le cocktail en cas de pluie ? ....
....

Peut-on installer une tente à l'extérieur (pour le cocktail ou le dîner) ? ....
....

Si oui, le prix de la tente est-il inclus ? ....

Y a-t-il une pièce pour se changer (si vous avez prévu de changer de tenue pendant la soirée) ? ....
....

Les enfants pourront-ils disposer d'un espace de jeu (une pièce pour jouer, regarder un film…) et d'une pièce tranquille pour dormir ? ....
....

Y a-t-il un vestiaire, ou une pièce pouvant être aménagée en vestiaire ? ....
....

Si la salle propose du personnel pour gérer les vestiaires, est-ce obligatoire ou en option ? ....
....

Comment sont entretenus les lieux (jardins, façade, intérieur…) ? ....
....

Un éclairage est-il prévu à l'extérieur ? ....
....

Quel est le type d'éclairage à l'intérieur (histoire de prévoir d'arranger un éclairage néon moche, par exemple…) ? ....
....

La salle est-elle chauffée (pour les mariages d'hiver) ? ....
....

Y a-t-il un système de climatisation si la salle a tendance à être chaude en été ? ....
....

Y a-t-il un endroit à l'extérieur pour réaliser les photos ? ....
....

Le lieu dispose-t-il de possibilités d'hébergement pour les invités ? Si oui, de combien et à quel prix ? ....
....

LE JOUR J

Votre mariage est-il le seul à être célébré dans les lieux ce jour-là ? ....
....

Sinon, quels sont les espaces communs (extérieur, couloir, toilettes…) ? ....
....

Les pièces sont-elles bien insonorisées (histoire d'éviter d'avoir DJ Gérard en fond sonore pendant l'émouvant discours de votre père) ? ....

....

Un responsable des lieux restera-t-il sur place toute la soirée ? ....

....

L'AGENCEMENT DE LA SALLE

Quelles sont les dimensions de la salle ? ....

....

Combien de personnes peuvent prendre place à chaque table ? (Vous saurez ainsi si vous avez suffisamment de tables par rapport à votre nombre de convives. Pensez à bien noter la répartition des tables – 2 de huit places, 10 de six places… –, vous en aurez besoin pour votre plan de table.) ....

....

....

Y a-t-il une salle ou plusieurs ? (Les grandes salles uniques sont préférables, sauf si vous souhaitez que les danseurs puissent s'éclater en laissant les autres papoter au calme.) ...

....

Y a-t-il un espace dédié à la soirée dansante ? Pour épargner les parquets d'époque, certains lieux imposent l'emplacement de la piste. ....

....

....

Y a-t-il la place d'installer une petite scène (si vous avez prévu de faire appel à un orchestre) ? ....

....

Peut-on prévoir sa propre déco ? ....

....

LE REPAS ET LA SOIRÉE

Le prix comprend-il la location des tables et chaises ? ....

....

Le traiteur disposera-t-il d'un office (une cuisine) en bon état et à proximité de la salle ?.....

....

À quelle heure doit s'achever la soirée (pour le bruit) ? ....

....

À partir de quand et jusqu'à quelle heure dispose-t-on de la salle (pour la déco, le rangement...) ?

Combien coûte l'heure supplémentaire ?

Y a-t-il un limiteur de décibels ?

L'installation électrique de la sono est-elle aux normes et suffisante ?

Quels câbles y a-t-il sur place ? Y a-t-il un rétroprojecteur ?

TARIFS ET RÈGLEMENTS

Des prestataires sont-ils imposés (DJ, traiteur...) ? Si oui, c'est top si vous voulez gagner du temps, moins si vous aviez un super-traiteur ou une décoratrice chouchoute en vue...

Les feux d'artifice sont-ils autorisés (si vous avez l'intention d'en faire un) ?

Y a-t-il un droit de bouchon (voir p. 178) ? De combien ?

Devrez-vous prendre en charge le ménage ?

Que couvre l'assurance de la salle ?

Les bougies sont-elles autorisées ?

Est-il possible d'avoir la salle le lendemain ? Si oui, jusqu'à quelle heure ?

Le prix est-il négociable si on prend la salle pour le lendemain aussi ?

Quels sont la date et le montant du premier versement ?

Quel échéancier devrez-vous respecter ?

Les « trucs » à garder en tête pendant les visites

Il pleut le jour de la visite ? Tant mieux ! Partez du principe que si le lieu vous plaît dans cette ambiance hivernale, il vous enchantera cet été.

Si vous avez l'accord du propriétaire pour décorer la salle, faites preuve d'imagination et ne vous braquez pas pour un mur moche ou un éclairage glacial… Vous allez pouvoir faire des miracles (voir p. 232).

Pensez à prendre plein de photos, pour les montrer à vos proches, les regarder « à froid », et si coup de cœur il y a, commencez à imaginer votre déco !

Demandez au propriétaire s'il dispose d'un plan précis avec les mesures de la salle. Si ce n'est pas le cas, à vos mètres pour prendre les dimensions exactes des murs, de l'espace entre les portes, les positionnements des radiateurs et des prises de courant, etc. ! Puis faites un plan, dont vous vous servirez pour donner des infos aux prestataires, pour prévoir vos éléments de déco…

Conquis ? Réservez sans réserve !

Ça y est, vous avez eu le coup de cœur pour une salle ? Ne tardez pas à agir, ce serait dommage qu'elle vous passe sous le nez… Les trois étapes à respecter.

Poser une option

Toutes les salles ne le permettent pas, mais demandez si c'est possible : en posant une option, la salle vous est provisoirement réservée et vous avez un délai déterminé pour confirmer votre choix ou changer d'avis.

Verser un acompte ou des arrhes

Cette étape doit être prévue dans le contrat. Pensez à exiger une preuve de la transaction.

Pour réserver la salle, les prestataires vous demanderont un premier versement, pour être sûrs que vous ne les planterez pas dans quelques semaines. Certains vous demanderont un acompte, d'autres des arrhes : quelle est la différence ?

L'acompte est un engagement entre les deux parties : ce premier versement correspond à un pourcentage (variable selon les prestataires) du montant de la location. En cas de désistement, la « victime » (la salle, si c'est vous qui vous ravisez) garde cette somme et peut demander en plus des dommages et intérêts.

Les arrhes ne représentent pas un engagement : autrement dit, si vous vous désistez, vous perdez cette somme mais n'aurez pas à régler le reste. En revanche, si c'est la salle qui se désiste, le propriétaire devra vous rembourser le double de cette somme.

Payer le reste

Le règlement du reste de la location dépend de votre prestataire et peut faire l'objet d'une négociation entre vous. La plupart du temps, on vous demandera un versement à mi-chemin entre la réservation et le jour J, et un dernier juste avant la réception.

Certains prestataires encaissent les chèques au fur et à mesure, d'autres acceptent de les déposer à la banque au moment qui vous arrange… Un point à négocier avec eux, pour ne pas vous retrouver au régime pain sec pendant plusieurs mois !

Dégoter un traiteur aux petits oignons

On vous le disait en introduction, de nombreuses salles travaillent avec un ou plusieurs traiteurs attitrés. Si c'est le cas de votre lieu de réception, vous aurez quand même à choisir la formule (repas assis, buffet...) et les plats parmi ceux proposés. Si votre salle vous autorise à faire appel à n'importe quel traiteur, à vous les démarches gourmandes. Mode d'emploi.

Traiteur, chef à domicile... les différentes possibilités

Pas de traiteur

Si vous avez beaucoup de temps devant vous, beaucoup de patience et beaucoup d'amis serviables, vous pouvez envisager de vous passer des services d'un traiteur, pour une réception « *home made* ». Évidemment, c'est envisageable si vous avez 60 invités, moins si vous en avez 230.

Plusieurs options s'offrent alors à vous :

- **Proposer un plat unique** (couscous, tajine...) que vous commencerez à préparer à l'avance et que vous congèlerez. Le jour J, vous n'aurez plus qu'à finir la cuisson dans des énormes contenants. Prévoyez la location de matériel de congélation durant les quelques semaines qui précéderont la fête.
- **Organiser un barbecue ou un méchoui :** la viande est cuite sur place le jour J, par une personne que vous aurez embauchée pour l'occasion ou par tonton Jo s'il accepte votre demande. Prévoyez plein de sauces différentes et des salades composées. Attention à prévoir un endroit frais pour stocker la viande, ou à aller la chercher au tout dernier moment.
- **Opter pour une formule apéritif dînatoire, brunch ou buffet :** ici, pas d'assiettes (ou alors très peu, pour quelques salades) et des mets à grignoter, préparés à l'avance et congelés, ou achetés la veille ou le jour même (fruits, fruits de mer...).
- **Demander à chaque invité d'apporter quelque chose à manger :** pour rendre la démarche plus sympa (et avoir un buffet de qualité), on choisit un thème (épices, thème couleur, sucré salé, à base de fromage, « avec les doigts »...) ou on demande à chacun d'apporter un plat commençant par la même lettre que son prénom.

Les traiteurs « classiques »

Régulièrement sollicités pour les mariages et pour tous les types de réception, ils sont les spécialistes des repas de qualité pour les gros comités, aussi bien au niveau des menus que du service, de la déco, de la présentation…

Il y en a pour tous les goûts et, comme dans les restaurants, la plupart ont leur étiquette, leurs spécialités : cuisine française, cuisine exotique, « bio », végétarien… Mais, de plus en plus, ils s'appliquent à proposer des cartes variées, tenant compte de toutes les exigences de leurs clients.

Comme pour la plupart des prestataires, les fourchettes de prix sont très larges et il y en a donc pour tous les budgets.

Un conseil, si vous avez un budget mini : **demandez un plat simple à un traiteur petit prix**. Vous prendrez moins de risques en misant sur une valeur sûre, et sur des mets faciles à réaliser et plein de saveurs.

Les restaurateurs

Ce sera lui qui officiera si vous avez opté pour une réception au restaurant. Œuvrant sur son terrain, dans ses cuisines, avec son matériel, il maîtrisera parfaitement le repas et vous offrira une prestation à la hauteur de ses promesses. Si la plupart des restaurateurs disposent de formules « mariage », certains accepteront d'examiner vos envies d'autre chose.

Les traiteurs de supermarchés

Le terme « traiteur » est large, la preuve, ceux-ci ne rentrent pas tout à fait dans la catégorie « traiteurs » citée plus haut. La différence entre les traiteurs classiques et ceux des supermarchés, c'est que ces derniers vous proposent la **préparation de plats cuisinés**, mais que c'est à vous d'assurer la **logistique sur place** : réchauffe des plats éventuellement, service…

L'avantage, c'est le prix. Vous pouvez compter 9 euros par personne pour un plat simple.

Le risque, c'est… le goût. Les plats étant préparés « à la chaîne » et nécessitant d'être réchauffés, la finesse n'est pas toujours au rendez-vous.

Le bon compromis ? Si vous vous adressez à un traiteur de supermarché, prévoir un **buffet froid**. De l'avis des mariés ayant tenté l'expérience, le rapport qualité/prix est excellent, et la présentation soignée ajoute un petit plus non négligeable. **Évitez donc les plats en sauce**, plutôt risqués, et prévoyez des **pièces apéritives** (pains-surprise, navettes, canapés…), de la **charcuterie**, de la **viande froide**, des **salades variées**, des **fruits de mer**… Et en plus, vous servez les plats tels quels et vous n'avez pas à utiliser la cuisine pour réchauffer les mets.

Autre conseil essentiel : ce n'est pas tant la chaîne qui compte (Leclerc, Carrefour…) que **le magasin duquel vous dépendez**. Selon le responsable, l'organisation, les cuisiniers, la qualité varient beaucoup. Prenez bien le temps de faire **plusieurs essais** : un dimanche, commandez un petit brunch pour 10 personnes au traiteur du supermarché près de chez vous, pour le tester avec vos parents. La semaine d'après, demandez-leur, s'ils habitent près d'un autre, de le commander à leur tour. Vous pourriez réaliser que celui voisin de chez eux est bien meilleur que le vôtre !

Le supermarché peut aussi vous **louer un camion frigorifique**, pour stocker les mets avant qu'ils ne soient mangés !

Les cuisiniers

Ils viennent avec leur savoir-faire… mais sans leur matériel. En faisant appel à un cuisinier, vous aurez la chance de pouvoir prévoir un menu vraiment sur mesure et de bénéficier d'une cuisine raffinée et « fait maison » du début à la fin.

La solution est alléchante, les tarifs plus attractifs que ceux d'un traiteur (puisqu'il travaille seul), mais la logistique plus compliquée à gérer : contrairement au traiteur, et c'est ce qui explique en partie les prix moins élevés, la location des tables, des chaises et de la vaisselle n'est pas incluse, de même que le personnel pour le service.

Une solution à favoriser pour les **réceptions en petit comité** !

La tendance « chef à domicile »

Et si le comble du luxe c'était que le cuisinier vienne œuvrer chez vous ? C'est la grosse tendance du moment, pour les dîners entre amis, les baptêmes et… les mariages chez soi. Au menu : plats « sur mesure », en fonction de vos envies, cuisinés presque sous vos yeux et préparés avec raffinement. Et fierté de pouvoir dire *« Oui, le cuisinier est juste derrière la porte »*.

Et pour ne rien gâcher, les tarifs sont attractifs : vous convenez ensemble d'un montant, et il se charge de l'achat de tout. Attention : votre cuisinier a beau être le meilleur du département, il n'est pas un surhomme. Voyez au préalable avec lui combien d'assiettes il se sent de prendre en charge. Si vous êtes 150, rappelez-le pour vos un an de mariage en petit comité !

Pour déterminer le bon traiteur, il vous faudra entamer vos recherches avec une idée de la formule que vous souhaitez mettre en place dans la soirée.

Les formules alléchantes pour le soir

Comme pour la quête de la salle, vous gagnerez du temps dans votre recherche de traiteur en ayant une idée de la prestation que vous souhaitez. Demandez-vous d'abord pour laquelle de ces différentes formules vous voulez opter.

Le cocktail

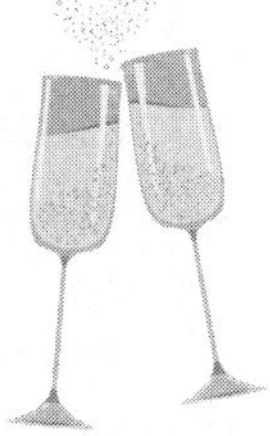

Également appelé « vin d'honneur », il a lieu après la cérémonie (civile ou religieuse) et avant le repas. En plus d'être une introduction aux festivités à venir, il est l'occasion de recevoir autour d'une coupe les gens que vous n'avez pas pu inviter au dîner, et de permettre aux autres de faire connaissance avant de passer à table.

La plupart du temps, pour des raisons de praticité, il se déroule sur le lieu de réception de la soirée.

Si votre budget vous le permet, vous vous simplifierez donc la vie en prenant le même traiteur pour toute la réception.

Le bon plan

Faites appel à un traiteur de supermarché (voir p. 171) uniquement pour le cocktail, et offrez-vous les services d'un traiteur « classique » pour le repas.

Mémo quantités pour le vin d'honneur

Vous déterminerez le nombre de petits fours ou de mises en bouche à prévoir selon la durée du vin d'honneur.

- 9 pièces par personne pour une heure
- 12 pièces pour une heure et demie
- 15 pièces pour deux heures et demie

Zoom sur deux tendances pour le cocktail

1. Les animations culinaires : ici, le traiteur vous propose de régaler vos invités en cuisinant sous leurs yeux. Fabrication de sushis, cuisson du foie gras, ouverture des huîtres, atelier grillades…

2. Les « candy bars » : vous ne pourrez pas y échapper si vous surfez sur des sites et blogs de mariage. Derrière ce nom un brin « fashionista », un principe tout bête. Mettre à disposition des invités, sur une table joliment décorée, des bonbons et confiseries pendant toute la soirée. Les variantes : bar à boissons, bar à glaces, bar à pop-corns…

Le dîner

Le vin d'honneur terminé, les convives invités à toute la soirée passent à table.

Cas particulier : le cocktail dînatoire. Comme son nom l'indique, il est à mi-chemin entre le cocktail et le dîner. Sans « mouvement » de vos invités vers un autre lieu, difficile de prévoir qu'une partie d'entre eux s'en aille : choisissez-le uniquement si tous vos convives restent pour la totalité de la soirée. L'ensemble du repas est constitué de pièces chaudes ou froides à grignoter sans assiette. Idéale pour profiter des belles soirées d'été, cette solution chic et raffinée requiert cependant une logistique lourde si les invités sont nombreux (il faut prévoir une vingtaine de pièces par personne, verrines, cuillères, etc.). De plus, les personnes âgées peuvent être un peu décontenancées par cette formule : prévoir pour elles de quoi s'asseoir tranquillement.

En dehors de cette option hybride, il existe trois grandes catégories de repas.

Le plus souvent il est **assis**, avec les plats servis à table. Il permet de papoter tranquillement et de se poser après une journée souvent un peu marathon. On prend le temps d'apprécier les plats, mais le dîner ne doit pas être trop long, au risque de faire retomber l'ambiance et de plomber vos invités.

Les **buffets** évitent ces longueurs dans le planning, puisque les invités vont se servir seuls et peuvent continuer à passer de groupe en groupe, et même commencer à danser. Les plats servis se mangent dans les assiettes et les invités vont donc se rasseoir à leur table après s'être servis. Conviviale et offrant une grande variété de choix aux invités, cette solution peut cependant être perçue comme moins raffinée qu'un repas classique assis. Si vous avez beaucoup d'invités, évitez les « embouteillages » au buffet en prévoyant une sorte de roulement : les deux premières tables d'abord, puis les deux suivantes, etc.

La **formule mixte** est un bon compromis, puisqu'elle alterne ces deux solutions : par exemple, l'entrée est servie à table et les invités vont se servir au buffet pour le plat et les desserts. D'un côté, les déplacements jusqu'au buffet évitent les temps morts entre chaque plat et, en même temps, vos invités profitent du confort d'être servis à leur place, de temps en temps.

Le bon conseil

Faites en sorte de faciliter la vie des personnes âgées. Si vous optez pour un cocktail dînatoire, prévoyez des chaises et des tables pour celles et ceux qui souhaitent s'asseoir. Si vous choisissez un buffet ou une formule mixte, chargez votre petit cousin ou votre témoin d'aller passer commande auprès de votre grand-mère et de lui rapporter son assiette, pour lui éviter d'avoir à se déplacer !

Les « trucs » pour que le dîner ne s'éternise pas

- Prévoyez un cocktail copieux pour zapper l'étape « entrée » à table : et hop, on passe directement au plat !
- Si vous souhaitez vraiment des entrées, choisissez-en des froides, pour une préparation et un service plus rapides.
- Les fromages et les desserts en formule buffet permettent à ceux qui commencent à trouver le temps long de bouger, de changer de table, de danser…
- Entre chaque plat, donnez la parole à ceux qui souhaitaient vous adresser un petit mot. À condition qu'il n'y en ait pas 30, les discours sont toujours un moment émouvant ou rigolo, qui masque les temps morts pendant le repas.
- Prévoir une équipe de service suffisamment importante pour que le débarrassage et l'arrivée des nouveaux plats s'enchaînent bien (voir ci-après la partie « Le service »).
- Certains mariés demandent au DJ des animations pendant le repas : chaises musicales, quiz… Garantie d'une bonne ambiance pour certains, symbole du kitch pour d'autres, à vous de voir si cette option amuserait vos invités ! P. 321, on vous donne d'autres idées pour occuper vos convives à table.

Les autres postes clés

En plus du repas en lui-même, vous devrez prendre en compte dans la prestation du traiteur d'autres postes essentiels.

Le service

Rien de plus frustrant/énervant/décevant qu'un mariage sympa terni par un service insuffisant, pas pro ou limite aimable…

En général le service est **proposé par le traiteur**, qui dispose d'une équipe dédiée. Si ce n'est pas le cas – vous avez fait appel à un traiteur de supermarché par exemple –, essayez de vous offrir la présence d'une petite équipe pour le service. Évidemment, vous pourrez toujours confier la tâche de remplir les verres et de servir les petits fours à vos proches, mais pendant le repas, vous serez bien contents d'avoir quelqu'un à disposition pour apporter des bouteilles d'eau, remporter les bouteilles de vin vides, débarrasser les tables… Comptez en moyenne un serveur pour 15 à 20 personnes.

Le bon plan

Pour dépenser moins, contactez l'école hôtelière la plus proche du lieu de réception (www.lhotellerie-restauration.fr), pour faire appel à des élèves hôteliers et payer moins cher une prestation soignée et appliquée.

Le dessert

Si vous avez opté pour un restaurant, le menu inclura forcément le dessert. Mais dans le cas d'un traiteur, vous aurez carte blanche : vous pourrez ainsi choisir de vous fournir chez lui pour la traditionnelle pièce montée, ou faire appel à un autre prestataire, comme votre pâtissier chouchou par exemple. Quoi qu'il en soit, chouchoutez cette partie du repas qui, en tant que clou du spectacle, se doit d'être irréprochable !

Pour la traditionnelle pièce montée, comptez trois choux par personne si c'est un dessert unique, un chou par personne si d'autres douceurs sont prévues.

Au passage, la pièce montée est une tradition, pas une obligation. Vous pouvez aussi la remplacer par une pyramide de macarons (en prévoir au moins trois par personnes), délicieusement tendance, ou par un « wedding cake », mode incontournable du moment (pour vous mettre l'eau à la bouche, rendez-vous sur www.cakeetcupcake.com).

Prévoyez en plus un buffet de gâteries sucrées, ou un dessert servi à table. Pensez à ceux qui n'aiment pas le chocolat (si si, ça existe !) en variant les saveurs.

Disposez également sur le buffet quelques corbeilles de fruits, idéales pour les petits creux et les pauses fraîcheur.

Les boissons

Deux solutions : confier cette mission à votre traiteur, ou gérer ces deux postes séparément.

Pour les « softs » (sans alcool), la différence se révèle souvent assez minime. Mais si vous partez du principe qu'il n'y a pas de petites économies, vous pouvez acheter vous-mêmes vos boissons. Pour l'eau, misez sur les bidons de 5 litres et servez-la dans des bouteilles en verre.

Pour les vins et autres boissons alcoolisées, laisser le traiteur s'en charger vous fera gagner du temps, mais ce n'est pas la solution la plus économique.

Si vous souhaitez vous charger vous-mêmes des boissons pour payer moins cher, assurez-vous au préalable que votre traiteur ou votre restaurateur ne pratique pas de « droit de bouchon » : cette taxe, qui peut s'élever de 3 à 8 euros par bouteille, sera à payer pour chaque bouteille ouverte et servie, afin de « compenser » le fait que vous ne serviez pas son vin habituel. Pas de panique, le droit de bouchon est de plus en plus rare, et souvent négociable. Si votre traiteur l'impose, assurez-vous que vous êtes malgré tout gagnant à apporter vos bouteilles.

Où vous fournir ?

Sachez que vous payerez votre vin et votre champagne 30 % moins cher en vous rendant directement chez le **producteur**, et en évitant ainsi les intermédiaires. Une bonne raison (de plus !) de vous offrir un petit week-end en amoureux dans les vignes, à la recherche du meilleur vin pour votre mariage !

Fréquentez aussi les **salons** et les **foires aux vins** (d'août à octobre en général). Dans votre **supermarché**, demandez à parler au responsable du rayon alcools et vins. Avec quelques jolis sourires, vous pourrez être mise au courant en avant-première des meilleures promotions à venir ! Dans tous les cas, ne tardez pas à vous décider : les très bonnes affaires ne restent pas longtemps en magasin.

Vous pouvez aussi consulter votre **caviste** habituel, ou vous rendre sur un **site Internet** spécialisé dans les vins de mariage : www.vindemariage.com

Quelques bons accords mets-vins

Source : www.sommelier-vins.com

Foie gras :

- Sauternes (Bordeaux), monbazillac (Bergerac) ou « vendanges tardives » d'Alsace

Bœuf :

- Haut-médoc, saint-émilion, graves (vins de Bordeaux)
- Chinon, saumur, bourgueil (vins de Loire)
- Cahors, madiran (vins du Sud-Ouest)
- Bandol (vin de Provence)
- Coteaux-du-Languedoc

Canard :

- Haut-médoc, graves, saint-émilion, pomerol (vins de Bordeaux)
- Marsannay, fixin, nuits-saint-georges, gevrey-chambertin (vins de la côte de Nuits, Bourgogne)
- Côte-rôtie, saint-joseph, hermitage (vins de la vallée du Rhône Nord) →

Mouton :

- Saint-julien, saint-estèphe, margaux, pauillac, listrac, moulis (vins de Bordeaux Rive Gauche, Médoc)
- Gigondas, lirac, vacqueyras (vins de la vallée du Rhône Sud)
- Côte-rôtie, hermitage, cornas (vins de la vallée du Rhône Nord)
- Cahors, madiran, côtes-du-marmandais (vins du Sud-Ouest)
- Saumur, bourgueil (vis de Loire)

Caille :

- Bourgueil, chinon, saumur (vins de Loire)
- Gigondas, cairanne, vacqueyras, vinsobres (vins de la vallée du Rhône Sud)
- Vins de Corse sartène, ajaccio, patrimonio

Poissons :

- Blancs : chablis, sancerre, pouilly-fumé, bourgognes, mercurey, givry, pouilly-fuissé, montlouis, irouléguy, pacherenc-du-vic-bilh secs…
- Rouges :

Loire : sancerre, reuilly, coteaux-du-giennois

Alsace : pinot noir

Jura : côtes-du-Jura, cépages ploussard ou trousseau

Bourgogne : mercurey, givry, rully, irancy

Champagne : côteaux-champenois, rosé des Riceys

Mémo quantités pour les boissons

- Vin rouge : une bouteille pour 3 personnes
- Vin blanc : une bouteille pour 4 à 5 personnes
- Champagne : une bouteille pour 3 personnes
- Gin, whisky, vodka : une bouteille pour 15 à 20 personnes
- Sodas et boissons non alcoolisées : 1 bouteille pour 4 à 6 personnes
- Eau plate : 1 bouteille pour 3 personnes
- Eau gazeuse : 1 bouteille pour 6 personnes

Le bon plan

Sur www.bsoft-team.com/calculatorb, vous pouvez calculer en ligne la quantité de boissons nécessaire en fonction de la température, du nombre d'hommes, de femmes, d'enfants…

Le lendemain

Ce n'est pas du tout une obligation, mais les mariés (ou leurs parents) prolongent souvent la fête en recevant les invités le lendemain, autour d'un déjeuner ou d'un brunch. C'est une jolie façon de clore le week-end et de profiter encore un peu de vos invités, surtout s'ils sont venus de loin.

Toutes les formules sont envisageables, mais après le marathon de la veille mieux vaut opter pour la simplicité : buffet froid, barbecue, camion de pizza ou « pique-nique » arrangé. Vous pouvez vous adresser pour cela au traiteur choisi pour le soir, à un traiteur de supermarché, ou mettre vos invités à contribution pour rapporter de quoi se restaurer… À condition qu'ils vivent dans le coin et n'aient pas besoin de trimballer leur quiche dans leur coffre sur 700 kilomètres !

Les repas des enfants

Ils mangent moins que les grands, n'ont pas vraiment les mêmes goûts qu'eux (sauf pour l'universel Nutella, mais ça ne compte pas) et ont surtout envie d'aller finir leur coloriage ou leur partie de cache-cache. Inutile donc de leur prévoir la même formule que les adultes, autant vous dire que votre délicieux foie gras pourrait n'avoir sur eux aucun effet. Et gâcher du foie gras, c'est péché. Piochez parmi ces solutions mieux adaptées, plus futées et, cerise sur le gâteau, plus économique.

- **La formule « enfants » de votre traiteur.** Simple, efficace, mais vous pouvez faire mieux.
- **Un buffet froid.** Un mot d'ordre : avec les mains ! Dés de fromage, de jambon, bâtons de crudités, sauces diverses, pain prédécoupé pour se faire des bons sandwichs, saucisses pour hot-dogs, fruits, bonbons… Quand on vous dit qu'un enfant ce n'est pas compliqué !
- **Un menu enfant de fast-food.** Idéal, car vous ne pourrez pas leur faire plus plaisir, et il vous en coûtera moins de 6 euros par (petite) tête. Vous

pouvez commander le même menu pour tous, ou charger les baby-sitters de prendre les commandes pour chacun. Prévoyez une personne motorisée pour aller chercher les repas et les servir chauds !

- **Une crêpe party.** Cuisinez les crêpes à l'avance ou récoltez auprès de vos proches plusieurs machines à petites crêpes. Chargez une des baby-sitters de les fabriquer en direct ou de les réchauffer, et posez sur un buffet du gruyère râpé, des allumettes de jambon, des sauces, des petits légumes en dés…

Bien sûr, ça marche aussi avec les croque-monsieur, les pizzas, les tartes…

La marche à suivre

Définir le « brief »

Objectif : pendant vos recherches à venir, vous concentrer sur les traiteurs répondant à vos critères en termes de formules et de budget, et être en mesure de leur demander des devis précis, selon vos exigences. En plus de la question du budget, mettez-vous donc d'accord sur :

- **l'organisation du repas :** cocktail, buffet, formule mixte… ;
- **le style du traiteur :** repas gastronomique, cuisine française, spécialités régionales… ;
- **le type de carte : plat unique ou menu complet ?** Les formules « entrées, plats, fromages, desserts » permettent une variété de choix et mettent l'accent sur le moment du dîner, avec un repas complet et une vraie pause pour vous et vos invités. Les plats uniques (mention spéciale pour les tajines, délicieux et tendances) sont plus économiques, et parfaits après un vin d'honneur copieux, quand vous n'avez pas envie de passer trop de temps à table ;
- **les spécificités alimentaires éventuelles :** casher, hallal, mais aussi bio, végétarien…

Le bon conseil

Si l'un de vos invités est sujet à une allergie alimentaire, pensez à le signaler au traiteur afin qu'il lui prévoie une assiette à part.

Où le trouver ?

Premier réflexe, **demander au proprio de la salle** de réception choisie. Il vous fournira une liste de traiteurs du coin, avec lesquels il a sans doute souvent collaboré et dont il peut donc garantir la qualité.
Le bouche à oreille fonctionne aussi très bien : encore une fois, n'hésitez pas à passer un coup de fil à votre tante dont le traiteur du baptême était top, à cette collègue qui vous a parlé de son traiteur pas cher pour le réveillon…
Rendez-vous également sur des **salons de mariage** (voir p. 161).
Comme pour la recherche de la salle, de nombreux **sites Internet** peuvent vous aider à trouver le bon traiteur. Les deux meilleurs :

- www.1001mariages.com : vous pouvez via le site envoyer un message au prestataire ou recevoir de la documentation.
- www.1001traiteurs.com : avec une recherche par département, nombre d'invités, type de cuisine (gastronomique, de la mer, corse, italienne…) et par formule (buffet, repas assis…).

Comprendre les devis

Une fois que vous avez une « short-list » de 4 ou 5 traiteurs qui pourraient convenir, demandez-leur s'ils possèdent l'agrément européen.

Cet agrément peut être rassurant pour vous car il certifie que le TOR (Traiteur organisateur de réception) a suivi une formation sur l'hygiène, possède des locaux conformes et utilise des matières premières homologuées. Cet agrément n'est pas obligatoire, mais sachez que s'il ne l'a pas, votre traiteur n'a pas le droit d'exercer à plus de 80 kilomètres de son lieu de production. Les TOR possédant l'agrément sont identifiés par un numéro officiel, répertoriés, et ont l'obligation de faire figurer le logo officiel CE sur tous leurs documents commerciaux.

Les autres démarches qualité complémentaires

Certains professionnels détiennent d'autres certifications attestant de la qualité de leur prestation.

- Les certifications ISO (qualité et/ou environnement).

→

- La certification Qualitraiteur : mise en place par un groupement de professionnels, délivrée par le bureau Véritas et agréée par l'État, elle atteste de la qualité des démarches de recrutement, de sélection des fournisseurs, d'accueil, d'organisation, de mise en œuvre de moyens logistiques, de service et donc de satisfaction de la clientèle.

Une fois cette question éclaircie, faites une demande de devis. Vous avez déjà, grâce aux descriptifs et tarifs des cartes, une idée du montant, mais le devis inclura l'alimentaire, mais aussi le service et le matériel. Le devis peut être forfaitaire ou détaillé poste par poste.

L'**alimentaire** comprend les mises en bouche du vin d'honneur (comptabilisées en « pièces » dans les devis), le repas et éventuellement les desserts. Si vous avez demandé à votre traiteur un devis pour les boissons, retenez que la facturation peut être forfaitaire ou par bouteille consommée. Si vous ne voulez pas lui commander les boissons, pensez à lui demander s'il applique un droit de bouchon (voir p. 178).

Pour **le service**, vérifiez que l'équipe est en nombre suffisant (comptez un serveur pour 15 à 20 personnes). Puis regardez les limitations horaires, le coût des heures supplémentaires, en particulier celles après minuit, souvent majorées. Assurez-vous que les tarifs indiqués tiennent compte de la mise en place et du rangement.

Vérifiez enfin que les charges sociales sont prises en compte.

Le **matériel** peut inclure l'art de la table (vaisselle et nappage), le mobilier (tables et chaises) et les équipements (au cas où votre traiteur ne dispose pas d'un office convenable, il devra utiliser son matériel).

Faites attention aux **suppléments cachés** : le droit de bouchon évoqué précédemment, mais aussi l'éventuel forfait nettoyage et enlèvement des déchets... Et, surtout, les frais de déplacements, qui peuvent faire grimper la note !

Les **conditions générales de vente** doivent indiquer les clauses d'annulation ou de remboursement et les modalités de paiement.

Les questions à poser au traiteur

L'ORGANISATION

Possédez-vous l'agrément européen ? ....
....

Quelles formules proposez-vous (cocktail, buffet, brunch pour le lendemain…) ? ....
....
....
....

Des aménagements sont-ils possibles (mix entre deux formules, ajout d'un atelier durant le cocktail…) ?...
....

Le cocktail peut-il se dérouler dehors ?..
....
....

Existe-t-il une solution de repli en cas de pluie (tentes…) ?..
....
....

Combien de serveurs sont prévus ? ....
....

Quels sont les horaires de disponibilité (début, fin, possibilité de prolonger, coût des heures supplémentaires…) ? ....
....
....

Quelle est la configuration prévue pour les tables (forme des tables, disposition…) ? ....
....

Est-il possible de voir des photos de tables dressées (couleur des nappes, harmonie de la vaisselle…) ?..
....
....

Les restes peuvent-ils être utilisés pour le lendemain ?...
....
....

Quand doit-on vous confirmer le nombre d'invités ? ....
....
....

À photocopier

LE MENU

Combien de pièces sont prévues par invité pour le cocktail ? ....
....
....

Prévoyez-vous des animations culinaires pendant le cocktail ? Et le repas (stand sushi, fontaine de champagne, de chocolat…) ? ....
....
....
....

La prestation du soir inclut-elle forcément les postes boissons et desserts ? ....
....
....

Proposez-vous une dégustation ? À quelles conditions tarifaires ? ....
....
....

Quelles sont les quantités prévues pour le repas ? ....
....
....

Pouvez-vous prévoir quelques assiettes spécifiques (en cas d'allergies alimentaires ou d'invités végétariens par exemple) ? ....
....
....

L'eau et le pain pendant le repas sont-ils à volonté ? ....
....

Quel est le vin servi ? Et le champagne ? ....
....
....
....

Combien de bouteilles sont comprises dans la formule ? Quel est le prix des bouteilles supplémentaires ? ....
....
....

Proposez-vous un menu enfants ? Si oui, de quoi est-il composé ? ....
....
....
....

LES TARIFS

Appliquez-vous un droit de bouchon (voir p. 178) ? Si oui, à quel tarif ?

La prestation inclut-elle les tables, les buffets, la décoration, le service ?

Les charges sociales sont-elles incluses ?

Le forfait nettoyage est-il compris ou en supplément ? Et l'enlèvement des déchets ?

L'assurance est-elle comprise dans le prix ? Sinon, conseillez-vous d'en prévoir une ?

Doit-on régler des arrhes ou un acompte ? De quel montant ? Quand doit être réglé le reste ?

Faut-il payer le repas des prestataires (cuisiniers, serveurs) ? Si oui, à quel prix ?

Appliquez-vous des frais de déplacement ?

Quelles sont les clauses d'annulation ou de remboursement ?

La dégustation

Place au moment le plus agréable de cette recherche. En fonction des devis, sélectionnez deux à trois traiteurs et prenez rendez-vous pour un **« repas test »**. Il a pour objectif de tester la qualité des mets, mais aussi de choisir les plats si vous décidez de confirmer ce prestataire.

Selon les prestataires, il **peut être gratuit ou non**. Parfois encore, le traiteur offre le repas aux futurs mariés et fait payer les autres, à un tarif qui reste avantageux. Pensez à vous faire préciser ce détail… Qui n'en est finalement pas un !

La dégustation se déroule généralement chez le traiteur, mais certains acceptent de se déplacer à domicile.

Vous pouvez y aller accompagnés de vos parents ou de vos témoins, l'idée étant de ne pas débarquer à 27, quand même…

Si votre traiteur ne s'occupe pas des boissons, pensez à ramener quelques vins pour les goûter en même temps, afin de déterminer lesquels s'accordent le mieux avec les mets.

Au niveau des quantités, gardez en tête que vos invités seront déjà passés par la case « vin d'honneur » et auront commencé à grignoter avant de passer à table.

À l'issue de la dégustation, vous aurez toutes les cartes en main pour faire votre choix définitif : profitez-en pour faire part au traiteur de vos remarques éventuelles concernant le repas que vous venez de goûter.

La réservation

Vous avez déniché le traiteur digne de régaler vos convives et de faire passer aussi à vos papilles la plus belle journée de leur vie ? Réservez-le, avant qu'il ne soit pris d'assaut par d'autres futurs mariés.

Il vous sera demandé pour cela de signer le contrat et de **verser un acompte ou des arrhes d'environ 30 %** de la note. Faites les choses dans l'ordre et ne payez pas avant d'avoir signé ! En général, le reste du règlement doit être effectué aux lendemains de la réception.

Étape suivante : demander à votre traiteur à quelle date vous devrez lui communiquer le nombre exact de convives, et la reporter soigneusement dans votre agenda ! Puis confirmer ce chiffre, le jour J, en n'oubliant pas d'inclure les repas des prestataires (DJ, photographe, baby-sitters…) !

L'ESSENTIEL POUR LA SALLE ET LE TRAITEUR

- Avant de vous lancer dans les recherches de salle, déterminez le lieu où elle devra se trouver (en fonction de l'emplacement de la mairie, du lieu de résidence de vos invités…) et la superficie nécessaire.
- En fonction de vos envies et de votre budget, voyez si vous voulez recevoir chez vous, dans une salle municipale, un château…
- Une fois ces critères déterminés, sélectionnez une short-list de quelques salles.
- Pensez à la location de gîtes de groupe, économique, pratique (nombreuses possibilités d'hébergement) et conviviale.
- Pendant les visites, prévoyez une fiche par lieu pour y noter les éléments importants.
- Ne perdez pas de temps pour réserver.
- De nombreuses salles travaillent avec des traiteurs attitrés. Si ce n'est pas le cas de la vôtre, définissez précisément ce dont vous avez envie (animations culinaires, « candy bar », buffet froid…) pour demander des devis.
- Fixez un rendez-vous de dégustation.
- Comme pour la salle, ne tardez pas à réserver la « prestation alimentaire ».

La grande famille des autres prestataires

En dénichant votre salle et votre traiteur, vous avez fait le plus gros. Mais dans la grande famille des prestataires de mariage, vous voudriez aussi le photographe, le DJ, le fleuriste, etc. ? Bonne pioche, ce chapitre est fait sur mesure. On vous dit tout pour trouver les bons… ou pour vous en passer.

Les photos et la vidéo : silence, ça tourne !

La journée et la soirée de votre mariage passeront si vite qu'on ne peut que vous conseiller d'en immortaliser les plus jolis moments. Certains mariés, un peu pris par le temps durant la préparation du mariage, décident de zapper ce point. Mais les regrets ne tardent pas à pointer le bout de leur vilain nez : quel dommage en effet de se donner tant de mal pour que la journée soit parfaite, et de n'en garder aucune trace physique ! Le jour J, vous serez dans votre bulle, et pas mal sollicités. Les photos seront le meilleur moyen pour vous de revivre ces instants, de voir les petits détails qui vous auraient échappé, et de multiplier les angles de vue sur cette journée. Nos conseils, quel que soit votre budget, pour imprimer les plus belles images ailleurs que dans vos têtes à tous.

Pro ou « fait maison » : les différentes possibilités

Déléguer à des invités

Prendre un photographe, ce n'est pas tant une question de budget qu'une question de priorité. Avec un budget limité, on peut choisir de faire venir malgré tout un photographe et de s'offrir, pour compenser, une robe à petit prix. Ou encore de ne pas prendre de cortège, pour éviter les dépenses liées aux vêtements.

Si vous avez fait le choix d'économiser sur ce poste, en ne prenant pas de photographe, organisez-vous pour avoir le bonheur de récupérer malgré tout, à la fin, quelques jolis clichés.

Si vous lancez un appel général à vos invités pour photographier la soirée, vous risquez d'être déçus : pas assez de photos, ou toutes les mêmes, mieux vaut vous créer une petite équipe de paparazzis.

1. Formulez clairement la demande à **quelques personnes choisies** de votre entourage, en leur passant un coup de fil. Il s'agira de personnes **assez proches de vous** pour accepter cette responsabilité, mais pas trop non plus : votre mère, votre meilleure amie témoin ou votre grand-père auront sans doute envie de profiter pleinement de la journée, sans se mettre cette pression. Privilégiez vos proches réputés pour faire de **jolies photos** (on a tous dans notre entourage quelqu'un qui tire de jolis portraits) et possédant un **bon appareil**. Vous pouvez aussi leur en **prêter** un, ou en **louer** un pour la journée : si cette personne s'y connaît en photo, laissez-lui le soin de choisir son modèle et prenez en charge

le prix de la location (comptez 25 euros la journée pour un beau réflex numérique – Nikon D80, par exemple – sur le site de locations entre particuliers www.zilok.com).

2. Une fois que vous aurez l'accord de 4 ou 5 personnes, **briefez-les** (en les invitant à manger, par exemple, c'est plus sympa) sur le style de photos souhaité. Attention à ne pas vous montrer trop exigeante, ce ne sont pas des photographes professionnels, mais vous pouvez leur dire par exemple que vous avez un faible pour les portraits, que vous aimeriez avoir des photos de groupe, que vous craquez pour les photos d'enfants, que vous raffolez du noir et blanc. Fournissez-leur éventuellement une liste de clichés que vous aimeriez avoir…

3. Pour leur simplifier la vie et mettre toutes les chances de votre côté d'avoir ce que vous souhaitez, répartissez les rôles **par moment clé** de la cérémonie (Malik à la mairie, Lucas pendant la célébration religieuse et à la sortie, Manon pendant le vin d'honneur…).

4. Il est délicat de demander à quelqu'un de s'occuper des photos pendant le repas, il risquerait de ne pas en profiter et de manger froid… La parade : disposer sur les tables des **appareils jetables** (avec flash !), afin que les invités puissent se prendre eux-mêmes en photo. Vous en trouverez des modèles décorés craquants sur www.lovengift.fr (9,90 euros pièce).

5. Vous pouvez aussi choisir une **répartition des rôles par type de photos** : Malik pour les mariés, Lucas pour les portraits et Manon pour les photos de groupe.

6. Prévoyez de leur offrir **un petit cadeau** pour les remercier de leur aide : par exemple une jolie photo d'eux avec vous, que vous aurez encadrée !

Photographe et vidéaste

Si ce poste fait partie pour vous des plus importants, il se peut que vous lorgniez sur la **formule la plus complète** : un photographe ET un vidéaste pour vous accompagner tout au long de la journée. C'est le couple gagnant (après vous, bien sûr), car rien n'échappera à leurs yeux de lynx, et vous vous régalerez longtemps en vous repassant les films et en feuilletant les photos de la journée.

L'inconvénient, sans surprise, c'est le budget : entre 400 et 1 500 euros pour le photographe, et au moins 1 000 euros pour le vidéaste…

Photographe seulement

Le compromis : un photographe seulement (et un petit mot glissé à vos invités pour les encourager à prendre quelques films).

L'avantage de ce prestataire, c'est que les prix varient beaucoup et s'adaptent donc à **tous les budgets**, en fonction du **photographe** et de la **formule** choisie.

Vous préciserez la question des tarifs au moment des devis, mais considérez une fourchette de 300 à 2 500 euros.

Si vous disposez de 300 euros pour ce poste, vous bénéficierez de trois heures de présence du photographe, au moment de votre choix.

La plupart du temps, ce sont les célébrations (civiles ou religieuses) et une séance de photos officielles juste après qui recueillent les préférences des mariés, mais rien ne vous empêche de demander au photographe qu'il assiste au cocktail et au début du dîner, si vous préférez les photos « sur le vif ».

En haut de la fourchette de prix, vous pourrez profiter de la présence du photographe du début à la fin de la cérémonie : il vous accompagnera ainsi pendant votre mise en beauté, puis dans la voiture qui vous amènera à la mairie, etc. Jusqu'au moment, pour certains, de pénétrer à deux dans la suite nuptiale !

La bonne idée

Vous n'avez pas les moyens de vous offrir les services d'un vidéaste ? Mettez en place un « confessionnal » vidéo en libre-service pour vos invités : filez en p. 214 pour en savoir plus !

Trouver le bon

Définir le style

Pour ne pas vous perdre dans vos recherches, faites un premier tri en fonction du style de photos (et éventuellement de vidéos) qui vous font envie. Photos posées, romantiques, décalées, classiques, rock'n'roll, créatives… Ainsi, quand vous irez regarder les « books » des photographes, vous saurez alors vite si votre univers colle au sien… Ou pas.

Pour vous aider à trouver votre style, allez fouiner sur les jolis sites et blogs consacrés aux mariages : les articles consacrés à chaque couple de mariés sont illustrés par les clichés du photographe et vous n'êtes pas à l'abri d'un coup de cœur pour un univers, ou même un prestataire !

- www.lamarieeencolere.com
- www.organiser-un-mariage.com
- http://desideespourunjolimariage.com
- www.lafianceedupanda.com
- www.leblogdemadamec.fr
- www.unbeaujour.fr
- www.so-lovely-moments.com
- www.myweddingthing.com
- www.lamarieeauxpiedsnus.com
- www.mariagesetbabillages.com
- www.trendyweddingleblog.com

La bonne idée

Entre photos posées et clichés décalés votre cœur balance ? Prenez un photographe classique et prévoyez un « photobooth » en libre-service pour vos invités : voir p. 213 !

Sources

Le propriétaire de votre salle de réception, ou votre traiteur : ils ont sans doute vu passer beaucoup de mariages et donc beaucoup de photographes. Si vous vous sentez en phase avec eux au niveau du goût et des univers, demandez-leur quelques adresses. L'avantage : le photographe qu'on vous recommandera connaîtra les lieux et trouvera donc rapidement ses marques.

Les blogs et sites mariages : vous avez un coup de cœur pour un prestataire découvert en rêvant devant les photos d'un mariage sur un site ? Ne renoncez pas, s'il n'est pas de votre région, et demandez-lui plutôt s'il accepte de se déplacer et à quelles conditions.

Le bouche à oreille : il fonctionne particulièrement bien car, contrairement à la salle ou au traiteur, un photographe déniché pendant le mariage de votre cousine en Vendée peut très bien accepter de se déplacer jusqu'à votre lieu de réception à l'autre bout de la France. Demandez-lui combien il facture les frais de déplacements. Pour économiser, vous pouvez vous arranger pour lui trouver un covoiturage, grâce à un « appel à conducteur » lancé à vos invités sur votre blog de mariage, par exemple.

Les annuaires de photographes et portails autour du mariage. *Exemples :*

- www.1001mariages.com : une centaine de photographes référencés en France et la possibilité à chaque fois d'accéder à des galeries photos et d'entrer en contact rapidement.
- www.imagera.fr. Le petit plus : la possibilité d'effectuer une recherche précise en fonction de vos souhaits. Type de séance (engagement, mariage civil, cocktail, *« trash the dress »*…), tranche de prix… La liste des photographes disponibles apparaît, avec à chaque fois la fourchette de prix à prévoir selon les forfaits, le nombre de tirages…

Les salons du mariage : leur vraie valeur ajoutée, c'est qu'ils vous permettront de rencontrer directement les photographes exposants. Le feeling étant indispensable dans le choix de ce prestataire, vous pourrez ainsi faire un choix rapide et éclairé (pour une sélection plus pointue et plus confidentielle des prestataires, pensez aux Coulisses du Mariage : www.coulissesdumariage.com) !

Rencontre et feeling

Une fois que vous aurez sélectionné 3 à 4 photographes potentiels, essayez de fixer avec eux une rencontre. Elle vous permettra d'une part de savoir si vous un bon feeling, et d'autre part de préciser quelques points sur sa prestation.

Avec plus que n'importe quel autre prestataire, le **feeling** entre vous est très important. D'abord parce que le photographe sera en contact direct avec vos invités, et qu'il est essentiel que son attitude vous donne le sentiment qu'il s'intégrera naturellement à la journée, et que sa présence ou sa façon de s'adresser aux invités sera agréable pour tous. Ensuite, parce que pour être décontractés sur les photos, vous devrez vous sentir à l'aise sous son objectif. Une question de **tempérament** bien sûr, mais de **sexe,** parfois : vous sentez-vous plus à l'aise **avec une femme ? Ou plus avec un homme ?** Si vous avez demandé à votre photographe de vous accompagner depuis votre mise en beauté, demandez-vous si le sexe du photographe peut jouer dans votre ressenti… Le but étant que vous oubliiez sa présence !

Pour ce premier rendez-vous, pensez à prévoir une **liste de questions** (tarifs, expérience, équipement, supports de vente pour les clichés, délais de remise des éléments…) et demandez-lui éventuellement **quelques références clients**, afin d'avoir leur avis.

Regardez des **exemples de réalisation** pour avoir une idée plus précise de son univers : s'il vous présente un book façon « best of » avec une sélection de ses plus beaux clichés, demandez-lui de voir un reportage photo complet (si possible d'un mariage à la même saison que le vôtre), plus révélateur de la prestation globale.

Si vous vous adressez à un studio, sachez que la personne qui vous recevra pour ce rendez-vous ne sera pas forcément la même que **le jour J** !

Donnez-lui un maximum d'infos sur le style de votre mariage : vous pouvez lui présenter votre carnet d'inspiration ou votre *board* Pinterest (voir p. 43) et lui expliquer le thème, l'ambiance que vous souhaitez créer afin que les photos soient un miroir de cet univers. C'est aussi le moment de lui dire si vous avez envie d'un coin photo pour vos invités.

Lire les devis

Demandez un devis à quelques photographes et vidéastes qui ont retenu votre attention, afin de comparer les tarifs.

La plupart des photographes fonctionnent au forfait. Prenez donc le temps d'évaluer l'ensemble de la prestation :

- **les heures de présence ;**
- **les supports pour les photos et le nombre de tirages inclus :** livre photo ou album photo, cartes personnalisées, tirages agrandis, poster, DVD avec photos en haute résolution, galerie Web… ;
- **les délais de remise** des éléments ;
- **les frais de déplacement :** ils sont inclus dans le forfait si les distances sont proches. Certains photographes acceptent de se déplacer uniquement dans les départements limitrophes, d'autres dans toute la France. Dans ce cas, le devis devra mentionner le montant des frais de déplacement.

Prêts ? Signez !

Une fois votre choix arrêté, vous aurez à signer un contrat de photos de mariage précisant les termes et conditions de l'accord (conditions de paiement, d'annulation…).

Vérifiez la présence d'une clause de cession des droits sur les photos et, dans le cas d'un studio, le nom de la personne qui sera présente le jour J.

Pour réserver la prestation, le photographe vous demandera de verser un **acompte ou des arrhes**, soit d'un montant forfaitaire (150 euros par exemple), soit d'un pourcentage de la prestation. L'échéancier de paiement est propre à chaque professionnel, mais il exigera souvent que la moitié de la somme totale soit payée un à deux mois avant le mariage. Le reste devra être réglé le jour J. Faites-le dès son arrivée ou chargez un de vos témoins de le faire, pour ne plus avoir ça en tête pendant la soirée !

Zoom sur deux tendances photo pour les mariages

Un vent de liberté souffle sur les clichés de mariage, mettant à l'honneur deux autres moments clés autour du jour J.

1. La séance d'engagement : il s'agit d'une séance photo quelques mois ou quelques semaines avant le mariage, mettant en scène les futurs époux dans la situation de leur choix : lors d'un restau en amoureux, en bord de mer, dans la forêt, chez eux... Non seulement vous aurez des super-clichés de vous deux vraiment intemporels car « au naturel », mais surtout, cette séance permet de créer ou d'approfondir le lien avec le photographe, en prévision du mariage. En s'éclatant sous son objectif, vous gagnerez tous les trois en complicité et serez plus à l'aise le jour J. C'est aussi l'occasion de régler quelques détails avec lui en voyant le résultat, et d'échanger ensemble idées et conseils pour être au point le jour J !

2. La séance *trash the dress* : née dans les années 2000, ce n'est que très récemment que le « *trash the dress* » a commencé à faire des émules en France. Son principe – comme son nom ne l'indique pas –, n'est pas de détruire la robe, mais d'organiser une séance photo en tenues de mariage, mais après le mariage... pour ne pas avoir le souci de les abîmer ! Le jour J, votre créativité pourrait être quelque peu bridée par l'obligation de continuer la journée dans une robe nickel. Avec un « *trash the dress* » se déroulant après le mariage (un jour, six mois ou trois ans...), vous pourrez vous amuser vraiment et vous mettre dans des situations originales (dans la rue, dans l'herbe, sous une fontaine, sur un manège...) sans craindre pour vos habits de lumière. À la clé : un super-moment complice et des photos joliment décalées, souvent plus rigolotes et créatives que celles du jour J.

Les éléments à préciser avec lui avant le jour J

Un petit coup de fil (suivi d'un récap' par écrit) une quinzaine de jours avant le mariage vous permettra de briefer votre prestataire sur quelques points particuliers.

Déroulement de la journée

- Demandez à l'officiant de la cérémonie religieuse combien de photographes il autorise pour ce moment solennel. Il pourra ainsi passer le mot à vos invités au début de la cérémonie et laisser cette mission au photographe attitré.
- Transmettez au photographe un programme détaillé du déroulement de la journée, pour l'aider à se repérer et à ne rater aucun moment clé.

Les photos des mariés

Voyez avec lui à quel moment vous souhaitez faire les photos des mariés :

- **le matin du mariage :** vous n'aurez pas à faire patienter vos invités mais votre futur mari découvrira votre robe avant l'heure… ;
- **entre la cérémonie (civile ou religieuse) et le cocktail :** vous pourrez profiter d'une bulle tous les deux, mais assurez-vous que vos invités peuvent rentrer chez eux ou s'occuper pendant une heure ;
- **pendant le cocktail :** il vous faudra faire vite si vous voulez profiter aussi de ce moment autour d'une petite coupe avec vos proches ;
- **la séance peut aussi être faite le lendemain ou la semaine d'après** (voir l'encadré sur la séance « *trash the dress* », p. 199), voire la veille : c'est le choix de certains mariés, pour être plus détendus et plus dispos, mais dans ce cas pas de surprise pour les tenues, et pas dans les yeux cet éclat si particulier qu'on a que le jour J…

Pensez-y ! Quel que soit le moment choisi, désignez une personne de confiance qui vous accompagnera durant la séance pour repiquer une épingle à cheveux, tenir votre bouquet, votre traîne, repoudrer un nez brillant d'émotion, vous raconter une blague pourrie pour vous détendre…

La bonne idée

Prévoir une ardoise ou un petit panneau avec le mot « Merci !!! ». Vous pourrez utiliser ce cliché pour vos cartes de remerciements (voir p. 341).

Les recommandations à lui glisser

- Si vous tenez particulièrement à ce que certaines personnes aient leur portrait (père, mère, marraine...), donnez-lui leur nom et **montrez-lui des photos des personnes concernées**, afin qu'il les reconnaisse plus facilement. Vous pouvez charger votre témoin ou un(e) ami(e) de les montrer discrètement au photographe le jour J.
- Précisez-lui aussi si vous voulez une photo de vous avec chacun de vos témoins, afin de les encadrer pour leur offrir après le mariage (voir p. 342).
- Vous pouvez fournir au photographe une **liste des photos de groupe** que vous souhaiteriez avoir (famille Unetelle, les témoins, les copains, les cousins des deux côtés...).
- N'hésitez pas à lui demander – même s'il le fera sans doute spontanément – de prendre **quelques photos du lieu** du repas avant que les invités ne s'y installent. De zoomer sur les détails déco, la carte des repas...
- Glissez-lui que vous êtes une accro des détails : si, encore une fois, la plupart des photographes les immortalisent systématiquement, n'hésitez pas à lui redire que vous aimeriez avoir des photos de menus détails pour pouvoir garder tout en mémoire !

Le briefer oui, mais pas le brider ! Laissez aussi le photographe prendre des initiatives, faites-lui confiance : ce n'est qu'ainsi que vous pourrez être séduite par des photos auxquelles vous n'auriez pas pensé et des magnifiques clichés de moments volés.

La bonne idée

Solliciter un proche possédant un Polaroïd (ou louer un appareil pour la journée) en lui demandant de prendre quelques photos et de les afficher au fur et à mesure dans la salle ou à l'endroit du cocktail, sur un joli panneau dédié.

Être photogénique, ça s'apprend !

Vous vous trouvez (nettement) mieux en vrai que sur les photos ? Ne pas être photogénique n'est pas une fatalité, découvrez quelques trucs pour avoir envie de vous encadrer.

- Demandez conseil à votre photographe, mieux placé que quiconque pour vous donner les meilleurs conseils.
- Inclinez très subtilement la tête pour affiner le visage.
- Coller votre langue à votre palais aura pour effet de creuser légèrement vos joues.
- Pour les photos en pied, tournez-vous de trois quarts, pour une pose plus naturelle.
- Les photos ont tendance à accentuer les attitudes : tenez-vous parfaitement droite, ventre serré, épaules légèrement en arrière !
- Photographiez-vous grâce à la webcam de votre ordinateur, jusqu'à repérer les sourires et les poses qui vous mettent le plus en valeur.

« Let the music play ! »

DJ, orchestre, playlist... : les différentes possibilités

Le DJ

L'unique, l'incomparable, celui qui taquine la platine et **met le feu au dancefloor** ! Œuvrant seul, il arrive avec son matériel et, briefé par vos soins, n'a plus qu'à laisser parler son sens du rythme.

L'orchestre

« Détail » choc, effet chic, les groupes et orchestres pendant les mariages ont le vent en poupe depuis quelques années déjà. L'effet « live » confère vraiment à la soirée **une ambiance particulière**, et le groupe à l'œuvre est un spectacle à lui tout seul.

À moins de dénicher un groupe capable de jouer de tout ET d'avoir un budget maxi, c'est en général pour une partie de la soirée que l'orchestre est sollicité. Pendant le cocktail, par exemple, ou pour lancer la soirée.

Et si on n'en prenait pas ? Le plan B

Petite piqûre de rappel : ce n'est pas parce que vous avez un petit budget que vous êtes obligés de faire l'impasse sur ce poste. Un mariage sans ambiance c'est comme du champagne sans bulles et le DJ est souvent la clé de tout ça. Réfléchissez bien avant de décider de ne pas en prendre. Les prestations les moins chères coûtent moins de 300 euros : c'est certes un budget, mais qui pourra être compensé par des restrictions sur le choix de la robe, l'impression des faire-part…

Tout dépend aussi de l'esprit de votre mariage : si vous n'avez pas l'intention de danser jusqu'à trois heures du mat' et que vous avez plutôt envie d'une **soirée tranquille** pour profiter les uns des autres, c'est effectivement une dépense que vous pouvez éviter.

Quoi qu'il en soit, si vous souhaitez vous passer d'un DJ mais que vous voulez quand même danser, vous pourrez **louer des enceintes** (prenez un système simple et intuitif) et demander à votre cousin de s'improviser DJ.

Autre solution : vous contenter d'une **playlist** qui diffusera la musique pour la durée de votre choix, sans nécessiter d'intervention extérieure.

Quelques conseils pour élaborer votre playlist

(À suivre aussi si vous voulez transmettre une playlist au DJ !)

- Durant toute la préparation du mariage, dès que vous entendez une chanson sympa dans la voiture, pendant une soirée, en boîte…, notez-la sur votre carnet !
- Faites un mail commun à une trentaine de proches en leur demandant de vous donner chacun 10 titres qu'ils aimeraient entendre ce soir-là.
- Si vous n'êtes pas une auditrice assidue des radios musicales, allez voir sur Internet le top 10 des téléchargements de tubes. Ambiance garantie !

→

- Prévoyez toujours une bonne heure de rock « multigénérationnel », pour faire plaisir à tout le monde y compris à ceux qui ne souhaitent pas rester toute la nuit.
- Réservez votre chanson préférée de Korn ou de NTM pour la fin de soirée !

Enfin, une solution qui représente un excellent compromis : louer une **« machine à danser »**. Il s'agit d'un système de sonorisation ultra-simple, qui diffuse en continu et sans intervention de votre part une playlist établie au préalable par des DJ professionnels en fonction de vos goûts. À partir de 199 euros, plus d'infos sur : www.machineadanser.fr

Trouver le bon

Les sources

- Demandez au **propriétaire** de la salle, qui a peut-être l'habitude de collaborer avec un DJ qui connaît les lieux, le matériel nécessaire…
- Fiez-vous au **bouche à oreille**, en tenant compte des éventuels frais de déplacement si celui dont on vous parle vit loin du lieu de réception.
- Consultez les **annuaires de DJ** (www.jechercheundj.com, www.djcontact.fr, www.animationdj-mariage.com) et surfez sur les sites d'entreprises de sonorisation événementielle via www.djevents.fr).
- Allez voir du côté des **portails autour du mariage** et des sites de location de salles, qui proposent aussi souvent des prestations de DJ :
  - www.1001mariages.com
  - www.pronoce.fr
  - www.locsalle.com
  - www.abcsalles.com
  - www.lesitedumariage.com
  - www.mariages.net

Le bon plan

Le site www.measy.fr est le plus grand répertoire français de groupes musicaux. Après avoir renseigné votre département et la date de votre mariage, vous n'avez plus qu'à choisir parmi la multitude d'animations musicales proposées : DJ, solistes, salsa-zouk, gospel, jazz, gipsy-flamenco…

Les points à vérifier

Il est difficile, contrairement au photographe par exemple, de se faire un avis sur un DJ à partir de son site Internet. Impossible aussi de rencontrer tout le monde : le mieux est donc à ce stade de passer quelques coups de fil avec, sous les yeux, une liste de petites questions à aborder avec lui.

- **Le statut juridique**

Préférez des DJ et/ou musiciens déclarés et disposant de statuts juridiques solides (association, micro-entreprise, SARL, auto entrepreneur, intermittent du spectacle). Vous serez plus en **sécurité en cas de pépin**.

- **Quel est le genre du répertoire musical ?**

« De combien de morceaux disposez-vous environ ? »
« Quel est le genre de la programmation (plutôt salsa, rock, pop, un peu de tout…) ? »

- **Le matériel**

« Venez-vous avec le matériel son et lumière ? » Privilégiez ceux qui viennent avec tout, pour des raisons financières et surtout pratiques et logistiques.
« Quel type de matériel utilisez-vous ? » Notez précieusement l'info, afin de demander à un ami qui s'y connaît (un peu mieux que vous, du moins) ce qu'il en pense.

- **Type d'animations**

« Avez-vous l'habitude de prendre la parole au micro ? » Certains DJs se contentent de gérer la musique, d'autres ne résistent pas à l'envie d'animer le repas à base de petites blagues ou de jeux. À vous de voir quel style vous correspond, mais attention, si vous êtes allergique aux animations :

un DJ qui se vante de mettre une ambiance de « fou furieux » aux repas aura du mal à retenir son enthousiasme…
« Avez-vous des références clients à me donner ? » N'hésitez pas à appeler des mariés ayant fait appel à lui, pour avoir leur retour d'expérience.

- **Disponibilité et prix**

« À partir de quand et jusqu'à quelle heure pourriez-vous être disponible le jour J ? »
« Quels sont vos tarifs ? »
« Combien facturez-vous les heures supplémentaires ? »

La rencontre et les devis

Même si vous avez déniché les coordonnées de votre DJ sur Internet, essayez de le rencontrer une fois : comme pour le photographe, le feeling est important, même si ce n'est pas pour les mêmes raisons ! Vos invités iront sûrement le solliciter en fin de soirée pour lui demander leur tube préféré, autant qu'ils soient **reçus avec le sourire** ! Surtout, en vous voyant, le DJ pourra se faire une idée de votre style ; de votre côté vous cernerez vite son univers et, par son attitude, la façon qu'il a sans doute de gérer l'ambiance.

Profitez-en pour lui parler de vos envies : les morceaux incontournables, **votre artiste préféré**, l'âge moyen de vos convives sont autant d'indices qui l'aideront à mieux cerner vos attentes. N'hésitez pas non plus à lui parler du thème de votre mariage s'il y en a un, et à lui montrer quelques photos du lieu, afin qu'il ait une idée du style et aussi des impératifs en termes de logistique et d'équipements.

Quand vous avez fait votre choix, demandez-lui un devis détaillé mentionnant les heures de présence, la taille de la salle et le matériel qui en dépendra, les éventuels frais de déplacement…

La plupart du temps, le DJ vous demandera un premier versement d'environ 30 % de la somme totale (sous la forme d'acompte ou d'arrhes) pour bloquer la date.

Les éléments à préciser avec lui pour le jour J

Passez un petit coup de fil au DJ (et fournissez-lui un récap par écrit le jour J) sur les quelques éléments qui suivent.

- **Les éléments techniques**

Fournissez-lui les infos qui lui faciliteront la tâche : capacité d'alimentation électrique de la salle, présence ou nom d'un limiteur sonore…
Donnez-lui les dimensions de la salle, et idéalement un plan des lieux, afin qu'il détermine la taille des câbles et le matériel nécessaire.

- **Le déroulement de la journée**

Détaillez-lui le déroulement de la journée, en particulier à partir du cocktail.
Demandez à votre témoin de l'appeler pour lui dire combien de prises de paroles (discours, animations…) sont prévues.
Juste avant le jour J, fournissez-lui une liste des temps forts, suivi des chansons que vous souhaitez. Exemple : Entrée des mariés ; Arrivée de la pièce montée ; Ouverture du bal ; Jingle (le « jingle » est un court passage musical issu de la chanson de votre choix, servant à rythmer la soirée, à délimiter les étapes importantes : au moment de passer à table, avant un discours…).

- **La programmation musicale et l'animation**

Fournissez-lui la liste des morceaux que vous voulez absolument entendre, en particulier ceux qui rythmeront les moments forts (entrée des mariés, pièce montée…)
Pensez à lui signaler aussi votre éventuelle « liste noire » : chanson détestée, ou chargée symboliquement…
Si vous souhaitez qu'il fasse un peu d'animation, précisez-lui vos petits « blocages » : ne pas « forcer » un invité à participer, pas de vannes, pas de jeux de mots douteux…

Top 10 (à suivre ou pas) des tubes les plus entendus dans les mariages

1. *Partenaire particulier*, de Partenaire particulier
2. *Nuit de folie*, de Début de soirée
3. *Life is Life*, d'Opus
4. *Les lacs du Connemara*, de Michel Sardou
5. *Être une femme*, de Michel Sardou
6. *La lambada*, de Kaoma
7. *Gimme ! Gimme ! Gimme !*, du groupe Abba
8. *YMCA*, de Village People
9. *Sweet Dreams*, de Eurythmics
10. *Les sunlights des tropiques*, de Gilbert Montagné

« Voulez-vous danser avec moi, ce soir ? »

Vous êtes un brin perfectionnistes, un peu nuls en danse, voire vous cumulez les deux ? Certains futurs mariés se lancent ensemble dans l'aventure de **cours de danse**, en prévision du jour J.

Au programme : cours de valse, de salsa, de rock, ou tout à la fois… Si les futurs maris traînent parfois un peu la patte, cela peut valoir le coup d'essayer : vous serez peut-être surpris du plaisir, des rires et du bien-être procurés !

La grosse tendance du moment, depuis quelques années déjà : troquer l'ouverture de bal tra-tra (la mariée au bras de son papa) contre une chorégraphie qui dépote, dansée par les deux jeunes mariés !

Allez hop, on prend son courage, son futur mari et son sac de sport par la main, et on se rend dans l'école de danse la plus proche de chez soi. Certaines proposent même des forfaits spécialement conçus pour le mariage !

Quelques adresses :

- www.coursdedansemariage.fr et www.votrevalse.com (Paris et banlieue)
- www.bbclublyon.fr (Lyon)
- www.mouvdance.com (Nord)
- www.tousmescoachs.fr (toute la France)

La bonne adresse

À voir ABSOLUMENT si vous hésitez encore : tapez « Dirty Dancing UK-Julia and James First Dance » sur www.youtube.com.

Le choix du carrosse

Imaginez que Cendrillon ait dû prendre le métro ou rentrer à pied, son histoire n'aurait pas été tout à fait la même. En tant que princesse du jour, vous avez aussi droit à un carrosse digne de ce nom, pour vous véhiculer durant toute la journée. Limousine blanche, tandem fleuri, bus… Découvrez celui qui vous conduira jusqu'aux bouts de vos rêves.

S'offrir une voiture de luxe

C'est l'option la plus fréquemment choisie. Tradition sympa pour la mariée, rêve de gosse pour le marié – ou l'inverse –, la voiture de sport, qu'elle soit vintage, avant-gardiste ou ancienne recueille la majorité des suffrages amoureux.

- Par souci d'économie, demandez-vous d'abord si **quelqu'un de votre famille** serait susceptible de vous prêter sa voiture.
- Adressez-vous aux sociétés spécialisées dans la **location de belles voitures** :
  - www.locationvoituremariage.com

- www.luxury-club.fr
- Location Rétro Mariage : www.lrm-collection.fr
- www.classic-rent.fr
- www.classicautoloc.com
- www.locationvoituredecollection.com

Attention, certaines proposent la location du véhicule avec chauffeur, d'autres sans, d'autres encore laissent le choix.

- On n'y pense pas toujours, mais les **grosses sociétés de location de véhicules** proposent aussi des modèles dignes de vous accueillir. Sur www.europcar.fr, vous bénéficiez le jour de votre mariage d'une réduction de 15 % sur la gamme « Prestige ».
- Pensez à la location de voiture **entre particuliers**. Vu sur le site www.voiturelib.com, un cabriolet de luxe à 73 euros par jour, assurances comprises.
- Sur www.auto-collection.org, vous trouverez les noms de toutes les **associations** de passionnés de voitures. N'hésitez pas à contacter la plus proche de chez vous pour proposer de louer l'un de ses véhicules.

Décorer une voiture

Personne dans la famille qui conduit un bijou sur roues et pas le budget pour en louer un ? Pas de panique, vous n'avez qu'à décorer la vôtre !

Dans ce cas, évitez le traditionnel trio tulle-fleurs-ruban, qui risque d'arriver, sur ce véhicule classique, comme un cheveu sur la soupe. Jouez plutôt le décalage, avec…

- **Des ballons :** à accrocher partout (attention à garder une bonne visibilité !), tout blancs, ou dans les couleurs du thème du mariage, et sans lésiner sur les quantités.
- **Des fanions :** en guirlande, accrochée tout autour de la voiture (prévoyez de pouvoir ouvrir les portes…).
- **Des stickers :** on ose le mignon « *Just married* », la ribambelle de cœurs ou l'envol de papillons, et on peut même faire imprimer sur le sticker un joli portrait ! www.cartistick.com, www.idzif.com
- **Du *masking tape* :** ce ruban adhésif coloré se colle et se décolle sans abîmer la peinture de la carrosserie, et vous permet de laisser libre cours à votre imagination pour quelques euros seulement.

- **Une idée super-rigolote** repérée sur www.veroniquechambeau.com : déguiser la voiture en marié ou en mariée. Comment ? En utilisant des stickers noirs autour des phares pour faire les cils, en fixant une bouche bricolée sur le capot pour Madame, un gros nœud papillon pour monsieur et, sur le toit, un diadème pour Madame et chapeau haut-de-forme pour Monsieur. Une touche d'humour pétillante, et une arrivée remarquée garantie !

Les moyens de locomotion qui changent

Vous voulez vous démarquer (ou juste faire quelque chose qui VOUS ressemble) en utilisant un véhicule plus original ? Piochez dans la liste, et complétez-la…

- Un tandem
- Un minibus
- Un taxi londonien
- Un vélo
- Un Vélib'
- Une trottinette
- Un cheval
- Une Vespa
- Un tracteur
- Une pelle de tracteur
- Un side-car
- Une calèche
- Un *school bus* américain
- Un hélicoptère
- Une montgolfière
- …

Le bon conseil

L'idée étant que votre robe tienne plus d'une heure, tenez-en compte dans le choix de votre moyen de locomotion… Pensez à la meilleure façon de la préserver, en abandonnant par exemple l'idée du vélo ou même de la Smart si vous avez une robe de princesse avec traîne et jupe gonflante…

Choix des animations : et la bonne ambiance fut

Si le DJ est le personnage central de l'ambiance de votre mariage, d'autres animations peuvent intervenir ponctuellement ou tout au long de la soirée pour offrir à vos invités des moments de distraction et de magie inoubliables. Inutile de jouer la surenchère en multipliant les initiatives de cette sorte : la soirée doit alterner moments forts et moments calmes, pour laisser à tous le temps de souffler et de profiter. S'il y en a qui ne s'épuisent jamais, ce sont bien les enfants : on vous livre nos secrets pour les occuper toute la soirée, quel que soit votre budget !

Pour tous

Hormis les animations proposées par le traiteur (voir p. 174) et la présence d'un groupe ou d'une fanfare (voir p. 202), les animations de mariage peuvent se classer en trois grandes catégories.

Les animations « prestations » pendant le cocktail

Vous faites appel à un prestataire dans le domaine de votre choix, qui « fait son show » pendant le cocktail, sous les yeux émerveillés de vos invités.

Ce type d'animations permet de rythmer cette première phase de la soirée, et se révèle idéal en particulier si le cocktail est long (par exemple si vous avez opté pour la formule vin d'honneur copieux/plat unique à table).

Quelques exemples : un magicien, un caricaturiste, un sculpteur de ballons, un ventriloque, ou encore un comédien qui se fera passer pour un serveur un brin taré…

Les animations « installations » pendant le cocktail

Il s'agit d'animations ne nécessitant pas la présence de quelqu'un, mais juste quelques petits préparatifs. Laissées à disposition des invités, ces derniers pourront s'y rendre quand ils le souhaitent et s'ils le souhaitent !

Le photobooth

C'est LE phénomène tendance du moment, LE détail présent à tous les mariages « dans le vent », dont le vôtre, sûrement. Le principe : fournir aux invités un décor et des accessoires pour faire des clichés décalés, à l'opposé des photos classiques posées. Ce « coin photo » peut être installé dehors ou à l'intérieur.

La solution clé en main ?
La location d'une cabine photo, sur les sites www.laphotocabine.com, www.flashmat.fr ou www.laphotoboite.fr.

Vous (ou votre banquier) préférez le fait-maison ?
Pour le **fond**, vous n'avez que l'embarras du choix : un rideau tout simple fixé derrière, un panneau en bois recouvert de joli papier peint ou d'une peinture « ardoise » pour que chacun puisse laisser un petit mot, un mur sur lequel vous aurez simplement accroché des photos de vous, ou écrit vos deux noms en lettres de papier. Vous pourrez aussi avoir quelques éléments de déco comme un canapé, une petite table, ou pourquoi pas… un lit !

Autre option : les invités se placent derrière un panneau en bois que vous aurez décoré et dans lequel vous aurez percé des fenêtres pour faire apparaître leurs minois !

Les **accessoires** prennent le pouvoir, et ce sont eux qui donneront le ton des photos. Réfléchissez à des accessoires collant au thème de votre mariage, ou piochez parmi ces idées.

- Les accessoires en papier (moustaches, chapeau, bouche, nœud papillon…) collés sur un pic font toujours très bon effet.
- Pensez aussi aux lunettes farfelues, aux perruques ou aux chapeaux de toutes sortes, à acheter trois francs six sous chez un spécialiste de la fête ou à emprunter et à disposer dans un grand coffre ou panier.
- Les masques. Déclinés autour du thème « animal », le résultat dépote !

- Vous pouvez enfin mettre de simples cadres vides à disposition, que les invités tiendront pour « encadrer » leur visage, ou fabriquer un cadre façon « polaroïd » en carton blanc.

Au niveau du **matériel photo**, les plus pointilleux dégoteront un appareil sur pied avec retardateur, mais ne vous mettez pas la pression : vos invités pourront très bien utiliser le leur. L'avantage, c'est qu'ils repartiront avec leur photo dans leur appareil. Mettez une petite pancarte avec votre adresse mail pour les inviter à vous envoyer leurs œuvres !

Zoom sur l'appli iPad qui a tout bon !

Repérée sur www.thebridenextdoor.fr, l'appli « Ma jolie cabine Photo » a été développée pour un couple de jeunes mariés qui rêvait pour son mariage d'une cabine photo type « Photomaton ». Vous fixez votre iPad dans une cabine « faite maison » (avec un joli rideau en fond par exemple), vous réglez votre fauteuil et vous appuyez sur le bouton. L'appli reproduit le son du séchage et quelques secondes après, vous pouvez admirer vos photos ! environ 5 euros sur l'Appstore.

Le confessionnal

C'est l'équivalent **vidéo du photobooth** : les invités prennent place dans une petite cabine ou dans un coin, enclenchent le bouton « marche » d'un caméscope mis à disposition et enregistrent un petit message à votre intention. À la clé, des souvenirs précieux pour vous et une animation vraiment marrante pour vos convives.

Installez dans un coin une caméra sur pied, affichez un mode d'emploi très simple, disposez quelques éléments de décor et que ça tourne !

Le bon plan

La société www.leconfesso.fr propose une formule clé en main, avec installation d'un joli chapiteau de 9 m^2, mise à disposition du matériel et des accessoires, gestion des enregistrements et montage d'un joli film reprenant toutes les séquences. À partir de 700 euros.

Les jeux

Si le cocktail se déroule dehors, vous pouvez tout simplement mettre à disposition de vos invités des jeux autour desquels ils pourront faire connaissance ou se retrouver tout en sirotant leur coupe.

Pour un esprit très « garden party », installez un stand de chamboule-tout, posez dans une malle des ballons de foot, des boules de pétanque, un jeu de croquet, des raquettes et un volant de badminton…

À proximité des tables, mettez en évidence aussi quelques jeux de société : plateaux de dames ou d'échecs, jeux de cartes, Time's up©… Une idée sympa et plus personnalisée : glissez dans un récipient une trentaine de papiers contenant des mots en rapport avec le mariage, ou votre couple. Les invités volontaires devront se les faire deviner, par équipes, d'abord en parlant, puis avec un seul mot, puis avec des gestes.

Le clou du spectacle

Parfois offert aux mariés par les témoins ou la famille, il peut aussi être à l'initiative des époux eux-mêmes, comme un cadeau de plus à leurs invités, une cerise sur le gâteau de cette réception…

Le feu d'artifice : imaginez un ciel éclairé de 1 000 lumières, les yeux éblouis de vos invités, et tout ça en votre honneur… Pour laisser un souvenir impérissable à leurs proches et s'offrir une parenthèse féerique en ce jour enchanté, certains mariés font appel à des artificiers professionnels. Pensez à bien demander l'autorisation auprès de la préfecture !

Le lâcher de lanternes : un moment vraiment magique, plus économique et plus écologique que le feu d'artifice. Des lanternes en papier sont allumées et envoyées dans le ciel dans la pure tradition asiatique.

Sur www.skylantern.fr, les lanternes sont à base de papier de riz 100 % ignifugé, les rendant ininflammables aussi bien lors de la manipulation que pendant le vol. Il est essentiel de choisir un fournisseur sûr : Skylantern dispose d'un certificat de sécurité de la DDPP (ex-DGCCRF) et d'un certificat d'ignifugation français. Il en existe de toutes les couleurs, en forme de ballons, de cœurs, de colombes…

Comptez 235 euros pour 100 lanternes. Vous pensez ne pas avoir le budget ? Réfléchissez bien : à 2,35 euros l'unité, ces lanternes pourront parfaitement faire office à la fois de cadeaux aux invités ET d'animation inoubliable. Les lanternes seront disposées à chaque place et les convives seront invités, à la fin du repas, à se réunir dehors avec leur cadeau, pour les regarder s'envoler tous ensemble. Attention, frissons et émotion garantis !

Avant de les commander, adressez-vous à la mairie du lieu de réception pour connaître les autorisations éventuelles nécessaires !

Le lâcher de ballons : des ballons gonflés à l'hélium sont remis aux invités, qui les lâchent à votre top départ. L'effet est vraiment magique, et il est possible d'agrémenter l'animation d'un petit clin d'œil sympa : une carte accrochée au fil du ballon avec l'adresse des mariés ; les personnes qui les trouveront leur renverront peut-être un petit mot à 300 km de là !

Les astuces en plus :

- Vous pouvez aussi vous procurer des ballons biodégradables, plus écologiques.
- Ne les sortez pas tous en même temps, les fils s'emmêleront très vite. Laissez-les à l'intérieur (en plus, ils feront office de décoration dans l'entrée ou dans la salle), et demandez aux invités d'aller chacun en chercher un.
- Pensez à vous adresser à votre mairie pour les autorisations : parfois, on vous en demandera une de la préfecture, parfois de l'aviation civile.
- Ne vous laissez pas piéger par le temps et faites votre lâcher de ballons avant qu'il ne fasse nuit !

Pour les juniors

Baby-sitter

Pendant le cocktail et le dîner, les parents des têtes blondes et brunes présentes auront sans doute envie de profiter de leur soirée entre adultes, sans avoir à surveiller les moindres faits et gestes de leur progéniture. La baby-sitter est la condition *sine qua non* d'une soirée agréable pour les petits comme pour les grands.

Si vous n'avez pas de baby-sitter attitrée, demandez à la salle de réception : ils auront sans doute quelques numéros de confiance à vous donner.

Prévoyez-en une (ou un) pour 6 à 8 enfants, et comptez entre 10 et 15 euros de l'heure. Mettez-vous d'accord ensemble au préalable sur le prix et sur l'intendance : est-ce qu'elle(il) partagera le repas des enfants ? Faut-il prévoir de la(le) ramener ?

Les animations « spectacles » pour les enfants

Les petits aussi ont le droit à leur animation spéciale ! Pour enchanter les enfants et leur laisser un souvenir impérissable de cette journée, vous pouvez faire appel à un clown, un magicien, une maquilleuse, des conteurs, un spectacle de marionnettes…

Les animations « maison »

Voici quelques solutions à mettre en place vous-mêmes, idéales pour les petits budgets sans sacrifier le bien-être des enfants !

- Louez des jeux d'extérieurs pour que les enfants se défoulent pendant le cocktail : vu par exemple sur le site de location entre particuliers www.zilok.com un gros château gonflable pour 62 euros et des costumes de sumo pour 90 euros.
- Demandez au propriétaire si une salle dispose d'une télé. Apportez plusieurs films et laissez aux baby-sitters le soin de gérer les choix et la durée, l'idée n'étant pas qu'ils y passent quatre heures !

- Créez une mini-discothèque dans une pièce à part : éclairage sympa, musique à la mode, buffets de bonbons… Leur première fois en presque-boîte, ils s'en rappelleront longtemps !
- Imprimez des coloriages gratuitement sur Internet et achetez des crayons de couleur : une activité qui occupera les plus calmes ! (Pour trouver des centaines de modèles, tapez « coloriages à imprimer » dans un moteur de recherche, puis faites une recherche « images ».)
- Dessinez des marelles à la craie et mettez à disposition des élastiques, des cordes à sauter…
- Prévoyez d'emporter quelques jeux de société pour tous les âges.

Le fleuriste

Il s'agit aussi d'un prestataire essentiel, car ses œuvres seront visibles en de multiples endroits et moments, tout au long de la journée ! Mémo de ce que vous aurez à prévoir avec lui (nous reviendrons en détail sur le choix des fleurs, p. 259) :

- Le bouquet de la mariée.
- Le bouquet de la Vierge, éventuellement, offert par les mariés en offrande à la Vierge à la fin de la cérémonie religieuse catholique.
- Un autre petit bouquet, au cas où vous voudriez vous plier au traditionnel « lancer de bouquet », mais que vous vouliez garder le vôtre…
- Le bouquet des enfants d'honneur.
- La boutonnière du marié et celles des témoins (la même ou une autre fleur pour les différencier).
- La déco de la voiture.
- La déco de la mairie.
- La déco de l'autel.
- Les bancs de l'église.
- Les centres de table.
- La déco des buffets.

(Pour plus d'infos, voir les chapitres Déco et Tenue, p. 221 et p. 243.)

Trouver le bon

Ne vous compliquez pas la vie à chercher plusieurs fleuristes : en commandant toutes les fleurs au même, non seulement, vous pourrez bénéficier de tarifs avantageux, mais surtout vous êtes assurés d'une harmonie de style et d'univers entre tous les éléments floraux.

Où le trouver ?

C'est logique, mais on le précise au cas où vous seriez perchée très haut sur votre petit nuage : le fleuriste devra être **proche du lieu de réception**… Demandez des adresses au propriétaire de la salle, il pourra vous orienter vers un bon fleuriste, habitué aux lieux.

En plus des grandes enseignes de fleuristes, pensez aux **grandes surfaces** et aux **grossistes**, à condition d'avoir la main assez verte pour composer vous-mêmes vos bouquets.

Plans B et système D

Faites l'inventaire des **personnes autour de vous possédant des jardins fleuris** : vous pouvez sans problème les solliciter, et ils seront sans doute fiers d'apporter leur pierre à l'édifice en amenant un bouquet. Dans un souci de cohérence, déterminez une couleur.

Pensez aux **fleurs artificielles** : pour les couronnes de fleurs des petites filles d'honneur par exemple, vous vous simplifierez vraiment la vie et le résultat sera très proche du vrai !

L'ESSENTIEL POUR LES PRESTATAIRES

- Si vous n'avez pas l'intention de prendre de photographe, donnez quelques instructions à vos proches et distribuez des appareils jetables à table pour être sûrs de récupérer de jolis clichés.
- Si vous souhaitez en prendre un, commencez par définir le style de photos qui vous plaît, en flânant sur les jolis sites de mariage.
- Pour le choix du photographe et du vidéaste, le feeling est essentiel. Si vous en repérez un qui correspond à vos attentes en termes de style, rencontrez-le !
- Mettez-vous d'accord sur son temps de présence, les éventuelles séances avant et après (séance d'engagement, *trash the dress),* le nombre de tirages… Pour bien comparer les devis.
- Ne négligez pas le choix de l'animation musicale, et donnez au prestataire choisi des instructions pour le jour J (pas d'animation à table, telle musique pour l'ouverture du bal…).
- Pour la voiture des mariés, pensez aussi aux solutions originales et décalées : vélo, tandem, vespa, trottinette…
- Si vous n'avez pas eu les moyens de louer une voiture chic, décorez la vôtre en jouant l'originalité : ballons, *masking tape,* stickers…
- Certaines animations peuvent rythmer la soirée et faire le bonheur des grands comme des petits : lâcher de lanternes, clowns, caricaturiste…
- Pensez aussi aux animations « maison » : photobooth, confessional, ou simplement jeux mis à disposition des invités.
- Trouvez le bon fleuriste, sa prestation se retrouvera aussi bien dans la mode (bouquet de la mariée) que dans la déco de la salle, du lieu de culte…

La déco, ou l'art de fabriquer un palais à votre image

Que vous soyez férus de déco ou pas, difficile de faire l'impasse sur cette étape. La déco contribue pour beaucoup à l'esprit du mariage, et même à l'ambiance : c'est elle qui donne le ton de la réception, réchauffe les endroits un peu froids, embellit encore les plus jolis et, surtout, confère aux lieux ce petit supplément d'âme propre aux mariages. Vous ne comptez pas Valérie Damidot parmi vos témoins ? Vous n'avez pas le temps d'en faire votre meilleure amie d'ici au jour J ? Pas de panique, tout est là pour personnaliser le lieu de votre réception.

Se faire aider ou pas ?

Si vous avez fait appel à un « wedding planner », vous aurez la chance de bénéficier de ses services sur le choix, l'élaboration et l'installation de la déco.

Si vous n'en avez pas pris, des **prestataires dédiés**, spécialistes de la décoration de mariage, pourront prendre en charge cet aspect. Vous n'y aviez pas pensé ? Les plus et les moins de cette solution pour vous aider à choisir.

Ce n'est pas la peine si...

- Votre salle est déjà sublime et que vous n'avez pas l'intention d'ajouter beaucoup de déco.
- Vous avez zéro budget pour ce poste et avez l'intention d'avoir recours au système D : recyclage, prêt...
- Vous vous mariez dans un restaurant : vous n'aurez pas assez de marge de manœuvre pour que l'intervention d'un décorateur apporte une vraie valeur ajoutée.

Ça vaut le coup si...

- Le jour J approche à grands pas et vous n'êtes pas sûrs d'avoir le temps de bien gérer cet aspect.
- La déco n'est pas votre fort, vous manquez d'idées et de connaissances en la matière.
- Vous récupérez les clés du lieu le jour même et vous n'aurez pas le temps de mettre en place la déco. Vous aimeriez donc pouvoir compter sur quelqu'un pour s'en charger pendant que vous vous préparez.
- Pour des raisons de budget ou de timing, vous n'avez pas pu décrocher la salle de vos rêves et vous voulez pousser au maximum le potentiel de votre salle.
- Votre mariage se déroulera dans une salle des fêtes et vous avez trop de pain sur la planche niveau déco pour gérer seuls cet aspect.

Sachez que les spécialistes de la décoration de mariage disposent de matériel et de tarifs négociés avec les fournisseurs. Et si vous devez compter une enveloppe d'au moins 400 à 500 euros pour une prestation déco, vous vous épargnez l'achat de matériel et les éventuelles illusions perdues devant votre premier photophore maison...

Quelques bonnes adresses :

- www.imediage.fr, à Nantes.
- www.canopeadesign.com, en Paca (Provence-Alpes-Côte d'Azur).
- www.decordefete.com, à Paris, Lyon et Marseille.

Un thème ou pas ?

Difficile, ces dernières années, d'échapper à cette tendance, et rares sont aujourd'hui les mariages qui s'affranchissent du choix d'un thème, décliné parfois du faire-part jusqu'aux tenues… En passant par la déco, bien sûr. Inutile de vous mettre la pression si vous n'avez pas d'idée particulière, il s'agit d'une mode, pas d'unc obligation !

Les avantages d'un thème en déco

- Si le thème choisi reflète une passion commune, un pan de votre histoire d'amour, c'est une jolie façon de personnaliser le mariage.
- Les thèmes créent une cohérence dans le style et l'ambiance et permettent de donner un ton particulier aux mariages.
- Le thème choisi peut vous aider à orienter vos choix déco, en agissant comme un fil rouge qui vous guide, pour éviter que vous ne vous perdiez !
- Les mariages à thèmes marquent les esprits et vos invités s'en souviendront sans doute longtemps.

Les inconvénients

- Le concept est très répandu, et à moins d'avoir une idée vraiment décalée, le mariage à thème ne répond plus toujours à son objectif initial d'originalité !

- Si vous vous accrochez à un thème, vous risquez de vous fermer des portes et de vous limiter dans vos choix pour y coller.
- Le risque du thème, c'est de vouloir en faire trop : attention à l'overdose !

Vous êtes décidés à en prendre un ? Pour le choix du thème déco, reportez-vous au chapitre sur l'esprit du mariage, p. 37.

Trouver l'inspiration

Partie la plus excitante pour les passionnés de déco et de jolies choses, véritable casse-tête pour les autres : il est temps de vous pencher sur la recherche d'idées pour la déco de votre mariage, en tenant compte de votre thème, si vous en avez un, en vous laissant guider par vos envies le cas échéant !

Pour piocher des idées, vous trouverez difficilement mieux que la Toile. C'est une véritable mine d'or, surtout depuis que les **blogs et sites de mariage** sont à la mode. Loin des photos jaunies et des décos vieillottes et un peu kitch d'il y a quelques années, on assiste à un florilège d'images plus jolies les unes que les autres, d'idées qui inspirent et de **décors qui font rêver**.

On en parlait dans le chapitre consacré à l'esprit du mariage et on ne peut que vous le conseiller encore une fois : créez-vous un « Pinterest », sorte de **pêle-mêle virtuel** sur lequel vous pourrez « punaiser » toutes les belles images sur lesquelles vous tomberez, et dont vous voudrez vous inspirer.

Rassurez-vous, ce n'est pas réservé aux geeks : en trois secondes vous êtes inscrite, et vous réaliserez vite le gain de temps et l'efficacité d'une page regroupant toutes vos envies déco, dénichées au fil de vos promenades virtuelles.

Voici quelques destinations incontournables pour rêver et s'inspirer.

Les magazines autour du mariage

Il vous sera de toute façon impossible de passer devant un kiosque sans craquer. Les quelques titres qui règnent sur l' « empire mariage » constituent une excellente source d'inspiration et d'infos. Via le contenu rédactionnel ou les publicités, vous pourrez aussi tomber sur le prestataire dont vous rêvez.

- *Mariée* à feuilleter en ligne sur www.mariee.fr/ (rubrique « Le magazine »)
- *Mariages* à feuilleter en ligne sur www.marieclaire.fr (rubriques « Mariage » puis « Magazine en kiosque » à gauche)
- *Oui*, www.ouimagazine.net
- *Marions-nous* à feuilleter en ligne sur www.marionsnousmagazine.fr

Pinterest

Eh oui, encore lui ! Une mine d'or pour qui cherche des jolies idées pour son mariage. Sur **www.pinterest.com**, allez dans « Categories » puis dans « Weddings ». Vous y trouverez une sélection d'images « punaisées » récemment par des inscrits. Le pêle-mêle dont elles sont issues est accessible par un lien, en dessous de la photo, cliquez juste après « onto ».

En passant le curseur de la souris sur l'image, un bouton « Repin » apparaît : vous n'avez plus qu'à cliquer dessus pour l'ajouter à votre propre pêle-mêle d'inspiration !

Les jolis sites et blogs de mariage

- « Le petit journal des mariages rétro » : **http://mariages-retro.blogspot.fr.** Une foultitude d'idées sympas dédiées aux mariages rétro, accessibles par catégorie déco (urnes, buffets…) ou par thématique : années 1920-1930, années 1940-1950, XIXe siècle…
- **www.myweddingthing.com :** des « tableaux d'inspiration », une rubrique « Déco », une avec de « vrais mariages », une autre « personnalisation », avec à chaque fois des jolies photos. Bref, largement de quoi noter 273 nouvelles idées.

- **www.thebridenextdoor.fr :** dans la catégorie « vrais mariages », tout plein de photos d'ambiances et de styles très différents et, surtout, pour tous les budgets…
- **www.organiser-un-mariage.com :** allez dans la catégorie « Galeries », puis les rubriques « Réception » et « Fleurs ». Le menu déroulant « recherche avancée » vous permet d'accéder directement aux photos de centres de table, de décorations de chaises…
- **www.mariagesetbabillages.com.** Une rubrique « Déco » et une « Un peu de tout » avec un milliard (et demi) de jolies idées. Pratique aussi, la possibilité de rechercher des photos d'inspiration par couleur.
- **www.greenweddingshoes.com.** Entre les « real weddings » (vrais mariages, *in french*), les « galleries » (avec un seul « l », *in french*) et la rubrique « Inspiration » (comme *in french*), plusieurs centaines de jolis clichés pour ce site anglophone.
- **www.stylemepretty.com :** la référence en matière de mariages tendances « à l'américaine ».
- **www.mylittle.fr/mylittlewedding** et en particulier son « boosteur d'inspiration », plein de jolies images qui donnent envie de se marier 107 fois.
- **www.trendyweddingleblog.com :** faites-en votre rituel café du matin, puisque tous les jours (ou presque) vous y découvrirez un nouveau billet. Les rubriques « Déco », « Déco de table » sont complètes et bourrées de jolies choses.
- **www.desideespourunjolimariage.com.** « Inspire les mariées ni tarte ni quiche depuis 2008. » Tout est dit, et le site tient ses promesses…
- **www.lamarieeencolere.com.** La rubrique « Photos d'inspiration » est dédiée à votre recherche de jolies idées. (Faites tout de même un tour sur les articles, ils sont hilarants.)
- **www.lafianceedupanda.com :** plus d'articles de fond que de photos, mais toujours légers et sympas à lire, si bien qu'on y trouve aussi des bonnes idées à piquer !
- **www.unbeaujour.fr :** le hype du hype, tenu par les jolies plumes d'Anne-Solange Tardy, Éléonore Bridge et Virginie Mosser. En plus des rubriques « Galeries », « Inspiration » et « Décoration », le site propose plein de « Do It Yourself » indiquant chacun le niveau de difficulté et la durée de réalisation.

- **www.lamarieeauxpiedsnus.com :** dans la rubrique « Carnet d'inspirations », tout nous inspire. La recherche par couleur est également bien utile.
- **www.so-lovely-moments.com :** dans la catégorie « inspirations », bonne idée que celle de consacrer une partie aux « petits détails ».
- **www.decorationmariagetendance.wordpress.com :** le site est consacré à la déco de mariage, et les articles thématisés par tendances sont illustrés de jolies photos.

Les sites pour acheter de la déco craquante

Coup de cœur pour ces trois boutiques virtuelles tellement mignonnes qu'elles pourraient aussi vous donner des idées !

- www.etsy.com : catégorie « Mariage », rubrique « Déco ».
- www.mylittleday.fr : un site conçu au départ pour la déco enfants (top si vous voulez leur aménager un petit coin rien qu'à eux), mais pas besoin de faire trop d'efforts pour craquer aussi pour la déco des grands…
- www.baldefamille.com

La mairie

Dites « oui » à une déco personnalisée

À moins d'avoir prévu un budget pour ce poste, ne vous mettez pas la rate au court-bouillon. La cérémonie civile est très courte et la mairie se charge en général d'apporter une petite touche de décoration florale.

Vous pouvez néanmoins y mettre votre grain de sel (ou de riz !), soit en apportant votre propre bouquet, soit en allant un peu plus loin. C'est le choix de certains couples qui ne se marient que civilement et souhaitent marquer le coup avec une déco à leur image.

Dans ce cas, **renseignez-vous** auprès de votre mairie : les mariages civils se succèdent assez rapidement et il vous faudra savoir si vous avez le temps d'installer votre déco et de la retirer sans faire attendre les suivants...

Avec l'accord de la mairie, vous pourrez par exemple revêtir vos deux chaises de jolies **housses** blanches (celles des mairies n'ont en général pas un charme fou...), faire un gros **nœud de tulle** autour de celles des témoins, accrocher des **petits bouquets** ou une **simple fleur** au bout des bancs, ou poser dans l'allée centrale quelques plantes ou compositions florales.

Une autre idée, parfaite pour personnaliser la salle en deux temps trois mouvements : accrocher des **photos de vous sur un paravent** ou une grande planche de bois, et la poser simplement contre le mur. Pensez à la récupérer en partant, pour vous en servir dans la salle de réception !

Deux solutions pratiques pour réduire le coût (et l'énergie déployée)

- Entrer en contact avec le couple qui se marie juste avant ou juste après vous, et leur proposer de partager les frais pour bénéficier tous les quatre de la même décoration.
- Rembarquer les éléments de déco (fleurs, composition...) pour aller les installer à l'église ou sur le lieu de réception.

La sortie de la mairie

En quelques minutes, vous serez officiellement mariés. Un moment fort quoiqu'un peu rapide, qui sera joliment conclu par votre première sortie en tant que couple « officiel » (la sortie de la mairie), sous les applaudissements d'une foule en délire (vos invités).

La tradition veut que les mariés soient accueillis sous **une pluie de riz**, mais la tradition fait mal aux pigeons et parfois aux yeux des mariés, alors autant s'en détacher. Quelques idées plus originales, et surtout plus jolies (pensez toujours à demander l'autorisation à la mairie avant de vous lancer).

- **Les « confettis eggs » :** inspirés d'une tradition mexicaine, il s'agit d'œufs dans lesquels on glisse des confettis, des paillettes ou des cotillons à jeter sur les mariés après avoir cassé l'œuf… Pour les réaliser, c'est tout simple : percez un trou dans la coquille, videz l'œuf, remplissez-le de ce que vous voulez et rebouchez le trou avec de la colle et un petit bout de tissu.
- **Une pluie de lavande :** 27 euros environ les 120 grammes de fleurs sur www.pluie-de-lavande.com.
- **Des pétales de fleurs :** attention aux couleurs trop vives, qui peuvent tâcher les tenues blanches… Adressez-vous à plusieurs fleuristes pour comparer les prix, ou rendez-vous sur www.petalesderoses.fr. Gros avantage de ce site : les pétales sont lyophilisés. Autrement dit, leur humidité a été extraite afin qu'ils se conservent longtemps sans perdre leur couleur, leur aspect ni leur douceur. En plus, ça ne tâche pas ! Le site propose l'envoi d'échantillons gratuits pour vous faire une idée : www.petalesderoses.fr (rubrique « service échantillon gratuit) ». Comptez 13,50 euros le litre.
- **Un lâcher de colombes :** symbole de paix et de liberté, les colombes peuvent être invitées d'honneur de votre sortie de mairie. Vous pouvez en lâcher une chacun, ou avec tous vos invités. Bien sûr, elles sont à jeun de trois jours, pour éviter les déjections (et là… c'est le drame !). www.afleurdo.fr, www.f2ailes.fr, www.lespigeonsdechezpoteaux.com, http://mariagecolombes.free.fr, http://lacherdecolombes.fr, www.lacherdecolombes.com.
- **Des bulles de savon :** voilà plusieurs années qu'on les voit beaucoup, mais l'effet est vraiment joli, le résultat photo top, les enfants adorent, et vous ne salissez pas le parvis de la mairie… À partir de 39 centimes l'unité sur www.discount-mariage.fr (rubriques « Animation intérieure », « Bulles mariage »).

- **Des rubans :** on ne les lance pas, mais on les agite à l'arrivée des mariés pour un effet tourbillonnant et une sortie vraiment originale. Fixez-les sur des petites baguettes de bois pour faciliter leur prise en main.
- **Des avions en papier** de toutes les couleurs. Parfaits pour un thème école. Mettez vos petits neveux et cousins à contribution !

Dans quoi mettre nos pétales, nos confettis... ?

Bien sûr, il y a l'option **sachets tout simples fermés d'un petit ruban**, ou même **poignée à piocher** dans un grand seau à la sortie. Mais on ne résiste pas à l'envie de vous donner quelques adresses pour dégoter des contenants (sachets, petites boîtes, pochettes...) à croquer :

- www.mysweetboutique.bigcartel.com
- www.baldefamille.com
- www.mylittleday.fr
- www.milkandpaper.bigcartel.com
- www.lovelytape.com

Pensez-y : une petite **enveloppe kraft fermée par un morceau de scotch de couleur flashy ou imprimé**, c'est adorable et ça ne coûte presque rien... Grand choix de modèles d'adhésifs sur www.maskingtape.fr.

La cérémonie religieuse ou laïque

Le lieu de culte : comment implorer le dieu de la déco

Pour cette partie de la déco, vous devrez faire face à deux « contraintes » :

- Il s'agit d'une **cérémonie très forte en émotions** qui mérite toute votre attention, y compris au niveau de l'allure du lieu. La plupart d'entre eux sont naturellement beaux, mais parfois assez rudes, solennels. Il est alors important d'y apporter votre petite touche personnelle, pour donner à cet espace une grâce et une beauté portées vers l'univers du mariage.
- En même temps, il s'agit d'une **cérémonie religieuse**, pas du salon 2014 de la Décoration... L'idée n'est pas d'impressionner ou de dérouter vos invités, et encore moins de relooker les lieux façon « loft new-yorkais ».

Un mot d'ordre, donc : **restez simples**, misez sur l'élégance intemporelle et le style classique. Pour cela, limitez-vous aux **fleurs** (et aux livrets de messe, voir p. 124). Mieux vaut y consacrer tout votre budget que de vous éparpiller sur plusieurs autres petites choses, vous offrirez ainsi de magnifiques compositions florales, que vous pourrez ensuite ramener sur le lieu de réception.

Idéalement, prévoyez deux grosses compositions florales pour l'autel et un petit bouquet ou une simple fleur ornée d'un ruban au bout de chaque banc.

Le bon conseil

Même s'il y a très peu de risques qu'il s'y oppose, assurez-vous par politesse auprès de l'officiant qu'il accepte que vous arrangiez la décoration des lieux.

La cérémonie laïque

Jouez le jeu à fond, avec une déco directement inspirée des plus belles comédies romantiques.

Autour d'une **allée centrale**, prévoyez d'installer des **chaises** en quantité suffisante. Si vous pouvez en louer ou en emprunter de couleur blanche, c'est encore mieux. Vous pouvez les agrémenter chacune de rubans, ou vous concentrer seulement sur celles en bout de rang : fixez-y un petit bouquet de fleurs, suspendez, grâce à un simple fil de fer, un seau contenant des fleurs champêtres, ou coupez plusieurs rubans de couleurs différentes mais de taille identique et nouez le tout sur le côté de la chaise.

Délimitez l'allée centrale en déroulant le **tapis… blanc**, ou en dispersant des **pétales de fleurs**. Vous pouvez aussi disposer à intervalles réguliers, de chaque côté, des **plantes ou des vases de fleurs**.

Pour la partie « mariés », prévoyez **deux jolies chaises** (décorées ou avec des housses). Accrochez éventuellement une petite **pancarte** à leur dos : « le marié » et « la mariée » ou « lui » et « elle ».

Le must : **une arche** achetée dans une grande enseigne de jardinerie (65 euros sur www.truffaut.com) et recouverte de fleurs.

Pour que vos témoins de cérémonie laïque puissent signer, prévoyez une **table recouverte d'une nappe blanche**.

La déco de la salle, ou l'art d'exploiter son potentiel à 300 %

Si vous avez choisi cette salle, c'est qu'a priori son allure vous a plu (si ce n'est pas le cas, ruez-vous en p. 236 pour apprendre à relooker une salle moche) : à moins d'avoir une grosse enveloppe à y consacrer, ce n'est sans doute pas la peine de partir dans des projets de tentures, voilages, rideaux d'origamis et autres idées magnifiques mais chères et très compliquées à mettre en œuvre. Concentrez-vous plutôt sur la décoration des tables, qui seront l'élément central de votre déco. Le prix du traiteur inclut la plupart du temps le linge de table et la vaisselle. Découvrez comment personnaliser votre table.

Les nappes

La plupart des traiteurs disposent de nappes blanches pour des raisons pratiques. C'est un choix sûr et élégant, et la tendance des mariages immaculés, dans un esprit très romantique et épuré, s'y accorde parfaitement.

Si vous voulez néanmoins ajouter quelques touches de couleur, parsemez (à vos frais) des chemins de table, des sets de table…

Les centres de table

Placés, comme leur nom l'indique, au centre des tables, ils seront un élément important de votre déco.

Ils habillent élégamment la table, et si vous avez gardé la nappe blanche et la vaisselle blanche du traiteur, c'est grâce aux centres de table que vous pourrez donner de la couleur et du peps à l'ensemble.

Comme vous le verrez, il existe mille possibilités, et ce **pour tous les budgets**. Mais attention à ne pas vous laisser déborder par vos envies et votre imagination : gardez en tête que, par définition, vous aurez un centre par table, et pensez donc à multiplier le prix de celui que vous convoitez par le nombre de tables prévues, pour vérifier que vous n'explosez pas votre budget !

Taille et forme

Sans centre, votre table pourrait paraître nue : le centre de table doit remplir ce vide, mais attention à ne pas tomber dans l'excès inverse ! Trop gros, il risque de surcharger les tables, et donc la pièce.

Si votre table vous paraît trop petite pour y déposer un centre, envisagez de les **suspendre au plafond** plutôt que de les poser (les centres, pas les tables).

Faites attention aussi à la hauteur : on se laisse parfois embarquer dans des mises en place vertigineuses, en oubliant que… c'est quand même plus sympa si les invités peuvent se voir. Vérifiez donc toujours que la hauteur n'obstrue pas la vue (prévoyez environ 25 cm pour une composition basse et 80 cm pour une composition haute pas trop dense).

Style

Les centres de table classiques sont réalisés avec des fleurs choisies dans les coloris du thème bien sûr, et accompagnées de mousse et de feuillage. Elles peuvent aussi être agrémentées de perles, branchages… À moins d'avoir la main vraiment verte (ou une bonne copine qui l'a), mieux vaut **vous adresser à votre fleuriste** plutôt que de vous risquer à des compositions hasardeuses…

Pour découvrir en photos les fleurs de saison que vous pourrez utiliser pour vos centres de table : www.lamarieeauxpiedsnus.com/jolies-fleurs

Plus faciles à réaliser et plus originales, vous pouvez laisser tomber la présentation classique en déposant par exemple une seule fleur à tige haute (rose, lys…) immergée dans un grand vase d'eau, ou en préférant l'aspect bucolique de petites fleurs des champs déposées dans des pots de yaourts ou de confitures en verre.

Mais les fleurs n'ont plus le monopole du bon goût des mariages…

Les bougies créent une ambiance féerique et un éclairage tamisé. Bougies flottantes disposées dans un récipient transparent rempli d'eau (colorée, éventuellement), bougies de tailles et de hauteurs différentes réunies sur un plateau rond en verre, photophores colorés courant le long de la table, ensemble de vases transparents contenant des bougies et décorés au « masking tape »… Évitez les bougies parfumées, dont l'accumulation pourrait indisposer les invités au moment du repas.

Les systèmes à **Led** permettent de jolies mises en scène : les cubes, boules et galets lumineux par exemple se suffisent à eux-mêmes pour diffuser une jolie lumière sur la table tout en la décorant avec raffinement. Les guirlandes lumineuses à Led fonctionnant avec des piles (et donc sans fil) peuvent être déposées simplement dans un vase transparent.

Pour une déco littéralement à croquer, pensez aussi aux centres de tables en **bonbons**. Bouquet de sucettes, gros pots en verre « vintage » remplis de bonbons de toutes les couleurs, boules transparentes en plexi pleines de bonbons et suspendues au-dessus de la table…

Et si on décentralisait ?

Vos tables sont trop petites et vous ne pouvez pas suspendre vos centres ? Achetez des ballons blancs ou dans les couleurs du mariage (camaïeux de couleurs pastel par exemple), attachez-les à du raphia (coupez tous les morceaux de la même longueur, 1,50 m par exemple). Puis, après les avoir gonflés à l'hélium, accrochez le raphia sur chaque chaise des invités, ou une sur deux si les chaises sont très proches.

Pensez à disposer les menus sur la table : s'il existe une grande variété de choix, comme pour les faire-part, gardez en tête que d'élégantes feuilles cartonnées assorties au thème, pliées en deux dans la longueur et détaillant le menu dans une jolie typo restent la solution la plus simple, la moins onéreuse, et la plus efficace pour mettre l'eau à la bouche de vos invités sans surcharger la déco !

Pour les marque-places et les cadeaux aux invités, voir notre chapitre consacré aux invités, p. 303 et 309.

Les buffets

Quelle que soit la formule de repas choisie, le buffet sera un élément important sur votre lieu de réception. Indispensable durant le cocktail, il l'est aussi si vous avez opté pour une formule mixte (repas servi à table et buffets de fromages et de desserts). Si l'intégralité du repas se déroule à table, un buffet dressé au moment de la soirée dansante pour y déposer boissons et petits en-cas (bonbons, friandises, macarons, fruits…) est toujours très apprécié.

Votre buffet devra donc répondre à deux exigences : esthétisme, d'abord, mais praticité aussi, afin que vos invités puissent circuler autour et se servir sans mettre en péril votre décoration ou leur dignité.

Si vous faites appel à un traiteur, c'est lui qui se charge en général des nappes et chemins de table, de la vaisselle et des présentoirs pour aliments (plateaux, structures en polystyrène…).

Si ce n'est pas le cas, ou si vous avez envie de faire davantage coller votre déco de buffet au thème de votre mariage, à vous de jouer : **les 4 règles d'or à respecter.**

1. **Évitez de le surcharger :** les aliments prendront déjà beaucoup de place et, pour des raisons de commodité pour vos invités, évitez l'accumulation d'accessoires déco. De plus, en multipliant la décoration, vous pourriez faire de l'ombre aux mets, dont les couleurs et la présentation soignée se suffisent souvent à elles-mêmes.
2. En même temps, **votre buffet doit attirer l'œil** pour que vos invités le repèrent tout de suite, surtout si la salle est grande. Si votre thème s'y prête, utilisez des couleurs vives, pour la nappe par exemple.

3. Pour ces deux raisons, **privilégiez les éléments hauts et imposants** plutôt que les petits accessoires en grand nombre : un bouquet de fleurs à tiges hautes dans un grand vase allongé constituera l'élément phare de votre déco, sans pour autant surcharger la table.
4. **Évitez les bougies,** qui risquent de rendre acrobatiques le self-service... Préférez les guirlandes lumineuses, en les fixant par exemple tout autour de la table pour habiller la nappe.

Transformer une salle bof d'un coup de mètre magique

Cette salle des fêtes n'était vraiment pas chère, mais vraiment pas belle non plus. Séchez vos larmes, rangez vos antidépresseurs, et découvrez toutes les astuces pour la métamorphoser. Demandez bien sûr toujours à l'avance au propriétaire de la salle (la mairie, si c'est une salle municipale) ce que vous avez le droit de faire : certaines refusent les vis, les clous, les trous... D'autres prévoient des petits systèmes d'accroche sur lesquels vous devrez vous caler pour suspendre les éléments de votre choix.

Cacher un mur (ou quatre)

Habillage lumière

L'éclairage peut être votre meilleur allié : les « lèche-murs » linéaires diffusent une lumière colorée qui habille le mur tout en camouflant ses défauts. Voyez avec votre DJ : il possède sans doute ce type de matériel et pourra le mettre à votre disposition moyennant un petit supplément... ou pas !

Habillage photo

Si la salle autorise l'utilisation d'adhésifs, tirez les plus jolis portraits de vous, de votre naissance à aujourd'hui, agrandissez les meilleurs et tapissez le mur avec tous ces clichés.

Vous pouvez aussi suspendre des cordes de part et d'autre du mur, et accrocher les photos en noir et blanc avec des pinces à linge en bois préalablement peintes (à la peinture en bombe, cela vous prendra 5 minutes top chrono).

Pensez aussi à l'option paravent, évoqué dans la décoration de la mairie (voir p. 228). Cet élément mobile, sur lequel vous aurez fixé des photos de vous, pourra être simplement posé contre le mur de la salle, après avoir décoré la mairie.

Habillage rideau

Si vous avez de quoi les accrocher (certaines salles laissent à disposition des tringles), fixez des rideaux : évitez les couleurs sombres si la salle est petite.

Pensez aux rideaux et filets lumineux : ils se fixent facilement et rendent féerique n'importe quel mur moche. Comptez une cinquantaine d'euros pour un élément de trois mètres de longueur.

Récupérez ou achetez des chutes de tissu. Découpez des bandes de 20 cm de plus que la hauteur du mur, et d'une dizaine de centimètres en largeur. Nouez-les simplement à une corde, que vous fixerez en haut du mur.

Si le mur est petit, vous pouvez réaliser ce « rideau » avec des rubans (moins larges, donc plus laborieux à assembler !) dans les couleurs de votre thème.

Habillage tenture

Si vous avez la possibilité de l'accrocher, achetez du voile d'hivernage au mètre et fixez-le pour cacher le mur.

Habillage fanions

Recouvrez le mur de jolis fanions, pour un effet champêtre dans l'air du temps : si le mur est grand et que l'achat de guirlandes vous reviendrait trop cher, réalisez vos fanions en papier, en collant simplement sur une corde des triangles découpés dans du papier imprimé.

Habillage végétal

Achetez du grillage au mètre dans une enseigne de jardinage et ornez-le de décorations végétales.

Habillage dédicace

Achetez des nappes en papier au rouleau et fixez-en sur toute la longueur du mur. Mettez des feutres (et des tabliers !) à disposition des enfants ou des jolis stylos pour les grands : chacun pourra y aller de son petit mot de félicitations.

Cacher un plafond

Le plafond de votre salle vous rappelle fortement celui de votre open space au bureau ou du dernier hôpital que vous avez fréquenté ? Soignez-le, car vous verrez qu'il peut à lui seul transformer l'allure du lieu.

Les tentures fixées au plafond sont souvent envisagées par les mariés, mais attention : sans un joli tissu et une main habile pour les fixer, l'effet peut vite faire « bricolage ». En plus, la majorité des salles fonctionnent avec des néons, que vous cacherez en installant votre tissu. Vous devrez alors prévoir un système d'éclairage complet.

Une autre option, plus simple et vraiment canon : accrocher des lanternes en papier rondes, partout au plafond, avec un simple fil de nylon. Non seulement elles sont très bon marché (comptez 2 euros environ l'unité), mais elles sont aussi du plus bel effet. Évitez de multiplier les couleurs : fixez-vous sur deux ou trois nuances d'une même teinte (bleu ciel, lavande, et marine) et variez les tailles des lanternes et leur hauteur d'accroche.

Cerise sur le gâteau : ajoutez un système de Led à l'intérieur. À la clé : élégance raffinée et éclairage parfait. Les mini-Led coûtent autour de 3 euros, pour une durée de vie de 48 heures. Si vous avez les clés de la salle la veille du mariage, vous pourrez ainsi les allumer et les accrocher à ce moment-là, pour ne pas avoir à vous en préoccuper le jour J.

Vous pouvez aussi agrémenter les lanternes rondes de quelques rubans à faire pendre, qui pourront être choisis dans les mêmes couleurs que votre rideau de rubans...

Amadouer le mobilier

Pour les **tables**, reportez-vous à la p. 232.

Pour les **chaises**, envisagez (sérieusement) la location de housses : comptez 1,80 euro environ l'unité, soit 180 euros pour 100 chaises. Évidemment, c'est un budget, mais c'est l'investissement qui sera le plus efficace. Malheureusement, vous aurez beau vous donner du mal sur tout le reste, si vos 100 chaises sont vraiment moches, il ne sera pas facile de créer une atmosphère féerique dans votre salle.

Enfin, vous pouvez changer les **ampoules** blanches pour des ampoules de couleur, et troquer ainsi un éclairage trop puissant contre une lumière joliment teintée et tamisée.

La déco de l'extérieur, parce qu'il n'y a pas que la beauté intérieure qui compte

Que ce soit uniquement le lieu du cocktail ou celui de toute la réception, la partie extérieure mérite toute votre attention : dans la plupart des cas, les parcs et jardins jouxtant les salles de réception sont très bien entretenus, et des jolis buffets sur une pelouse verdoyante suffisent à rendre le lieu magnifique.

Si vous recevez dans votre jardin ou si vous souhaitez personnaliser le lieu avec quelques éléments de déco, voici des idées à piocher :

- **Les fanions** n'en finissent pas de séduire les mariés. Ils peuvent être accrochés entre deux arbres, sur les murs, autour ou au-dessus des buffets… Même avec deux mains gauches, vous pouvez les réaliser vous-mêmes et les adapter ainsi exactement à vos couleurs et à votre thème. Profitez-en aussi pour y ajouter un petit message (une lettre par drapeau) : l'occasion idéale de clamer votre amour ou de remercier vos proches pour leur présence…

- **Les lanternes** ont aussi le vent en poupe : en papier, elles sont très économiques, et les systèmes de Led résistent mieux au vent que les bougies. Elles peuvent être fixées dans les arbres, ou posées à même le sol ou sur les tables.
- **Les ballons de baudruche gonflés à l'hélium,** accrochés à un arbre ou à une barrière, pour guider les invités (entrée, cocktail…) et amuser les enfants.
- Une idée déco facile à réaliser et personnalisable à l'infini : tendez **une corde** entre deux troncs (ou deux morceaux de bois fixés dans le sol), et suspendez-y ce que vous voulez avec des pinces à linge, en fonction de votre thème : des jolis foulards vintage pour un mariage champêtre, des vinyles pour un mariage rock…

Les astuces pour économiser sur la déco

Faire soi-même

Quand on a un budget mini, c'est la première idée qui nous vient. Mais attention à partir sur de bonnes bases, au risque d'y laisser pas mal d'énergie… Et d'argent perdu.

Comment se lancer ?

À moins de viser une réalisation très simple, ne partez pas à l'aveuglette et basez-vous sur des tutoriaux trouvés sur Internet. La grande majorité des sites cités p. 225 proposent une rubrique « Do It Yourself » avec des **« pas à pas », parfois en vidéo**.

Est-ce réalisable ?

Faites d'abord **un prototype**, pour évaluer le temps nécessaire par pièce. Vous avez mis 10 minutes pour réaliser cette enveloppe à confettis ? S'il vous en faut 100, multipliez ce temps par 80 environ, puisque vous allez gagner du temps en prenant le pli. Considérez donc que vous mettrez

800 minutes, soit entre treize et quatorze heures… À vous de juger si vous avez assez de temps devant vous !

Avec ce premier essai, faites-vous aussi **une idée du prix de revient** : demandez-vous combien vous pourrez en produire, et faites le calcul par rapport au prix des fournitures. Parfois, on s'aperçoit que la différence est minime avec les tarifs proposés par des professionnels, pour du « tout fait ».

Si vous êtes décidés à vous lancer, commencez le plus tôt possible, même si vous avez un an devant vous. Vous pourrez ainsi faire une pause quand vous saturerez.

Emprunter, recycler, détourner…

Faites l'inventaire de ce que vous pouvez emprunter à vos proches : notez tout, même ce qui vous paraît absurde, vous ferez le tri après, au fur et à mesure de l'avancement de vos projets.

Votre mamie et ses placards remplis de vaisselle rétro*, votre copine styliste et ses bobines de fil par milliers**, votre oncle agriculteur***, votre belle-mère et son entreprise clandestine de confitures****, votre cousine passionnée de vins*****, votre grand-père et son vélo d'avant-guerre******…

C'est aussi en considérant toutes ces ressources dont vous pouvez potentiellement disposer que naîtront les idées les plus originales… Et les moins coûteuses.

* De la vaisselle dépareillée sur les buffets pour accueillir les petits-fours et les bonbons des enfants.

** Des guirlandes de bobines de fil ou de boutons.

*** Des bottes de foin recouvertes d'un tissu blanc pour s'asseoir pendant le cocktail.

**** Des photophores à base de pots en verre, posés sur les tables et suspendus aux arbres.

***** Des caisses de vins en bois retournées pour servir de petites tables d'appoint pendant le cocktail.
****** Un vélo garni d'un panier de fleurs à l'entrée, avec un panneau indiquant la direction pour le cocktail.

L'ESSENTIEL POUR LA DÉCO

- Envisagez éventuellement le recours à une décoratrice : avec des prix négociés et du matériel fourni, ce n'est pas toujours une folie !
- Définissez votre thème… Ou pas !
- Allez trouver l'inspiration sur les jolis blogs et sites autour du mariage.
- À la mairie, prévoyez une déco minimaliste (la cérémonie est très courte) et rapide à installer.
- Sur le lieu de culte, personnalisez la déco sans en faire trop : des petits bouquets en bout de banc et sur l'autel, c'est parfait.
- Si vous avez choisi de faire une cérémonie laïque, jouez-la comme dans les films !
- Dans la salle de réception, accordez un soin particulier aux centres de table.
- Pas de panique si votre salle est moche, il existe plein d'astuces pour la transformer !
- Pour réduire votre budget, pensez à faire vous-mêmes, à emprunter, à recycler, à détourner…

Les tenues : quand l'habit fait les mariés (et les autres)

Vous avez commencé à feuilleter les magazines de mariage en vue de dénicher la robe de vos rêves au moment précis où il vous serrait dans ses bras parce que vous aviez accepté sa demande. (Voire quelques semaines avant, « au cas où ».) De tous les éléments constituant les préparatifs, c'est sans doute le choix de la robe qui occupe la place principale dans le cœur des futures mariées. Si vous êtes du genre à hésiter vingt minutes tous les matins pour votre tenue du jour, il y a en effet des chances pour que vous ne choisissiez pas votre robe selon la bonne vieille méthode du « pique niquedouille ». Étape la plus importante pour les mariées souvent, mais aussi la plus belle, la plus émouvante. Alors on vous dit tout pour vous faciliter cette quête, afin que vous puissiez en profiter pleinement. Et pour que Monsieur soit à la hauteur de votre grâce, découvrez nos conseils pour choisir sa tenue, et nos pistes pour orienter les autres personnages centraux de votre plus jolie journée.

La mariée

La robe

Où la trouver ?

Les boutiques-enseignes

Parfois proposant uniquement leurs modèles, parfois multimarques, elles permettent d'avoir accès en un même lieu à un très large choix de modèles et de tarifs. On ne peut que vous conseiller d'aller y faire un tour, ne serait-ce que pour « dégrossir » vos envies et vous rendre compte des fourchettes de prix. Pas de sur-mesure ici, mais la possibilité parfois de modifier un petit détail et, toujours, de bénéficier de retouches pour une tenue parfaitement ajustée. La liste de principales boutiques :

- www.pronuptia.fr
- www.cymbelline.com
- www.hervemariage.com
- www.pronovias.fr

Budget : de 500 à 8 000 euros.

Les créateurs

Vous pourrez craquer pour un modèle existant ou vous faire réaliser une robe unique prenant en compte tous les détails de vos rêves. Attention, une solution à envisager seulement si vous vous y prenez suffisamment à l'avance (comptez 8 mois pour la fabrication de la robe) et si vous avez un budget adapté...

Fiez-vous au bouche à oreille ou rendez-vous dans les événements mariage proposés dans votre ville : portes ouvertes, salons, Coulisses du mariage (www.lescoulissesdumariage.com)...

Budget : 1 500 euros en province et 2 500 euros à Paris en moyenne pour une création personnalisée.

Le bon conseil

Si vous craquez pour un créateur dont la boutique n'est pas dans votre ville, pensez à prévoir les frais de déplacement correspondant aux essayages nécessaires.

Les boutiques de seconde main et de location de robes

« Robe de rêve, portée un soir seulement, excellent état, cherche jolie mariée à revêtir. » Il est désormais possible de dégoter une robe de mariage quasi neuve à prix cassé, puisque déjà portée. Les boutiques qui les revendent se chargent de réparer les éventuels petits défauts afin de vous la proposer en excellent état, à vendre ou à louer.

- **www.rubansdesoie.fr :** à Paris, la boutique propose la vente en seconde main et la location de nombreux modèles de grandes enseignes et de créateurs. Le catalogue est disponible ici : http://pinterest.com/rubansdesoie. Pour visiter le showroom, prendre rendez-vous au 06 95 41 63 15 ou à contact@rubansdesoie.fr.
- **www.leboudoirdelamariee.fr.** Le dépôt-vente est situé dans le Haut-Vaucluse, mais le catalogue en ligne est disponible sur le site. Vous pouvez ensuite prendre rendez-vous à : contact@leboudoirdelamariee.fr ou au 06 98 47 50 51.
- **www.occasionnelle-mariage.com :** située près de Lille, la boutique propose un catalogue en ligne (rubrique « Galerie »). Si un modèle vous plaît, prenez rendez-vous au 03 59 51 35 12 ou via le formulaire du site. Une couturière sera présente pendant les essayages, afin d'envisager avec elle d'éventuelles retouches. Achat et location possibles, selon les modèles.
- **www.graine-de-coton.com :** en plein centre de Paris, la boutique propose la vente en seconde main de robes de particulières, mais aussi des fins de stock, des modèles d'exposition et des prototypes de créateurs. Le catalogue est accessible en ligne. Le menu « actualités » vous permet de recevoir par mail les notifications de chaque nouveau dépôt. Certains modèles sont également disponibles à la location.
- **www.robedemariee-occasion.net :** la boutique, située près de Montpellier, propose la vente et la location de robes. Sa responsable vient à domicile pour vous aider à mieux cerner vos envies. Rendez-vous au 06 25 02 72 71 ou par mail : pourlemeilleur@go.to

Budget : à l'achat, comptez jusqu'à - 80 % du prix de départ (entre 200 et 1 500 euros environ). À la location, environ un quart de la valeur de la robe (entre 200 et 700 euros).

De particulier à particulier

Vous pouvez vous adresser directement à des particuliers : sans intermédiaire, vous payerez moins cher encore. Mais attention, dans ce cas, de bien contrôler l'état de la robe avant de l'acheter ! Allez faire un tour sur www.ebay.fr, www.leboncoin.fr, ou encore www.occasion-du-mariage.com, un site consacré aux occasions du mariage de particulier à particulier. La recherche se fait par département, et de nouvelles annonces arrivent tous les jours.

Les robes de mariées des VPCistes

Les grandes enseignes de vente par correspondance ont eu la bonne idée depuis quelques années de proposer des collections exclusives, signées par des créateurs en vogue. Par exemple : Delphine Manivet (oui, rien que ça !) pour La Redoute, avec des robes sublimes à moins de 600 euros. Guettez les prochaines collaborations pour ne pas rater une bonne nouvelle de ce genre !

Les robes de mariées des enseignes de PAP

Vous n'avez pas pu y échapper ces dernières années : un mannequin vitrine en somptueuse robe blanche chez votre fournisseur de jean officiel. Non, vous n'avez pas rêvé, non, il n'a pas déménagé : les enseignes de prêt-à-porter sont de plus en plus nombreuses à proposer dans leurs collections une ou deux robes de mariées. C'est la marque Naf-Naf qui a amorcé le mouvement en créant une robe de cocktail, sorte de pièce alien parmi les autres modèles plus simples et moins chers. Face au succès rencontré, la robe a été rééditée en blanc et en ivoire pour séduire les jeunes mariées. En dehors du prix (199 euros pour la robe esprit Marylin de Naf-Naf de la collection 2012 par exemple), cette solution présente l'avantage, pour les mariées peu friandes des essayages à répétition, de décrocher une robe de princesse sans y investir trop de temps ni d'énergie, et sans se plier aux rites des essayages en grande pompe !

Pour l'été 2013, la créatrice Lolita Lempicka a dit « Oui » à la marque éco-responsable Ekyog, avec une collection de robes en coton léger dans un style très mariage champêtre.

Les jolies robes en PAP

Vous n'avez pas envie de consacrer un salaire à votre robe de mariée. Ou alors, rien à faire : quand vous vous imaginez dans une robe de mariée vous êtes obligée de vous pincer pour ne pas rire (d'autant plus que votre mère en pleure presque de joie).

Votre truc à vous, c'est une robe classe mais pas trop, parfaitement coupée, dans une belle matière, qui vous mette joliment en valeur, qui fasse habillé mais pas trop, mariage mais pas trop. (Vous ne seriez pas un peu normande, parfois ?)

Inutile d'essayer de vous rendre dans les enseignes classiques de mariage à la recherche d'une robe de ce type : vous risqueriez d'y mettre beaucoup plus d'argent que nécessaire, et surtout de ne pas être à l'aise.

Dirigez-vous vers les boutiques de prêt-à-porter les plus classes et les plus tendances. Mais oui, vous savez, celles qui vous obligent à passer sur l'autre trottoir en temps normal, pour ne pas céder à la tentation. Oui mais là, vous n'êtes pas « en temps normal », et si vous choisissez une robe plus simple, faites-vous plaisir, dans la mesure de vos moyens, avec un modèle que vous ne pourriez pas vous permettre d'acheter toutes les semaines.

Où aller ?

- Chez Maje, Sandro ou Claudie Pierlot, temples de la branchitude, vous pourrez dégoter une robe blanche magnifique, mais comptez tout de même 200 euros environ. Ou un short en dentelle et une blouse en soie, pour les plus pointues et les moins conventionnelles. (www.maje.com, www.sandro-paris.com, www.claudiepierlot.com, www.tarajarmon.com). Chez Comptoir des Cotonniers, place à des modèles souvent plus classiques, et toujours très raffinés, dans des jolies matières (www.comptoirdescotonniers.com).

- Chez Zara, vous pourriez être surprise de tomber sur une robe blanche ou crème aux détails chics et choc, pour une petite centaine d'euros (www.zara.com).

Le bon conseil

À l'église, le long est de rigueur, de même que les épaules couvertes. À la mairie en revanche, vous pouvez vous laisser aller à toutes les fantaisies ! Enfin, on s'entend quoi…

Les 6 conseils en or pour trouver sa robe dans une enseigne de prêt-à-porter

1. Allez-y avec des chaussures à talons et quelques bijoux, vous vous rendrez bien mieux compte du rendu.
2. Le blanc et ses diverses nuances font évidemment plus « mariage », mais rien ne vous empêche d'oser la couleur, quitte à prévoir une touche de blanc dans le reste de la tenue.
3. L'avantage des grandes enseignes, c'est que vous avez un mois pour vous faire rembourser : n'hésitez pas à prendre une robe qui vous plaît, même si vous avez des doutes, afin de l'essayer tranquillement chez vous avec les accessoires et la coiffure appropriés.
4. Soyez aux aguets pendant les soldes : à la deuxième démarque, toutes les grandes marques (Sandro, Maje…) soldent leurs articles à 50 %.
5. Guettez aussi les ventes privées sur le Net, vous ne pourrez pas essayer mais le remboursement est possible.
6. Si vous hésitez entre deux modèles, misez sur celui dont le haut vous séduit le plus : c'est la partie la plus importante, celle que l'on verra le plus sur les photos.

Le style de la robe

À moins d'avoir un véritable coup de cœur pour une robe dès le début de la recherche, vous aurez sans doute besoin avant de vous lancer d'y voir plus clair dans le style que vous aimez et dans les formes qui vous mettent le plus en valeur.

La couleur

Si le blanc et ses déclinaisons (beige, crème, ivoire) restent largement représentés dans les collections et dans le cœur des mariées, la couleur donne de la voix et les créateurs actuels donnent le ton : le noir se fait une place de choix et, surprise, la mariée n'a rien de gothique !

Chez Max Chaoul, le tulle divorce du blanc et vire au gris sur toute la longueur de la jupe. Sur les podiums, le rouge passion déclare sa flamme, dans un total look aussi surprenant que séduisant !

Si les podiums ont encore un temps (ou un siècle) d'avance sur vos envies, préférez la couleur par touches : ceinture en organza, escarpins flashy, boléro doré ou encore accessoires fluo…

Mémo-forme

Robe princesse : le buste (souvent en bustier) est ajusté, la taille est marquée et la jupe volumineuse.
C'est pour vous si… Vous êtes fine ou d'une silhouette plus généreuse. À éviter seulement si vous avez les épaules larges.

Robe sirène : la robe est ajustée du buste jusqu'aux genoux, où elle prend ses aises et s'élargit comme une corolle. Sa variante : la robe fourreau. Même principe, mais elle est droite jusqu'aux pieds.
C'est pour vous si… Vous êtes longiligne, avec aucun petit bourrelet à cacher !

Robe évasée : en haut, elle est ajustée comme la forme sirène, mais commence à s'éloigner du corps au niveau des hanches.
C'est pour vous si… Vous avez un buste et une taille fine, mais complexez sur vos hanches et vos jambes.

Robe empire : la taille est ici très haute, et la robe n'est serrée qu'au niveau de la poitrine. Juste en dessous, elle s'évase légèrement, pour une silhouette ultra-romantique.
C'est pour vous si… Vous avez un petit bidon à « cacher » (avec quelqu'un dedans ou pas), ou des hanches généreuses.

Robe droite : tombée dans l'oubli pendant quelques années, elle revient en force et n'est pas près de lasser. Élégante et intemporelle, son tombé est proche du corps et sans chichis. La taille peut être légèrement marquée avec une ceinture, mais la forme droite se caractérise par la simplicité de son allure.
C'est pour vous si… Vous êtes plutôt petite, et souhaitez allonger votre silhouette.

Robe courte : la robe qui dévoile joliment les genoux, c'est sans doute celle qui fait le plus parler d'elle ces temps-ci. Autrefois réservée aux mariages en tout petit comité et aux mariées souhaitant s'affranchir des codes traditionnels, on la voit aujourd'hui se pavaner au sein des réceptions les plus chics et les plus classiques. *C'est pour vous si…* vous avez de jolies gambettes.

Mémo-matières

La soie : en fonction du tissage, elle se décline en soie sauvage, taffetas de soie, organza de soie… Autant de matières nobles aux aspects différents mais toujours raffinés, et conférant aux robes une allure sophistiquée.
Le coton : une autre matière intemporelle et noble, qui peut être travaillée de nombreuses façons : nid-d'abeilles, froissé, piqué… Il convient particulièrement aux robes avec des lignes pures et simples.
Le lin : une matière naturelle très prisée pour les mariages bucoliques et champêtres. Sa couleur, très légèrement « crémée », convient particulièrement aux mariées qui veulent éviter l'effet immaculé.
Le satin et la dentelle : les deux matières phares du moment. La première, brillante et soyeuse, est un clin d'œil aux années folles, poussées au sommet du chic par Bérénice Bejo et *The Artist*. La seconde, plébiscitée entre autres par Kate Middleton, peut s'afficher par touches (décolleté, dos, manches) ou sur toute la robe, dans une succession de volants romantiques.

Mémo-encolure

Le col carré : difficile d'être plus explicite que son nom. Il convient particulièrement aux poitrines fortes.
Le col cœur : il couvre la poitrine en marquant une légère pointe entre les seins. C'est souvent la forme d'encolure des bustiers.
Le col bénitier : il est constitué des plis du tissu, qui forment un arrondi vaporeux et flou.

Le col en V : le décolleté est généreux et les bretelles peuvent être assez larges (pour les poitrines généreuses) ou toute fines, pour un aspect danseuse.
Le col bateau : sa particularité est de se « prolonger » au niveau des bras, en laissant les épaules partiellement découvertes.

Mémo-manches

La grande majorité des robes ne présentent pas de manches : bustiers ou à bretelles, elles laissent les épaules découvertes. En plus d'être indispensables pour les mariages d'hiver, sachez que les manches sont une tendance montante chez les créateurs, quelle que soit la saison.
Les manches trois-quarts : elles ne couvrent le bras que jusqu'au coude.
Les manches longues : elles couvrent la totalité du bras. La tendance est aux manches longues en dentelle.
Les mancherons : très courts, ils couvrent uniquement le dessus de l'épaule.
Les manches ballon : elles ressemblent aux mancherons, mais présentent un aspect légèrement gonflé.
Les manches asymétriques : un mancheron, une manche longue ou une simple bretelle sur une épaule, rien sur l'autre. Cette forme met en valeur la ligne du cou et les épaules gracieuses.

Mémo-traîne

Avant, on jugeait la richesse d'une famille sur la longueur de la traîne de la mariée. Avec une traîne de 2,70 mètres, Kate Middleton ne laisse aucun doute sur sa confortable dot. Mais vous pouvez vous permettre cet accessoire sans avoir besoin de justifier du montant de vos impôts (et sans épouser William).

Pour plus de confort et de praticité, il en existe deux types : celles « amovibles », pouvant se détacher, et celles avec un système d'attache permettant de les plier pour les raccourcir et les fixer à la robe.

Bien sûr, cet accessoire n'est, par définition, pas obligatoire, mais puisque même les stars (Diane Kruger, Naomi Watts, Bérénice Béjo, Eva Longoria) l'arboraient pour monter les marches en 2012, il n'y a pas de raison de s'en priver !

Le saviez-vous ?

Le record de la plus grande traîne du monde a été remporté à Bucarest en mars 2012 : elle mesurait la modeste taille de... 2 750 mètres. Elle a nécessité 1 857 aiguilles et 100 jours de travail.

Pour trouver l'inspiration

Quelques sites incontournables pour dénicher le détail qui vous fera rêver, ou la robe qui vous fera fondre :

- www.lamarieeencolere.com
- www.organiser-un-mariage.com
- www.greenweddingshoes.com
- www.stylemepretty.com
- www.trendyweddingleblog.com
- www.desideespourunjolimariage.com
- http://irissou.vefblog.net
- www.lafianceedupanda.com
- www.leblogdemadamec.fr
- www.unbeaujour.fr
- www.lamarieeauxpiedsnus.com
- www.lovelyweddings.over-blog.com
- www.mariagesetbabillages.com
- www.myweddingthing.com

Les essayages

Après avoir déterminé grosso modo le style des robes qui vous plaisent, c'est enfin l'étape essayages. Les trucs à savoir...

Pour bien préparer vos essayages

- Prenez rendez-vous, il est très rare de pouvoir être reçue en se pointant la bouche en cœur à l'improviste.
- Demandez à un ou deux de vos proches de vous accompagner : leur avis extérieur sera précieux et c'est un moment d'émotion qui est meilleur quand il est partagé !

- Maquillez vos yeux et vos lèvres avant d'y aller : vous vous rendrez ainsi mieux compte de ce que la robe peut donner. Attention au fond de teint, certaines marques demandent de ne pas en utiliser pour éviter les tâches.
- Allez-y avec une paire de chaussures semblables à celles que vous porterez le jour J au niveau de la hauteur du talon.

Pendant les essayages

- Demandez aux personnes vous accompagnant d'attendre quelques minutes avant de se prononcer, pour que vous ayez le temps de vous faire votre propre avis, sans être influencée.
- Essayez au moins une robe qui ne correspond pas du tout à vos critères de départ : vous aurez peut-être des surprises, jusqu'à réaliser que cette forme est finalement celle dans laquelle vous vous sentez belle...
- Demandez à la conseillère s'il existe des pièces complémentaires pour la tenue que vous essayez (boléro, voile...) : parfois, c'est l'ensemble qui crée l'alchimie.

Le choix définitif

- Une fois que vous aurez trouvé la bonne, comptez trois à quatre essayages, pour les retouches et pour la « répétition générale » avec tous les accessoires.
- Chaque boutique a ses propres règles, mais le paiement peut en général se faire en trois fois : un tiers au moment de la commande (ou de la validation de votre choix), un tiers pendant l'essayage après retouches et un tiers à la remise de la robe.

Idées pour changer de tenue... sans en changer

Pour des raisons pratiques (et économiques), vous avez choisi de n'avoir qu'une seule tenue pour la mairie, l'éventuelle célébration religieuse et la soirée. Découvrez quelques astuces pour être ni tout à fait la même, ni tout à fait une autre, selon les moments de la journée.

Les clips à chaussures permettent de personnaliser vos escarpins avec des nœuds, des diamants, des fleurs, des pompons, des cœurs, en tissu, dentelle, plumes... Des escarpins blancs tout simples à la mairie et, dès la

→

sortie, des grosses fleurs de couleur en tissu clipsées viennent souffler un vent de romantisme sur votre tenue. À partir de 8 euros la paire de clips sur www.loveshoeclips.com.

La traîne amovible vous permettra, au sortir de la messe, de dévoiler des jolis détails dans le dos... Y compris un décolleté très plongeant.

Un jupon réversible et, en quelques secondes, vous passez d'un blanc sage à un rose danseuse ou un vert tendance.

Les manches et bretelles amovibles vous permettront de passer en un temps record d'une robe princesse à un style plus déshabillé.

Et surtout, **les jupes amovibles** sortent le grand jeu, en dévoilant une mini-jupe et vos jolies gambettes.

Pensez aussi à jouer sur **les accessoires**, qui en un deux temps trois mouvements changent à eux seuls tout l'aspect d'une tenue !

Les accessoires

Ils ne se contentent pas de compléter la tenue de la mariée, mais lui donnent un style, une empreinte, une grâce particulière. Zoom sur les indispensables accessoires.

Le voile

Il est en général composé de tulle blanc ou de dentelle. Si vous vous mariez à l'église, il couvrira joliment votre visage jusqu'à l'échange des consentements, où votre presque-mari le lèvera et le placera derrière votre tête (afin, entre autres, de pouvoir vous embrasser goulûment – euh, avec distinction – quand vous serez officiellement mariés). C'est un accessoire hautement symbolique, à vous de voir si vous serez à l'aise avec.

Pensez à l'emmener lors de votre dernier essai coiffure, afin de déterminer où et comment vous le fixerez.

Entre le voile et le bijou de cheveux, la **voilette en plumetis** séduit de plus en plus de mariées, dans un esprit rétro et raffiné.

Le saviez-vous ?

Avant, on utilisait le voile de la mariée pour couvrir le berceau du premier enfant né de cette nouvelle union… Mignon, non ?

Les chapeaux et bijoux de cheveux

Ils connaissent un essor considérable, faisant de l'ombre au traditionnel voile. Ici encore, tout est permis à condition que la cohérence règne en maître.

Ne craquez que pour le chapeau que vous avez l'habitude de porter. Sinon, vous pourriez être mal à l'aise et paraître endimanchée. (Oui, c'est possible, même en tenue de mariée !)

Le cas échéant, préférez la **solution bijoux de cheveux** : diadème, plumes, bandeaux… Les bandeaux en dentelle sont ravissants avec une robe esprit rétro, les diadèmes accessoirisent parfaitement une tenue de princesse, ou apportent une touche délicate et élégante à une robe plus simple.

Besoin d'inspiration pour choisir ?

Rendez-vous sur le site www.tand3m.fr. L'histoire de trois sœurs qui se sont lancées dans la fabrication d'accessoires de cheveux, et qui réalisent des merveilles en particulier pour les futures mariées. Une rubrique « Les mariés » leur est exclusivement consacrée, et si jamais vous n'y trouviez pas votre bonheur, contactez la société pour une réalisation sur mesure !

Les gants

Courts, ils sont parfaits avec une robe à manches trois-quarts, « façon Jackie Kennedy ». Longs, ils habilleront les bras des mariées en robe à bretelles. Un accessoire **ultra-élégant**, mais à réserver aux bras les plus fins.

Les chaussures

Il fut un temps pas si lointain où le choix de l'escarpin était le cadet des soucis de la mariée. Cachées sous la robe longue la plupart du temps, les chaussures étaient blanches ou crème systématiquement, et on ne leur en demandait pas plus.

Depuis quelques années, la chaussure de mariée prend du galon… Et de la couleur. Tout droit venue des États-Unis, une nouvelle tendance consiste à opter pour des **escarpins flashy**, qui tranchent avec le blanc immaculé de la robe.

Niveau hauteur, n'en prenez pas trop si vous n'êtes pas habituée : rien de pire que de ne pas être bien dans ses pompes le jour de son mariage. Parmi les paires que vous avez déjà, demandez-vous quelle **hauteur de talons est la plus confortable** pour vous. Si votre futur mari est petit, vous serez sans doute contente en regardant les photos de ne pas avoir deux têtes de plus que lui…

Prévoyez idéalement deux paires, une de jour et une de nuit, pour le plaisir d'en changer et pour soulager vos éventuels bobos aux pieds !

C'est tendance

- Le retour de **la ballerine**, pour des mariés bohèmes chics. Évidemment, les jolies Repetto ont particulièrement le vent en poupe et l'avantage, c'est que vous pourrez les remettre pendant des années. Si vous n'avez pas le budget, vous pourrez en dégoter une paire pour une vingtaine d'euros.
- **Les Converse All Star :** les mythiques baskets en toile ont fait une arrivée remarquée dans le monde des mariages. L'avantage : le marié, la mariée,

→

les enfants d'honneur et les témoins peuvent les adopter de toutes les couleurs. Si vous aimez l'idée mais que vous n'osez pas, prévoyez une paire pour le cocktail ou la fin de la soirée.

Le bon conseil

À 15 jours du mariage, pensez à porter vos chaussures chez vous une heure par jour afin de « casser » le cuir. Pendant que vous ferez le ménage, par exemple, plutôt que devant une comédie romantique, car vous serez plus amenée le jour J à piétiner qu'à poser les pieds sur une table basse.

Trois sites pour des chaussures sur mesure

- Chez **www.moodbyme.com**, vous choisissez un modèle parmi les centaines qui existent (ballerines, escarpins...) et vous pouvez changer la couleur, les bordures...
- Chez Couleur Chaussure, **www.couleurchaussure.com**, vous envoyez un échantillon de tissu ou de ruban et on vous fabrique des chaussures exactement de la même teinte...
- Sur le site **www.dessinemoiunsoulier.com**, vous choisissez votre modèle (ballerine, bottine, escarpin bout rond, bout pointu...), la couleur, la matière, la forme, la hauteur du talon, les accessoires (plus de 5 000 000 combinaisons possibles), et vous êtes livrée en 6 semaines maxi.

La bonne idée

Décorer la semelle de sa chaussure avec les mots « Yes, I do » (pour elle) et « Lucky Me » (pour lui) (ou l'inverse). Stickers à découvrir sur www.etsy.com, dans la boutique « YourHappilyEverAfter ».

Les bijoux

Un mot d'ordre : **sobriété**. Déjà parce que c'est votre alliance la star du jour, et qu'elle pourrait être vexée qu'on cherche à lui faire de l'ombre. Et aussi parce que votre robe se suffit sans doute à elle-même : vous risqueriez, en ajoutant un bijou un peu trop voyant, d'occulter sa beauté.

Retirez les bracelets, montres et colliers que vous avez l'habitude de porter tous les jours. Selon le style de votre robe, optez pour un bracelet tout fin ou plus large, et pour un collier de perles tout simple ou un joli pendentif plus bas, si vous avez un décolleté un peu profond.

Demandez à votre mère, votre grand-mère ou votre belle-mère si elles ont des bijoux de famille qu'elles pourraient vous prêter : en plus d'être économique, cette solution est un joli hommage à vos ascendants !

La bonne idée

Si vous vous laissiez tenter… par le bijou de peau ? Aurore Morin, créatrice des bijoux Au Fil Perlé propose une collection « Oui » de bijoux de peau strassés pour le grand jour : www.aufilperle.fr

C'est l'bouquet !

Ce bouquet (qui est d'ailleurs, rappelons-le, censé être choisi et offert par le futur mari) vous suivra pendant toute la cérémonie et jusqu'à ce que vous le lanciez à vos copines célibataires ou non mariées, pour déterminer qui sera la prochaine.

Adressez-vous au fleuriste à qui vous avez déjà confié la déco, et demandez-lui des photos de ses réalisations récentes. Montrez-lui celles qui vous plaisent et décrivez-lui votre robe et vos envies.

Quelles fleurs choisir ? Prenez en compte les éléments qui suivent.

Couleurs et forme

- D'une manière générale, appliquez la règle des contrastes : choisissez un bouquet simple si votre robe présente un imprimé ou beaucoup de détails, lâchez-vous sur un bouquet plus sophistiqué si le style de votre tenue mise sur la sobriété.
- Idem au niveau des coloris : limitez-vous à deux teintes (+ feuillage) inspirées de celles de votre robe si vous vous mariez en couleurs. En revanche, si vous avez misé sur le blanc immaculé, un bouquet aux couleurs vives sera du plus bel effet.
- La règle des contrastes a ses limites, en particulier concernant l'univers de votre tenue. Par exemple, à robe champêtre, fleurs champêtres (marguerites, coquelicots, bleuets, gentiane…), à moins de vouloir semer la zizanie dans votre allure !
- Vous avez choisi votre robe en fonction de votre silhouette : faites de même avec le bouquet ! Évitez les bouquets trop volumineux si vous êtes ronde, vous risqueriez d'alourdir l'ensemble. Si vous êtes petite, misez sur des bouquets hauts plutôt que sur des formes en cascade.

Choix des fleurs

- Donnez la priorité aux fleurs de saison ! (Liste en images sur le site www.lamarieeauxpiedsnus.com/jolies-fleurs)
- Attention aux fleurs avec des pistils qui tâchent (comme les lys) : pensez alors à faire retirer les pistils.
- Pensez à la résistance des fleurs : par exemple, les fleurs sauvages fanent rapidement, les tulipes sont au contraire très résistantes.
- Vous rêvez d'un bouquet qui tiendrait sept ans ? C'est possible, grâce aux procédés de stabilisation des fleurs. En leur enlevant l'eau et en figeant leur évolution, les fleuristes équipés peuvent vous concocter des bouquets de « fleurs éternelles », aux couleurs éclatantes et au toucher très doux. Renseignez-vous, les tarifs sont (logiquement) plus élevés que pour les fleurs traditionnelles.

Fleurs et symboles

Si vous y êtes sensible, suivez le langage des fleurs :

- Roses rouges = passion
- Roses blanches et lys = pureté
- Tulipe = amour parfait
- Jasmin = amour voluptueux

Et du côté obscur de la force…

- Roses jaunes = infidélité
- Narcisses = froideur
- Glaïeul = indifférence
- Camélias blancs = amour dédaigné

La bonne idée

Les bouquets de fleurs naturelles sont, de loin, les plus répandus mais vous pouvez vous démarquer complètement en surprenant vos invités avec un autre type de bouquet. Quelques exemples : un bouquet de fleurs en papier, en tissu ou en crépon, un bouquet de boutons, de bonbons, de moulins à vent…

Les dessous

Ne vous mettez pas à leur recherche au dernier moment sous prétexte qu'ils ne se verront pas !

Les sous-vêtements de mariage doivent répondre à plusieurs contraintes :

- **Ils doivent d'abord être confortables :** c'est peut-être l'occasion de vous offrir un ensemble dans un joli magasin de lingerie, avec des tarifs plus élevés mais une qualité irréprochable.
- **Ils doivent mettre en valeur vos formes :** armatures pour dessiner une jolie poitrine, culotte sculptante pour effacer comme par magie un petit bidon…
- **Ils doivent être invisibles :** sans bretelles pour les bustiers, forme « coquilles » pour les dos nus, effet « peau nue » à coutures invisibles pour les robes fourreaux…

La jarretière : bonne ou mauvaise idée ?

Il s'agit d'un rite populaire dans lequel une sorte de ruban accroché à la jambe de la mariée est vendu aux enchères à l'assemblée… Des enchères que la mariée fait monter en exhibant sa jambe…

→

Bonne idée si...

- C'est une tradition familiale à laquelle vous ne voulez pas déroger.
- Le principe vous amuse et vous n'êtes pas contre récolter quelques billets au passage !
- Vous souhaitez mettre en scène ce rituel dans une ambiance rétro et populaire.

Mauvaise idée si...

- Vous êtes pudique, mal à l'aise, ou les deux.
- Vous trouvez ce rite vulgaire, ou il risque de heurter vos proches (Mamie Huguette, si tu m'entends...).
- Votre mari est très jaloux.

Le marié

Révolue l'époque où la tenue du marié passait un peu à la trappe ! Aujourd'hui, qu'il soit accro au shopping ou habillé pareil 6 jours sur 7 (« le dimanche, c'est survêt' »), votre futur mari a droit à tous les égards pour être au top le jour J. On ne va pas se mentir, les choses sont quand même plus simples pour lui, car les possibilités sont moins nombreuses.

Les styles de tenue

Une queue-de-pie

C'est le must du classicisme : une veste façon « chef d'orchestre », dont l'avant s'arrête net à la taille et l'arrière est prolongé par deux pans descendant en pointe jusqu'à l'arrière des genoux.
Symbole par excellence du mariage (très) tradi et (très très) mondain, il tombe actuellement en désuétude, au profit d'autres tenues comme la jaquette.

La jaquette

Il s'agit d'une veste dont les pans s'ouvrent au niveau du ventre, pour former un bel arrondi long jusqu'aux genoux.
Dans un mariage classique, elle est portée sur un gilet et une chemise. Avec un pantalon parfois rayé, et une lavallière, à mi-chemin entre la cravate et le foulard, fixée avec une épingle.

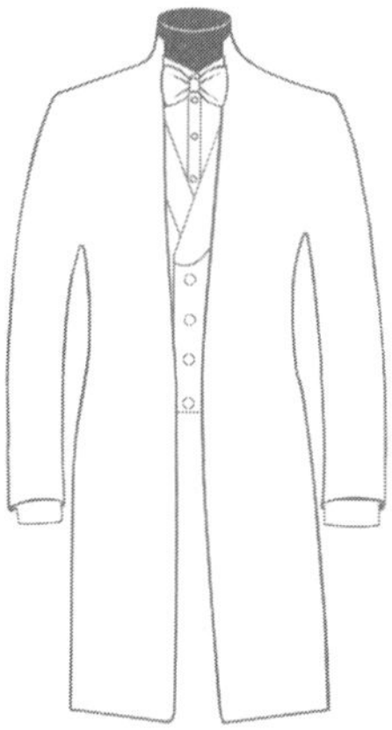

La redingote

Cette veste se porte à mi-cuisses et s'associe, comme la jaquette, avec chemise, gilet, pantalon et lavallière. Certains tailleurs proposent de retailler les redingotes après la cérémonie pour les transformer en veste classique.

Le costume deux pièces

C'est le plus fréquemment choisi par les mariés : composé d'une veste s'arrêtant aux hanches et d'un pantalon assorti, il peut être porté sur un gilet et une chemise, ou sur une chemise seule. L'avantage : le costume deux pièces pourra sans problème être réutilisé après le mariage.

Le complet trois pièces

Dans cet ensemble, le pantalon la veste et le gilet sont taillés dans le même tissu.

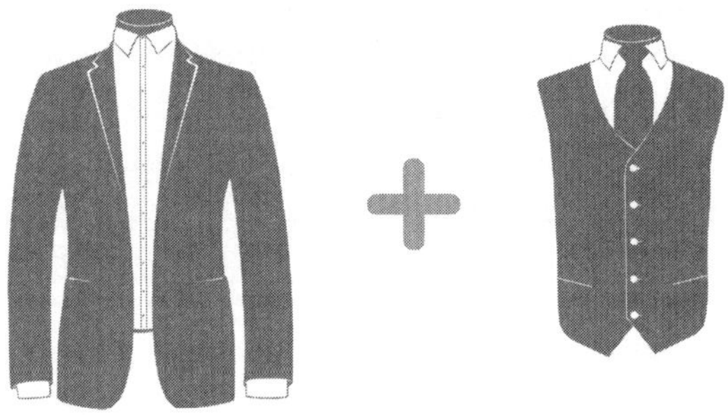

Option décontractée

Si votre futur mari se tape une crise d'urticaire quand vous prononcez le mot « queue-de-pie », ce n'est peut-être pas la peine d'insister. On vous le disait dans le chapitre consacré aux robes, l'essentiel est de sentir bien. Et la règle vaut aussi pour Monsieur ! Il correspondra peut-être plus à vos critères de départ en complet trois pièces, mais vous le trouverez sans aucun doute beaucoup plus épanoui et sexy dans une tenue « à la cool » dans laquelle il se sent bien.

Quelques idées pour un style décontracté :

- Remplacez le pantalon à pinces par un jean NEUF et BRUT (on a dit cool, pas destroy). Bleu foncé ou noir, c'est top.
- Laissez tomber la veste et optez pour une chemise et un veston, sans manches.
- À condition que la tenue arbore certains codes du mariage (cravate, chemise, veste…), les chaussures classiques peuvent être troquées contre des tennis de ville : mention très bien pour les Converse au look dandy, et dont les couleurs sont déclinables à l'infini. Une paire de Converse orange pour rappeler votre bouquet, c'est diablement tendance.

La bonne idée

Détail choc pour tenues chics, les chaussettes du marié s'amusent à prendre de la couleur. Lancez-vous ! Bleu turquoise comme les escarpins de Madame, vert anis comme la cravate ou rose fuchsia comme les tenues des demoiselles d'honneur…

C'est dans la poche ! Le cas des pochettes

Jugée ringarde, la pochette doit son nouveau salut aux mariés dandy, qui ont réussi à la faire revenir au rang des accessoires classes et sympas. Ce carré de tissu plié dans la poche de la veste est une bonne occasion d'apporter une touche de couleur à la tenue, et de faire un rappel avec les teintes choisies par la mariée pour sa tenue.

Le site www.pochette-square.com s'est spécialisé dans cet accessoire et propose des modèles pour tous les goûts.

Rendez-vous sur www.samhober.com (rubrique « How to fold pocket squares » en bas de page) pour apprendre à plier votre pochette.

Les boutons de manchette à la fête

Depuis le XVIIe siècle, le bouton de manchette est l'accessoire élégant par excellence. Fixé au niveau de la boutonnière de la manche des chemises à poignets mousquetaires, il est réservé au marié, à son père, au père de sa future femme et éventuellement aux témoins.

Bien qu'issus d'une tradition vieille comme le monde (ou presque), les boutons de manchette n'ont pas la connotation hyper-conformiste qu'on pourrait leur prêter. Ils sont au contraire parfaits pour ajouter une touche d'élégance à une tenue plutôt cool : si votre futur marié sera en jean ou ne sera pas, sachez que le trio jean + chemise à poignets mousquetaires + boutons de manchette est un accord gagnant.

Envie de jouer le décalage sur une tenue classique ? Affranchissez-vous des codes traditionnels en optant pour des boutons de manchette complètement décalés, comme un clin d'œil au thème de votre mariage ou à la passion dévorante de Monsieur : moto, ballon de basket, bus londonien, raquettes de tennis, « oui »... on continue, ou vous avez compris qu'il y en avait pour tous les goûts ?

Particulièrement craquante, l'idée de boutons de manchette destinés au papa de la mariée et mentionnant *I loved her first* (« Je l'ai aimée en premier ») : une bonne idée de cadeaux pour le premier homme de votre vie !

- www.etsy.com/shop/whitetruffle
- www.autrepairedemanches.fr
- www.boutonsdemanchette-shop.fr

La boutonnière

Lorsque vous aurez arrêté votre choix pour le bouquet de la mariée, demandez au fleuriste de vous mettre de côté quelques fleurs similaires, pour les fixer au costume du marié, à ceux de vos papas respectifs et ceux des témoins hommes.

Choisir la tenue en fonction de sa morphologie

Silhouette grande et mince : évitez les costumes trop larges et préférez les formes ajustées. Les épaulettes permettront d'augmenter la carrure.
Silhouette ronde : évitez les imprimés à carreaux et les rayures horizontales. Les rayures verticales allongent la silhouette et les gilets dissimuleront les ventres un peu ronds.
Silhouette petite : évitez les vestes longues et optez pour des costumes s'arrêtant au niveau de la taille.

Où la trouver ?

Achat

Plusieurs solutions s'offrent à vous selon le temps et le budget dont vous disposez :

- Les boutiques de prêt-à-porter pour hommes, et leurs collections « cérémonies ».
  L'avantage : si vous avez vos habitudes dans l'une d'elles, vous pourrez être sûr de trouver le costume dans lequel vous vous sentirez à l'aise. Il s'agit de vêtements accessibles et faciles à remettre.
- Les grands magasins
  L'avantage : la multiplicité des marques représentées et donc le choix, aussi bien en matière de style que de budget.
- Les tailleurs
  L'avantage : vous choisissez votre matière première, votre coupe, on prend vos mesures et on vous réalise un costume unique.

> **Le bon conseil**
>
> Quelques retouches seront sans doute nécessaires : ne vous y prenez pas au dernier moment !

Location

La tenue du marié est, la plupart du temps, symboliquement moins chargée que la robe de la mariée, moins investie émotionnellement. Aussi, de plus en plus de mariés se tournent vers la location de costumes : une bonne option quand on sait qu'on ne remettra pas sa tenue et qu'on refuse donc d'y consacrer trop d'argent… En plus, les costumes étant le plus souvent sombres et peu salissants, vous avez toutes les chances d'en trouver un impeccable, même s'il a déjà servi.

Les deux oursons, avec un large choix de modèles disponibles aussi en ligne, sur www.lesdeuxoursons.com. Pour la recherche de chaque élément de la tenue, vous pouvez préciser vos envies en cochant des caractéristiques particulières : fil à fil foncé, fil à fil clair…

Il faudra vous déplacer dans le 6e arrondissement de Paris pour découvrir les smokings, jaquettes et chapeaux à louer dans la boutique **Au cor de chasse** (www.au-cor-de-chasse-location-vetements.fr).

À Toulouse, adressez-vous à **Stilbo** (www.stilbo.fr) au moins deux mois à l'avance, pour des questions de stock.

En Normandie, mention très bien pour Suite 61 (tapez « Suite61 » dans le moteur de recherche « prestataires » de www.1001mariages.com).

Alliances : se mettre la bonne bague aux doigts

Les mêmes… ou pas

Il n'y a aucune règle en la matière.

Pour le symbole, les alliances qui se « répondent » sont sympas : si vous voulez avoir les mêmes, optez pour des modèles très classiques, comme **un anneau simple**. Une solution à envisager aussi si votre budget est serré.

Elles peuvent aussi se distinguer par quelques détails : or jaune pour l'un, blanc pour l'autre, des diamants ici et pas là, une différence d'épaisseur…

Mais vous devez avant tout vous sentir à l'aise avec cette bague qui vous accompagnera toute votre vie. Si votre futur mari n'est pas coutumier des bijoux et que vous en raffolez, mieux vaut opter pour un modèle simple pour lui et vous autoriser quelques fantaisies sur la vôtre.

Le style

Le jonc reste le modèle le plus classique et le plus courant.

Le modèle **trois anneaux**, avec or blanc, or jaune et or rose dessiné par Jean Cocteau a rencontré un tel succès au fil des ans qu'il fait aujourd'hui figure de nouveau classique.

Des **pierres précieuses** peuvent venir orner l'anneau, comme un diamant seul, symbole d'éternité, ou un pavé de petits diamants.

Les joailliers prennent de jolies libertés au niveau des formes et on trouve désormais des anneaux taillés comme **de la dentelle fine**, formant des vagues ou en forme de fleurs.

Depuis quelques années, la palme de la tendance revient aux bagues « **chaînettes** », constituées d'une simple et délicate petite chaîne, éventuellement ornée d'un diamant.

Vu chez Dior : une alliance dont l'anneau clame son enthousiasme en formant le mot « oui », sur le devant de la bague. Apparue il y a une demi-dizaine d'années, elle fait de plus en plus d'émules parmi celles qui s'autorisent à jouer avec les codes conventionnels.

La bonne idée

Une bague originale convient particulièrement bien si vous n'avez pas eu de bague de fiançailles : vous aurez alors, en plus de l'anneau symbolique, le plaisir d'un bijou à votre image qui vous suivra toute votre vie.

Les métaux

Le plus souvent, les alliances sont en **or blanc ou jaune**. C'est l'or 18 carats qui est le plus résistant, avec une composition de 75 % d'or pur et de 25 % de mélange de métaux. Éventuellement paré de pierres colorées pour ces dames, l'or peut être laissé tel quel ou être strié en version hommes.

Le platine est aussi très utilisé pour ses qualités de brillance et de résistance. 25 fois plus rare que l'or, il est aussi plus cher... Petite différence avec ce dernier : le platine n'étant pas très malléable, il est utilisé à l'état pur.

Le titane est de plus en plus sollicité en raison de son bon rapport qualité/prix : très résistant, il est néanmoins léger, et donc moins cher que le platine. Il peut être mélangé avec de l'or, de l'or gris, et peut être serti de diamants.

Le bon conseil

Il est d'usage que l'alliance soit de la même couleur que la bague de fiançailles. C'est loin d'être une obligation, et osez prendre des libertés si le cœur vous en dit ! Vérifiez néanmoins toujours que les deux bagues s'accordent harmonieusement.

La gravure

Il s'agit d'une tradition, mais aussi d'un symbole très romantique à côté duquel il serait dommage de passer... Faire graver vos alliances, c'est imprimer pour toujours dans vos têtes et au creux de vos mains la date du jour de votre union (avec ça, il/elle ne devrait rater aucun anniversaire de mariage !), ou le prénom de votre dulciné(e).

Vous pouvez aussi y faire graver quelque chose de plus personnel : le titre de la chanson sur laquelle vous vous êtes embrassés la première fois, le lieu de votre mariage, le prénom de votre enfant, vos surnoms...

La bonne idée

Quand vous achetez une alliance, la plupart des bijoutiers offrent la gravure. Posez tout de même la question ! Prévoyez un délai de deux semaines pour la gravure.

Le cortège

C'est ici du cortège d'enfants que l'on parle : si vous avez choisi d'être « escortée » par vos amies, reportez-vous p. 274 ! Les enfants apportent toujours aux mariages une touche d'émotion et de candeur inimitable. Quoi de plus mignon que de voir deux petits enfants d'honneur danser la ronde, comparer leurs tenues ou s'emparer discrètement des pièces récoltées pendant la quête ? (hum…) Le cortège vous accompagnera dans les moments forts de votre mariage et les enfants prendront la pose sur une grande partie des photos. Nos conseils pour leur dégoter une tenue à la hauteur de leurs mignonnes petites bouilles.

Le style des tenues

Fixez-vous d'abord sur le genre de vêtements que vous aimeriez les voir porter.

Prenez en compte vos envies (BCBG ? simple ? décalé ?) et le thème de votre mariage. Un mariage bohème mettra à l'honneur les robes en coton léger et fleuri, un mariage sur le thème de la danse ou de la musique les tutus, les justaucorps, les petits chaussons…

Cette étape vous dirigera tout droit vers le type de boutiques dans lequel vous trouverez votre bonheur.

Où les trouver ?

D'une manière générale, il y a deux solutions :

1. Si, pour les enfants d'honneur, vous voulez des **tenues chics dans un esprit très cérémonie**, regardez du côté :

- Des boutiques spécialisées.

Par exemple, www.lespetitsinclassables.com. Des tenues ravissantes que vous pourrez acheter en ligne, toujours dans un esprit chic et plutôt classique.

La bonne adresse

www.artisanatmonastique.com, rubrique « Mariage/Cortège ».
Les moines et moniales fabriquent artisanalement des tenues qu'ils vendent à prix tout doux pour subvenir à leurs besoins. Pour plus d'infos et la liste des boutiques : www.artisanatmonastique.com

– Des grandes marques moyen et haut de gamme pour enfants
C'est la solution de facilité (ces magasins franchisés sont présents dans la plupart des grandes villes) et la garantie de tissus de qualités, de coupes raffinées et de détails élégants, même pour les modèles les plus simples. Certaines de ces marques proposent même des collections « cérémonie ».

- www.cyrillus.fr
- www.tartine-et-chocolat.fr
- www.jacadi.fr
- www.acanthe-paris.com

2. Si vous avez envie de **quelque chose de moins « mariage »**, et/ou que vous n'avez pas beaucoup de budget à consacrer à ce poste, faites simple en vous rendant dans des boutiques de prêt-à-porter pour enfants ou sur les sites Internet des grands VPCistes. Vous y trouverez forcément votre bonheur à petit prix, que vous ayez ou pas au départ des critères précis en termes de couleurs, de style…

On craque en particulier pour les jolies robes des marques « Bout'chou » et « CFK » de Monoprix. Les collections varient d'un magasin à l'autre, n'hésitez pas à vous aventurer dans les rayons dès que vous croisez un Monop' ! www.monoprix.fr

Si vous avez **zéro budget** pour ce poste, pas de panique. C'est traditionnellement aux mariés (ou à leurs parents) de financer les tenues du cortège. Il ne serait pas très délicat d'imposer cette dépense aux parents des enfants, alors une solution simple consiste à déterminer seulement une couleur et à laisser les parents piocher dans la garde-robe de leurs têtes blondes.

Exemple : donnez un thème « blanc ». Les parents n'auront pas de mal à trouver des petites robes, des jupes, des bermudas et des tee-shirts de cette couleur et, le cas échéant, ne verront sans doute pas d'inconvénients à sortir quelques euros de leurs poches pour des vêtements que les enfants pourront porter tout l'été. Prévoyez éventuellement des ceintures ou des foulards de couleur pour accessoiriser et coordonner le tout. Puisqu'on vous dit que ce n'est pas compliqué !

Les bouquets des enfants

Version classique, les enfants pourront porter le même bouquet que la mariée, mais d'une plus petite taille.

Pour un cortège original, confiez-leur plutôt un moulin à vent, un bouquet de bonbons, des petits paniers, une gerbe de ballons, ou même des jolis jouets vintage (peluches, poupées…) !

Le bon conseil

Anticipez sur la probable croissance des enfants dans l'année à venir : prévoyez des chaussures d'une pointure supplémentaire, et acheter des semelles au cas où. Pour les tenues, ne faites l'ourlet définitif qu'un mois avant.

Les témoins

Si rien ne vous oblige à les différencier du reste de vos invités, sachez qu'une petite cohérence dans leur tenue peut être très sympa : non seulement pour une question purement esthétique, parce qu'ils seront présents sur de nombreuses photos. Mais aussi parce qu'ils auront le jour J un rôle symbolique particulier et qu'un petit repère visuel pour les reconnaître et les distinguer est aussi une façon de les remercier…

Les témoins de la mariée

Entre les témoins de la cérémonie civile et ceux de la cérémonie religieuse, ils peuvent constituer une sacrée brochette de filles ! Dans les mois et semaines précédant le mariage, vous aurez sans doute l'occasion de discuter de leur choix de tenue. Libre à vous de leur laisser carte blanche ou de leur donner quelques indications.

En fonction de vos goûts, d'abord. Si vous êtes allergique au bleu, c'est le moment de leur faire savoir. Si vous êtes superstitieuse, expliquez-leur gentiment que le jaune c'est sympa, mais pas pour un mariage (c'est la couleur de l'infidélité...). Au contraire, si vous êtes obsédée en ce moment par le vert et que vous en avez fait la couleur de votre mariage, vous pouvez leur dire que vous seriez super-contente qu'elles en portent au moins une touche.

En fonction de votre propre tenue aussi : si vous êtes entièrement en blanc, aucun risque de faux pas. Mais si vous tenez à être la seule touche fluo de la journée (ces escarpins orange fluo, une pure merveille...), mettez-les sur la voie d'autres couleurs plus douces...

Attention à ne pas paraître trop directive : ce sont vos témoins qui financeront leur tenue et chacune fera en fonction de ses possibilités.

La tendance demoiselle d'honneur

La différence avec les témoins, c'est qu'elles constitueront aussi votre cortège. Aux États-Unis, les cortèges sont uniquement composés d'adultes, et si l'image paraissait kitch il y a quelques années, c'est aujourd'hui la tendance qui émerge, et qui risque de relayer dans quelques années les cortèges d'enfants au rang de tradition « rétro » (au mieux), ringarde (au pire)...
C'est une solution à envisager si vous n'avez pas fait venir d'enfants à votre mariage, mais aussi si vous souhaitez que ce soit vos amis qui remplissent ce rôle très symbolique d'accompagnement propre au cortège.

→

Dans ce cas, vous les accompagnerez dans le choix de leurs tenues, selon **deux solutions** :

1. Leur prévoir exactement la même tenue.
Le + : on les identifie tout de suite et elles forment le jour J et sur les photos une équipe de choc entièrement assortie.
Le - : pas facile de trouver un modèle, une couleur et une forme qui aillent à toutes les silhouettes et toutes les carnations... Vos demoiselles d'honneur doivent se sentir à l'aise dans leurs tenues, et pour peu qu'elles n'aient pas les mêmes goûts, vous risquez d'avoir du mal à trancher...
Si vous choisissez cette option, il est normal que vous régliez la note, puisqu'elles n'auront pas le choix de leur achat.

2. Opter pour une simple cohérence entre elles.
Ici, vous définissez une couleur ou une palette de teintes. Vous les laissez choisir ou vous les accompagnez pour le choix du modèle.
Vous pouvez aussi, si elles vous donnent toutes leur accord de principe, leur laisser carte blanche en indiquant simplement un code couleur, et leur prévoir (à votre charge) un signe distinctif commun : bouquet, couronne de fleurs, foulard, broche, bijou de cheveux...

Les témoins du marié

Si le marié est en jaquette, il est d'usage que ses témoins le soient aussi.

Si le marié et ses témoins portent la même tenue, l'heureux élu devra marquer sa différence en portant un signe distinctif : un gilet, une pochette, un chapeau... (Histoire qu'on n'aille pas féliciter son pote Damien, qui vient justement de se faire larguer.)

Pour distinguer les invités les plus proches du marié (témoins, mais aussi père, frères...), ils peuvent orner leur veste d'une boutonnière, petite broche florale (fleur et feuillage) fournie par les mariés, dans les codes couleur du mariage.

La bonne idée

Accessoirisez vos témoins ! Pour distinguer vos témoins du reste des invités, place à des accessoires décalés et sympas : lunettes de couleurs pour les filles, chaussettes flashy (bleu, rose, vert…) pour ces messieurs.

Les invités

Le choix du « dress code »

Certains mariés décident de jouer le jeu de leur thème jusqu'au bout, en mettant en place un « dress code » pour les invités.

Ces indications dans le choix des vêtements peuvent aller du déguisement (thème cirque, sport, voyages…) au simple accessoire (nœuds pap' et chapeaux, lunettes de soleil…), en passant par une couleur (blanc, bleu, argent…).

Dans tous les cas, et surtout si vous faites un gros mariage mélangeant les générations, suggérez ce « dress code » plutôt que de l'imposer. Certains invités pourraient ne pas être enchantés par l'idée : inutile qu'ils se sentent mal à l'aise !

Les parents et les beaux-parents

Le père et le beau-père portent, dans la tradition, un costume quasi identique à celui du marié. Si le marié est en costume, on évite la queue-de-pie pour Papa et Beau-Papa, histoire qu'ils ne lui volent pas la vedette.

Pensez aussi à la boutonnière, évoquée précédemment.

Pour votre mère et votre belle-mère, vous pouvez, comme pour vos témoins, leur suggérer une couleur, un style, qui vous paraît en harmonie avec le reste des tenues.

Mais n'oubliez pas que vous n'avez pas le même âge et que l'idée n'est pas de leur imposer une tenue dans laquelle elles ne seront pas à l'aise.

Elles seront sans doute curieuses d'avoir votre avis sur leurs choix : n'hésitez pas à les accompagner dans leurs derniers essayages, pour les aider à se décider et profiter ensemble d'un moment de complicité. Une jolie façon de leur montrer que leur présence compte, et de les remercier de leur implication.

L'ESSENTIEL POUR LES TENUES

- En dehors des robes de mariée classiques, pensez aussi, pour des questions de budget ou de style, aux modèles « mariage » des boutiques de prêt-à-porter et aux jolies petites robes blanches des magasins que vous aimez.
- Allez piocher sur Internet les détails qui vous font craquer : forme, encolure, dos, manches, matière…
- Comptez trois à quatre essayages, quand vous aurez trouvé la bonne.
- Pensez aux petits détails (accessoires, traîne amovible…) qui permettront à votre tenue d'évoluer pendant la journée.
- Accordez un soin particulier à la recherche des accessoires, qui peuvent être un moyen de jouer quelques notes décalées sur une robe classique.
- Pour Monsieur, adaptez la tenue à sa morphologie et surtout à son style : un marié en joli jean foncé, chemise-cravate et Converse, c'est le must de la tendance !
- Choisissez vos alliances : privilégiez la qualité, quitte à choisir un modèle très simple, elle devra être très résistante au temps…
- Pour votre cortège d'enfants, dirigez-vous vers les boutiques spécialisées ou les magasins de prêt-à-porter, selon le style recherché. Vous pouvez aussi confier aux parents le soin de les habiller, en indiquant seulement un thème couleur.
- Pour vos témoins, créez une cohérence en donnant un thème couleur, ou jouez sur les détails : chaussettes flashy pour les garçons, grosses lunettes de soleil pour les filles.

La beauté, ou « ce soir on sera les plus beaux pour aller se marier »

Que vous maniiez le pinceau à maquillage comme personne ou que vous pensiez que le blush est une technique au poker, impossible de faire l'impasse sur l'étape mise en beauté. (Oui, même si votre futur mari vous dit tous les matins que vous n'êtes jamais aussi belle qu'au saut du lit.) Pourquoi ? Pour voir l'admiration dans les yeux de votre presque-époux quand vous arriverez, pour entendre les « oh » et les « ah » de vos invités et, surtout, pour vous sentir belle, parce que c'est aussi un critère de réussite de votre mariage. Et tant pis si cela peut sembler superficiel ! Vous avez sans doute remarqué comme les journées paraissent plus douces quand votre reflet vous renvoie une image flatteuse et que vous vous sentez jolie. Ce jour-là, ce sera pareil mais puissance 1 500 environ. Alors, prête à rayonner ?

La coiffure : grand jour aussi pour vos cheveux

Si vous excellez dans l'art des soins capillaires et dans la maîtrise du fer à lisser, vous savez comme une coiffure peut tout changer. Si vous êtes plutôt du genre « mono-coup de brosse », vous pourriez être surprise des effets d'une coiffure sophistiquée et adaptée à votre visage et votre style…

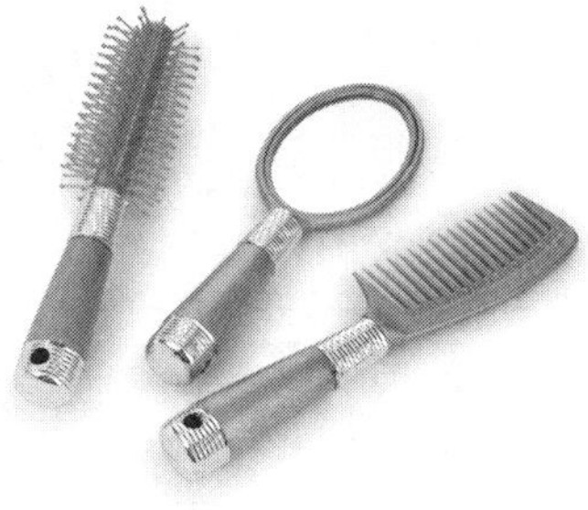

Trouver votre coiffure

Mode d'emploi

Si les possibilités de coiffure semblent plus nombreuses sur cheveux longs, il existe en réalité une multitude d'options quelle que soit votre coupe d'origine. Avant de vous rendre chez votre coiffeur, déterminez déjà le style qui vous plaît.

En fonction de la robe : vous pouvez jouer la cohérence en choisissant une coiffure de la même inspiration que votre robe. Tressée avec une robe bohème, chignon flou avec une tenue rétro… Ou au contraire jouer le contraste, pour surprendre et équilibrer une caractéristique un peu trop prononcée de votre robe. Par exemple, une robe vaporeuse esprit princesse s'accorde spontanément avec un chignon classique sophistiqué, mais prend du « peps » et une jolie dose de fraîcheur avec un petit carré court.

En fonction de vous : cette journée est la vôtre. Vous avez choisi ce thème parce qu'il vous définit tous les deux, et cette robe parce qu'elle vous ressemble. Quel dommage de tout gâcher avec une coiffure dans laquelle vous serez mal à l'aise ! Votre mariage, c'est bien sûr l'occasion ou jamais de miser sur la sophistication, d'en faire plus que les autres jours. Mais ne tombez pas dans l'écueil de faire des choix qui ne vous ressemblent pas, en particulier en matière de coiffure. Non seulement vous ne serez pas à l'aise, mais en plus vos proches auront du mal à retrouver dans cette mariée, certes jolie, la fille, la fiancée, l'amie, la nièce qu'ils connaissent. En résumé, soyez vous… en mieux, mais pas une autre ! Si vous avez une crinière folle que vous jalousent vos amies, ce n'est pas le moment de les lisser façon baguettes. Si vous êtes brune, ce n'est pas le moment de tenter le blond platine. Si vous avez toujours porté les cheveux longs, ce n'est pas le moment d'oser la coupe garçonne. Oui, même si elle vous irait sans doute à ravir. Vous pourrez l'adopter pour partir en voyage de noces.

Créez-vous un carnet de styles : dans votre carnet d'inspiration (voir p. 42), consacrez une partie à la coiffure. Collez-y des pages de magazine avec des coiffures qui vous plaisent. Regardez du côté de la presse « mariage », bien sûr, mais pas que : si vous n'êtes pas adepte des coiffures trop sophistiquées, visez au contraire la presse féminine généraliste.

Pour un carnet de styles virtuel, créez-vous un Pinterest (voir p. 43) spécial « coiffures ». Reportez-vous p. 285 et 357 pour connaître les sites et blogs qui pourraient vous donner les plus belles idées en matière de cheveux.

Les grandes catégories de coiffures de mariées

Les coiffures du jour J peuvent être divisées en trois grands types qui règnent sur le domaine du mariage.

Les cheveux détachés

Un vent de liberté souffle sur les cheveux, qui s'affranchissent du traditionnel chignon pour s'en aller caresser les épaules et les dos des fiancées. On mise sur le raffinement avec une matière, une texture et une tenue irréprochables : parfaitement lissés, délicatement ondulés ou ornés d'un bijou de cheveux, les cheveux détachés s'attachent à révéler toute l'élégance des jolies mariées.

Les chignons

C'est la coiffure emblématique des mariées. En dégageant le visage, il paraît l'offrir aux regards admiratifs, et se décline en mille façons témoignant toujours de sa sophistication.

Chignon haut perché, bas, et même sur le côté, chignon banane, star du moment pour son allure rock et travaillée, chignon piqué de fleurs, agrémenté d'un diadème, de perles ou de plumes, chignon haute couture à la forme hyper-structurée : si vous souhaitez marquer le coup grâce à une coiffure somptueuse que vous n'aurez pas d'autres occasions d'arborer, c'est par le chignon que vous devez vous laisser tenter.

Le court

Révolue l'époque où mariée rimait forcément avec cheveux jusqu'aux pieds (ou presque). Aujourd'hui, le court joue dans la cour des grands et dévoile ses talents en dévoilant une nuque gracieuse et un visage qui ne joue pas à cache-cache.

Qu'il s'agisse d'un carré court ou d'une coupe à la garçonne, soyez irréprochable sur la brillance : votre coupe devra attirer la lumière pour révéler son raffinement, tout en procurant un éclat global à votre visage. Certains salons de coiffure proposent une technique permettant de maximiser la brillance : c'est le cas par exemple du Gloss, chez Jean-Louis David.

Sur le court, pour marquer la différence sans tout changer, jouez également sur la matière : lissés ou froissés, texturisés ou plaqués...

Enfin, la simplicité de votre coupe et de votre coiffure vous offre le privilège de pouvoir vous régaler avec les bijoux de cheveux (voir encadré ci-après) sans craindre d'en faire trop... Profitez-en !

Mémo-morpho

Visages ronds

La coiffure doit allonger au maximum le visage : des cheveux détachés y contribueront très bien.

Deux autres « trucs » pour amincir les traits : dégager le front et accentuer le haut du visage grâce à une coque (voir encadré « Les 3 détails » en page

→

suivante), ou opter pour une raie sur le côté au lieu d'une raie au milieu, qui a tendance à alourdir les traits.

Visages allongés
Évitez le style « haut perché », qui accentuera la sensation de longueur. Rééquilibrez plutôt les volumes, en apportant du gonflant aux côtés et en étoffant la partie inférieure du visage, par exemple grâce à un chignon bas tombant sur la nuque.

Visages carrés
Objectif : adoucir les traits. Réduisez au maximum le volume sur les côtés et concentrez-le sur le dessus ; optez pour des coiffures floues, avec des mèches paraissant flotter, des ondulations irrégulières...

Les 3 détails coiffure qui ont le vent en poupe

Top 3 : le headband. Plusieurs années déjà qu'il est la star des mariages, sans toutefois prendre la grosse tête. Pour découvrir des modèles sublimes créés expressément pour les mariées, rendez-vous sur www.tand3m.fr.

Top 2 : le « tie and dye ». C'est LA tendance coloration qui fait fureur depuis quelques saisons, et les mariées ne font pas exception. Le principe : décolorer uniquement le bout des mèches, afin d'obtenir deux couleurs sur la longueur. Dit comme ça, ça peut étonner mais le résultat est probant. Et rock. Et furieusement tendance.

Top 1 : la coque. Vous n'avez pas pu passer à côté. Elle fait fureur sur les tapis rouges comme dans les lieux huppés, et les mariées n'ont pas tardé à s'approprier ce code rock pour insuffler à leur tenue un souffle de modernité. Elle consiste à opter pour un volume XXL au-dessus du crâne, en prenant une large mèche de cheveux et en la bombant au maximum avant de la fixer pour la maintenir ultra-rigide. Autre atout de taille : elle peut accompagner aussi bien un chignon classique que des cheveux détachés et lisses, une coupe sage et mi-longue, une tresse bohème...

Trouver votre coiffeur

Ça y est, vous savez à peu près ce que vous voulez ? Il ne vous reste plus qu'à trouver celui qui vous sublimera en quelques pinces et coups de ciseaux.

Votre coiffeur habituel ou un autre ?

Votre coiffeur devra se trouver à proximité du lieu de la célébration : si vous vous mariez dans la ville où vous vivez, vous avez sans doute **votre coiffeur attitré**. Commencez par vous renseigner auprès de lui. Il vous connaît, vous êtes en confiance avec lui, et ce sont deux critères essentiels.

Si vous vous adressez à un autre coiffeur chez lequel vous n'êtes jamais allée, commencez idéalement par une **coupe d'entretien classique** : son écoute, la relation qui s'instaurera entre vous sont des éléments importants à prendre en compte, avant de passer éventuellement à l'étape essais de coiffure.

Si vous avez un coup de cœur pour un coiffeur qui ne se trouve **pas dans la ville** de votre cérémonie, demandez-lui s'il accepte de se déplacer, et à quel prix !

Pour une coiffure très typée « mariage »

Dans les **grands salons de coiffure franchisés**, il existe souvent des forfaits « mariage » : les coiffures proposées y sont très axées… « mariage ». Parfait donc si c'est votre envie, à éviter si vous souhaitez une mise en beauté capillaire sans chichis.

Au salon ou à domicile ?

Préférerez-vous être coiffée au salon ou chez vous le jour J ? Pour certaines mariées angoissées, le service de **coiffure à domicile** est un vrai plus : pensez à demander à votre coiffeur s'il accepte de procéder ainsi.

Zoom sur les « tutos-coiffure »

La toile regorge de vidéos (ou de séries de photos) mises en ligne par des professionnels ou des blogueuses beauté, proposant des pas à pas pour créer la coiffure de vos rêves. Si certaines techniques paraissent accessibles tant les explications sont claires, d'autres demandent une expertise et deux mains supplémentaires : ok pour économiser sur ce poste et vous aider des tutos, mais seulement pour les coiffures les plus simples ! (Si vous avez les cheveux courts, ou que vous souhaitez simplement une tresse frontale...).

Si vous avez l'intention de confier vos cheveux à un professionnel, n'hésitez pas malgré tout à aller regarder quelques vidéos pour vous donner des idées et, si vous avez le coup de cœur, pouvoir montrer à votre coiffeur ce que vous attendez de lui !

À découvrir...

- Les tutoriels et pas à pas très efficaces d'Aufeminin.com sur www.aufeminin.com, (rubriques « Beauté », « Cheveux ») et surtout sur la chaîne AufemininBeauté sur www.youtube.com.
- Les tutos très bien fichus et nombreux de CosmoTV, en trois minutes chrono : www.cosmopolitan.fr, (rubriques « Beauté », « Vidéos beauté »). (En dernière page, une vidéo est consacrée au chignon de mariage).
- Les vidéos hyper léchées et instructives de *Elle*, faisant régulièrement appel au coiffeur star Fred : http://videos.elle.fr, rubrique « Beauté ».
- Les vidéos canons du fameux Fred, coiffeur le plus tendance du moment, sur son site http://cutbyfred.com, rubrique « Tutorials ».
- Les centaines de vidéos disponibles sur www.youtube.com et www.dailymotion.fr, via les chaînes de bloggeuses (cf. liste p. 349) ou simplement en tapant « coiffure » ou « coiffure mariage ».
- Pensez aussi à vous rendre régulièrement sur les blogs beauté (nos bonnes adresses p. 349) et les sites consacrés au mariage (voir p. 357) qui proposent ponctuellement des tutos coiffure.
- Et en petit cadeau, pour la route : la coiffure de mariage de Kate Middleton en tapant ces mots sur www.youtube.com par Autrement TV.

Les essais

Apporter à votre coiffeur votre **carnet de styles** (ou votre téléphone pour lui montrer vos *boards* Pinterest, voir p. 43). Avant de voir si les coiffures en question sont réalisables sur vos cheveux, si elles vous iront, il pourra cerner votre univers, le style que vous recherchez. Pensez aussi à lui apporter des **photos de votre robe** (de face mais aussi de dos), afin qu'il puisse en tenir compte. Enfin, suivez ces quatre règles pour une entente et un résultat parfait :

1. **Faites-lui confiance :** s'il vous déconseille cette coiffure, ce n'est pas pour vous contrarier, mais parce qu'il sait que votre visage ne sera pas mis en valeur.
2. **Soyez sincère :** gardez vos scrupules et votre bonne éducation pour un autre jour, et si la coiffure ne vous plaît pas, dites-lui. Ce n'est que comme ça qu'il pourra se rapprocher de vos attentes.
3. **Soyez pointilleuse :** les essais sont l'occasion de menus ajustements. Cette raie est trop à gauche ? Cette mèche trop large ? Toutes vos remarques sont bonnes à prendre.
4. **Prenez des photos de votre coiffure** et demandez-lui d'en prendre de dos. Vous pourrez ainsi les regarder, à froid, pour mieux vous rendre compte.

À partir du moment où l'on a bien cerné le style du coiffeur, il est en pratique très rare d'être vraiment déçue de la séance d'essai : pour faire d'une pierre deux coups, fixez-la **le jour de vos fiançailles**. Vous verrez ainsi ce que rend la coiffure dans une tenue apprêtée, et vous pourrez aussi observer sa tenue au fil de la journée.

Enfin, pensez à lui apporter **votre voile** lors de votre essai, pour qu'il sache où et comment le placer. Une fois le voile fixé, bougez (naturellement hein, un poirier n'est pas nécessaire !) pour vérifier que la coiffure et le voile tiennent correctement.

Une **séance d'essai** est normalement comprise dans le tarif annoncé pour la coiffure de mariage. Mais si vous sentez qu'un autre essai est nécessaire, offrez-vous ce petit extra (vous pourrez sans doute alors négocier le prix) : mieux vaut bien savoir ce que vous voulez, car vous n'aurez pas le temps d'improviser le jour J !

Le maquillage, ou l'art de révéler qui vous êtes vraiment

Comme pour la coiffure, vous aurez quelques essais à faire avant le jour J afin de déterminer la mise en beauté qui vous va le mieux.

Qui ?

Les professionnels

Si vous avez un budget mini, n'envoyez pas valser tout de suite la possibilité de vous faire maquiller par une professionnelle : elle utilisera **son propre matériel** et la prestation peut donc revenir moins cher qu'un maquillage « maison » avec produits à votre charge.

Souvent, la même personne peut s'occuper **de la coiffure et du maquillage**. Si vous avez trouvé la perle, foncez. Ce sera logistiquement plus simple pour les essais et le jour J, et en rentrant dans le cadre d'un forfait, cette prestation sera moins chère que si vous faites appel à deux professionnels.

Si votre coiffeuse ne maquille pas ou que vous n'êtes pas fan du style, adressez-vous à votre **esthéticienne**. Certaines acceptent de se déplacer à domicile le jour J.

Se maquiller soi-même

Si vous vous maquillez tous les jours et que vous voulez un maquillage 100 % fidèle à vous, **faites-le vous-même !** C'est le choix qu'a fait Kate Middleton pour son mariage… Un choix princier donc !

Si vous comptez vous maquiller seule, demandez des **échantillons** en parfumerie. Vous pourrez les tester avant le jour J et investir seulement dans LE fond de teint idéal… Ou demander poliment un autre échantillon de ce produit.

Rendez-vous sur les blogs beauté qui fourmillent sur le net, alternant conseils techniques et présentation des meilleurs produits du moment. Certains d'entre eux possèdent des chaînes Youtube réunissant des vidéos maquillage de qualité.

- Super by Timai : www.superbytimai.com
- Mon blog de fille : www.monblogdefille.com
- Babillages : www.babillages.net
- Je suis unique : www.jesuisunique.net
- Beauté blog : http://beaute-blog.blogspot.fr
- Lisa Eldridge : www.lisaeldridge.com (anglais)
- La vie en blonde : www.lavieenblonde.fr, et sa chaîne Youtube : www.youtube.com/user/MathildeL87
- Elsa Make Up : www.elsamakeup.com, et sa chaîne Youtube : www.youtube.com/user/elsamakeup
- Les conseils de Julie : www.lesconseilsdejulie.fr, et sa chaîne Youtube : www.youtube.com/user/Julielovesmac07
- Et Pourquoi Pas Coline : www.etpourquoipascoline.fr, et sa chaîne Youtube : www.youtube.com/user/eppcoline

Reportez vous aussi à la p. 285, contenant les adresses des chaînes « télé » des sites internet féminins, dans lesquelles vous pourrez trouver des tutoriels maquillage en vidéo.

La solution intermédiaire

Les **« bars à beauté »** ont connu un véritable essor ces dernières années : en parfumeries et grands magasins, on pourra ainsi vous proposer une mise en beauté (maquillage, épilation des sourcils…) à prix très intéressant. Si le principe de départ est de pouvoir s'y rendre sans rendez-vous, ne prenez pas de risque et annoncez votre venue au moins deux jours avant.

Dans ce type de bars, on vous fait en dix minutes un maquillage de base pour une dizaine d'euros. À quelques semaines du jour J, offrez-vous deux ou trois séances avant un dîner, une soirée : la maquilleuse vous délivrera **des conseils** que vous pourrez reproduire le jour J.

- Beauty Bar Sephora : www.sephora.fr
- Beauty Bar M.A.C : www.maccosmetics.fr

- Brow bar Benefit (bar à sourcils) chez Sephora : www.benefitcosmetics.com, www.sephora.fr
- Le Tokyo Lash Bar de Shu Uemura (faux cils et maquillage des yeux) : www.shuuemura.fr

L'option « appel à une amie »

Si vous avez **une bonne copine** qui manie bien le pinceau, demandez-lui cette faveur. Elle connaîtra vos goûts, vos habitudes et vous serez à l'aise pour lui faire part de vos remarques et de vos réserves.

Comment ?

Les 10 commandements

❶ **Ton visage tu respecteras.** C'est lui qui doit principalement vous guider dans le choix du style de votre maquillage. Car vous devrez avant tout respecter la forme de votre visage, votre carnation, la couleur de vos yeux…

❷ **Tes habitudes tu garderas.** Si vous ne mettez jamais de rouge à lèvres, inutile de faire péter le rouge carmin, avec lequel vous ne serez pas à l'aise. Laissez tomber aussi les fards à paupières originaux si vous n'en portez jamais.

❸ **Néanmoins, un petit changement tu opéreras.** Ne vous maquillez pas en quelqu'un d'autre, mais trouvez tout de même le petit détail qui fera la différence. Bousculez une de vos routines beauté, pour marquer le coup et ne pas adopter le même maquillage que tous les autres jours de l'année ! Un trait d'eye-liner, une couleur plus prononcée que d'habitude sur les lèvres, des faux cils vertigineux…

❹ **Ta carnation tu respecteras.** Les modes changent, les critères de beauté évoluent, mais rien à faire, on a quand même envie, même avec une peau de porcelaine, d'afficher le jour J un joli teint hâlé. Si votre peau est très claire, évitez à tout prix le « beauty faux pas » qui consiste à mettre un fond de teint foncé, ou à vous recouvrir le visage de poudre de soleil. Plutôt qu'un teint hâlé, misez sur un teint bonne mine. Choisissez un fond de teint proche de votre carnation (une teinte en dessous, c'est l'idéal) et balayez EN DOUCEUR les parties bombées de votre visage avec un gros pinceau de poudre de soleil. Un coup de blush par-dessus tout ça et le tour est joué.

❺ **Sur ton regard tu insisteras.** C'est dans vos yeux que passeront toutes les émotions, et à ce niveau-là vous serez servie ! Soignez donc le maquillage de votre regard, en trouvant une couleur de fard qui soulignera l'éclat de vos yeux et en vous faisant des cils dignes d'une diva.

❻ **Le waterproof, tu privilégieras.** Rapport aux larmes, tout ça… À ce propos, on évite l'autobronzant le jour J. Le chemin blanc dessiné par des grosses larmes c'est touchant, mais moyen classe…

❼ **À un pro tes sourcils tu confieras.** Certaines femmes l'ont bien compris, d'autres pourraient, en testant, avoir la révélation de leur vie (au moins !) : un visage et un regard peuvent être littéralement métamorphosés en jouant sur la ligne, la forme et l'épaisseur des sourcils. Essayez de ne pas les épiler durant le mois qui précède le mariage, afin de les confier à un pro pour qu'il vous dessine une ligne parfaite la veille du jour J. À 8 euros dans les instituts franchisés « discount » (comme par exemple www.bodyminute.com), vous n'avez aucune excuse pour sécher !

❽ **Des produits longue tenue tu utiliseras :** vous pourrez procéder à quelques retouches durant la journée, mais votre maquillage doit tenir jusqu'au bout de la nuit. D'où l'avantage de vous faire maquiller par des pros, qui disposent de produits adaptés.

❾ **Entre tes yeux et ta bouche, tu choisiras.** Enfin, vous aurez besoin des deux le jour J, hein, mais au niveau du maquillage, mieux vaut choisir de mettre l'accent sur l'un ou sur l'autre. Si vous avez suivi nos conseils et que vous insistez sur le regard, allez-y tout doux sur les lèvres, avec une couleur « nude », un léger effet brillant ou un mat naturel. Si vous rêvez au contraire de lèvres rouge vif, contentez-vous d'un fard léger, d'un peu de mascara et d'un trait de crayon.

⑩ **La lumière, tu convoqueras.** Un joli maquillage de mariée est avant tout un maquillage lumineux, frais. Soignez l'éclat de votre peau (voir p. 294), cachez les rougeurs et les cernes avec un correcteur et attirez la lumière en quelques points stratégiques grâce à un produit légèrement nacré ou irisé : coin interne de l'œil (enfin des deux, tant qu'à faire), près du nez, aux commissures des lèvres, sous l'arcade.

Je ne me maquille jamais, je fais quoi ?

Votre truc, c'est le naturel et vous changez de trottoir quand vous croisez un tube de mascara. Soit, mais pour le jour J, ne faites pas l'impasse dessus. Pour la bonne et simple raison que si vous avez choisi une robe blanche, un écho de cet esprit « mariage » est indispensable, au risque de paraître déguisée. Dispensez-vous de fond de teint et appliquez seulement un peu de blush. Contentez-vous d'une touche de mascara, d'un fard à paupières clair et d'un baume teinté sur les lèvres. Les gestes seront du coup très simples, et inutile de faire appel à une pro : en revanche, si c'est une grande première pour vous, demandez à votre mère ou à une copine de s'en occuper !

La manucure sort les griffes

Puisque vous vous apprêtez à lui donner votre main, faites en sorte qu'il n'ait pas envie de vous la rendre ! Peau douce, ongles impecs, zoom sur quelques indispensables.

Sécheresse, j'aurai ta peau !

Si cela ne fait pas partie de vos rituels beauté, commencez, à J-7, à appliquer quotidiennement (plusieurs fois par jour c'est encore mieux !) sur vos mains un soin hydratant.

Le petit plus qui change tout : avant de vous coucher, enduisez vos mains de crème et enfilez des gants en coton (vendus en parfumeries). Ce n'est pas très glam sur le coup, mais le lendemain, beaucoup plus…

Ongles abîmés, par ici la sortie

Si vos ongles ont tendance à se casser et se dédoubler, prenez l'habitude dès que possible d'utiliser systématiquement des gants pour la vaisselle et le ménage, et de pousser l'application de votre crème pour les mains jusqu'aux ongles, souvent privés de ce privilège.

Si les compositions des vernis s'efforcent aujourd'hui de respecter nos ongles, offrez-leur une trêve en les laissant nus pendant une quinzaine de jours avant le mariage. Profitez-en pour appliquer quotidiennement un soin spécifique ongles. Notez aussi que les compléments alimentaires conseillés pour les cheveux (voir p. 294) agissent aussi sur les ongles en les renforçant.

Hissez la couleur ! (ou pas)

Pendant des années (des siècles ?), c'est le **« nude »** qui a régné en maître sur l'empire des ongles de mariées. Subtilement brillants, joliment irisés, les vernis ne servaient qu'à sublimer une « french manucure » mettant à l'honneur le naturel.

Si cette option reste largement majoritaire, les **couleurs** osent désormais s'afficher, du traditionnel rouge passion à l'infinie palette des pastels.

Plus récemment encore, les futures mariées ont dit oui aux **décorations d'ongles** : strass unique ou rangée de diamants, effet arc-en-ciel ou inscription de cœurs… Il y en a pour tous les goûts, mais attention à ne pas tomber dans le kitch, vous allez vous marier, pas à un bal costumé ou en teuf à Ibiza !

Prévoyez idéalement une séance de **manucure** (soin + pose du vernis) le jour du mariage. Si vous la faites la veille, penser à demander la référence du vernis pour vous la procurer et réparer d'éventuels dégâts…

Si vous choisissez **l'option maison** (ou l'option « Maman tu peux m'aider ? »), mieux vaut investir dans un bon vernis dont la tenue ne sera pas un souci. Mention spéciale pour la gamme Color Riche, de L'Oréal (www.loreal.fr), qui garantit 10 jours de tenue et donc une excellent résistance aux accrocs… Et tient ses promesses.

Le bon plan

Chaque année, la marque de vernis Essie (www.essie.fr) sort une édition limitée spéciale mariées, avec une sélection de couleurs délicates dans la tendance de la saison. Une valeur sûre !

Le bon site

« Pshiiit, le blog d'une nail polish addict » : tout est dit dans le titre, et tout y est… Astuces, tutos, photos d'inspiration : une visite incontournable pour faire le plein d'idées : http://pshiiit.com

La trousse de survie à prévoir le jour J

À confier à votre témoin ou à laisser dans la voiture qui vous mènera jusqu'à la salle, pour vos retouches beauté et les éventuels mini-couacs.

- Du paracétamol
- Des pansements
- Des pansements « spécial ampoules »

- Des pastilles ou un spray à la menthe
- Un mini-déo ou des lingettes déodorantes
- Un brumisateur petit format
- Un miroir de poche
- Un paquet de mouchoirs
- Quelques cotons et cotons tiges pour estomper ou rattraper les bavures
- Des papiers matifiants, pour effacer les brillances en toute discrétion
- Un blush
- Un tube de baume teinté ou de gloss (les retouches seront plus faciles qu'avec un rouge à lèvres)
- Un échantillon de votre parfum
- Un peigne
- Quelques épingles à cheveux
- Une épingle à nourrice (en cas, entre autres, de souci avec la robe)
- Une paire de collants de rechange

Programme de mise en beauté

Rétroplanning mois par mois, semaine par semaine et jour par jour de votre programme beauté, pour être top le jour J.

J-6 mois

Si ce n'est pas encore vraiment le cas (ou pas du tout), je commence à prendre de bonnes habitudes alimentaires (mollo sur le sucre, le gras, l'alcool...) et à pratiquer un sport régulièrement.

J-3 mois

Je commence un traitement de choc pour mes cheveux, grâce à une cure de levure de bière, qui les aidera à pousser et leur apportera force et brillance. Pour avoir une belle peau, en particulier si je suis sujette à l'acné, je fonce sur les oligo-éléments en gélules, en particulier sur le zinc !

J-2 mois

Je prends rendez-vous pour les premiers essais coiffure.

J-6 semaines

J'arrête de m'épiler. Oui, on sait, c'est dur, mais c'est le temps qu'il faudra à vos poils pour pousser, de façon à ce que l'épilation pour le jour J soit vraiment impec.

J-1 mois

Je prends rendez-vous chez le dentiste, pour un check-up (histoire d'éviter la rage de dents à J-1) et éventuellement pour un blanchiment des dents.
Je ne zappe plus jamais le rituel démaquillage le soir, hydratation de la peau le matin.
Je commence les essais maquillage ou, si je veux le faire toute seule, je demande des échantillons pour tester les meilleurs produits.

J-15 jours

Si (et seulement si) j'ai l'habitude de faire des balayages ou une couleur, je prends rendez-vous chez le coiffeur pour mon ultime avant le jour J. J'en profite pour faire une petite coupe de rafraîchissement, pour laisser le temps aux cheveux de se placer.
Je commence à appliquer quotidiennement sur le corps et éventuellement le visage un soin autobronzant progressif.
Je commence idéalement une cure éclat en institut, grâce à des soins tous les 4 jours (en commençant 15 jours avant le mariage, ça laisse le temps de voir si la peau réagit, auquel cas il faut essayer autre chose).

J-7 jours

J'offre une cure d'hydratation à mes lèvres en les massant matin et soir avec un baume hydratant.

Je me fais des mains et des pieds tout doux en y appliquant matin et soir une crème ultra-nourrissante. Je n'oublie pas de masser aussi les ongles.
Je dors. Enfin, j'essaye.

J-5 jours

Vous appréhendez qu'un bouton d'herpès ne pointe le bout de son nez au mauvais moment ? Si vous savez que le cocktail stress-fatigue-émotions est son préféré, vous pouvez demander à votre médecin de vous prescrire une cure préventive de Zelitrex. Pensez aussi au traitement homéopathique, moins lourd.

J-3 jours

Je fais ou me fais faire un gommage léger du visage, suivi d'un masque adapté à la nature de ma peau (argile pour matifier, beurre de karité pour nourrir…). Les rougeurs éventuelles dues à ce traitement de choc auront le temps de disparaître. J'utilise pour cela des produits hypoallergéniques.
Juste après un gommage corps, je me fais épiler ou je le fais seule, à la maison (si je rase, je le fais la veille) (mais vraiment, l'épilation, c'est mieux).
J'en profite pour confier mes sourcils à une pro, et en sortir avec un nouveau regard.

J-1

Je me fais faire ma manucure et ma pédicure ou je me débrouille pour la pose du vernis. Si j'ai encore 1 000 choses à régler avant demain, je ne fais que les pieds et je me garde un petit créneau demain matin pour me faire les mains, histoire d'éviter les éclats de vernis.
Je me lave les cheveux, pour que le chignon tienne mieux. Si je fais mon shampooing le jour J, mes cheveux auront tendance à glisser.

Et pour lui ?

Oui, d'accord, il est beau (et intelligent et fort et tellement drôle) au naturel. Mais quelques gestes beauté le rendront encore plus séduisant (si si, c'est possible) le jour J. Exit l'époque où les hommes observaient avec défiance les tubes de crème. Messieurs, **5 étapes clé pour la laisser bouche bée**.

1. **La ligne svelte** (ou presque) : trois mois avant le mariage, commencez à « faire attention ». Soignez votre alimentation et pratiquez une activité sportive. À deux, c'est plus sympa. Allez-y avec votre future femme et soutenez-vous mutuellement !

2. **Le coiffeur :** gardez votre coupe habituelle, mais « rafraîchissez-la » seulement, la veille ou l'avant-veille, pour un effet élégant ou savamment négligé… Pour la barbe, OK pour un effet « négligé » mais seulement si vous avez plus de trois poils sur le menton. Sinon, c'est vraiment pas terrible…

3. **Le nettoyage de la peau :** la quasi-totalité des marques de soin proposent leurs gammes « homme », disponibles en institut ou en parfumerie, pour une utilisation à domicile. Si vous ne pensez pas utiliser ces produits après le mariage, mieux vaut vous offrir une séance en institut, à J-5. Au programme : gommage, hydratation de la peau et, peut-être, épilation des sourcils (mais vous n'avez peur de rien, n'est-ce pas ?).

4. **Le rasage :** si vous vous rasez tous les matins (ou presque), faites place nette le jour J. Évitez de régler l'affaire en 7 secondes, vous pourriez vous couper et y laisser de vilaines marques. (Vous aurez PLEIN d'autres façons de montrer que vous êtes un héros.)

5. **Le maquillage :** tout doux tout doux, on ne s'emballe pas, on ne vous demande pas d'apprendre à appliquer votre rouge à lèvres au pinceau. Il existe dans la famille des cosmétiques pour hommes quelques produits destinés à hâler le teint, intensifier le regard… Vous pouvez néanmoins vous contenter d'emprunter le pinceau et la poudre de soleil de votre fiancée, ainsi que son tube de mascara (qui se met sur les cils, pas sur la bouche). Prévenez-la, ça pourrait lui faire drôle si elle vous surprenait.

L'ESSENTIEL POUR VOTRE BEAUTÉ

- Pour la coiffure, collectez les photos de chignons et autres coupes qui vous séduisent et présentez-les à votre coiffeur afin qu'il cerne votre univers capillaire.
- Pour le maquillage, ne perdez pas trop de temps à chercher l'inspiration, les éléments essentiels étant que votre maquillage vous mette en valeur et que vous vous sentiez à l'aise.
- Commencez six mois avant le mariage à prendre de bonnes habitudes alimentaires et suivez notre rétroplanning beauté.
- Un gommage du visage, une coupe nette, une barbe un chouïa travaillée (ou pas travaillée du tout) et, éventuellement, un coup de pinceau bonne mine : côté messieurs aussi, il y a un peu de boulot dans la salle de bains !

Vous, vos invités : un couple unique à chouchouter

Qu'ils soient 20, 100 ou 300, vous avez eu à cœur de les avoir auprès de vous pour ce grand jour et vous souhaitez que cette journée soit aussi belle pour eux que pour vous. C'est d'ailleurs à eux que vous pensez en découpant vos 250 fanions, en hésitant un mois et demi pour le choix de la musique d'ouverture du bal et en goûtant les plats du traiteur. Votre invitation est un cadeau pour eux, leur présence un cadeau pour vous : nous avons choisi de leur consacrer un chapitre à part entière pour mettre l'accent sur les domaines dans lesquels l'interaction sera particulièrement forte entre vous et eux. De votre liste de mariage aux petites choses qui leur rendront la journée plus douce, en passant par leur disposition à table et les discours qu'ils vous adresseront, nous vous dévoilons nos tours de passe-passe pour que la magie s'opère aussi entre vous et eux.

La liste de mariage

Vous aimez les cadeaux ? Vous allez être servis. Vos invités tiendront à vous remercier pour votre invitation et à vous témoigner leur bonheur en vous adressant un présent. Et parce que leur objectif est de vous faire plaisir, la liste de mariage leur permet de viser juste (un plateau rond c'est toujours utile, 80, moins), en fonction de vos envies et de vos besoins. Dans ce domaine, deux possibilités s'offrent à vous : une urne ou une liste.

L'urne

Placée sur le lieu de réception, l'urne vise à recueillir les dons d'argent de vos invités. Cette option présente l'avantage de la **simplicité** (une jolie boîte et c'est réglé) et de la souplesse : vous pourrez utiliser l'argent récolté comme bon vous semble.

Le plus courant est d'utiliser cet argent pour s'offrir un beau voyage de noces (voir p. 333), mais tout est possible : participer au financement d'une maison ou de travaux, payer un permis moto ou bateau, une voiture, acheter le nécessaire pour accueillir l'enfant à venir ou même soulager les dépenses liées au mariage.

Vous pouvez fabriquer une **jolie boîte** (un carton ou une caisse en bois recouverte d'un papier à l'imprimé sympa, et avec une ouverture pour y glisser les enveloppes), ou détourner **d'autres supports** : une jolie cage à oiseaux en fer forgé, une boîte à lettre rétro, un clapier à poules ou à lapins, un filet à papillons, une épuisette, un coffre, un globe terrestre percé, un étui de guitare…

L'urne doit être **bien visible**, sans être placée au milieu de la salle avec un panneau lumineux : « Par ici la monnaie ! » Pour répondre à cette double exigence, prévoyez de la placer à un endroit stratégique (entrée, couloir…) et de créer une **petite mise en scène**. Sur une table à part, placez-la au milieu de jolis bouquets ou d'objets en rapport avec votre thème : ces accessoires attireront l'œil et la curiosité de vos invités, qui n'auront pas besoin de vous glisser l'enveloppe dans votre décolleté à la fin de la soirée.

Si les plus prévoyants auront glissé leur chèque dans une enveloppe avec un petit mot, les invités oublient souvent de le faire et se retrouvent gênés de déposer leur chèque seul. Disposez près de l'urne des **enveloppes** et des cartons assortis, ainsi qu'un **stylo**. Vous pouvez aussi mettre à disposition des enveloppes de toutes les couleurs et utiliser un grand vase transparent en guise d'urne.

L'urne peut s'avérer pratique, en particulier pour les mariages en petit comité, mais la démarche manque un peu de charme et de personnalisation. D'autant plus que la plupart des listes de mariage proposent désormais aussi de recueillir des dons uniquement pour un voyage, ou un autre achat.

Les listes de mariage « urnes virtuelles »

Les sociétés de ce type fleurissent sur le Net. Concrètement, il s'agit de sites Internet vous proposant de créer votre liste en ajoutant soit des objets vus sur Internet, soit des objets repérés dans les magasins et pris en photo par vos soins. Le choix est donc illimité, mais concrètement, l'exercice consistera pour vos invités à vous verser de l'argent sur une sorte de **compte virtuel**. D'ailleurs, la plupart de ces sociétés proposent de vous remettre à la fin une carte bancaire créditée du montant des dons de vos invités, à utiliser partout.

Le + : la liberté.
Le - : vous pourrez aussi dépenser cet argent pour aller faire votre ravitaillement chez Carrefour…

Les adresses pour ouvrir une liste de mariage virtuelle :

- www.lily-liste.com
- www.ameliste.fr
- www.zankyou.fr
- www.millemercismariage.com

La « vraie » liste de mariage

Les mariés établissent la liste de leurs souhaits (art de la table, électroménager, déco, voyage…) parmi les produits et services proposés dans l'enseigne ou par les boutiques prestataires. Les invités offrent leurs dons, en boutique ou sur Internet, correspondant à un des objets mis sur la liste.

Mais vous pouvez disposer de cet argent comme bon vous semble, au sein de la liste : concrètement, si le collègue de votre père vous a offert un plat en céramique que vous aviez mis sur la liste, mais que vous manquez d'argent pour financer la chaîne hi-fi de vos rêves, vous pouvez laisser tomber (au sens figuré) le plat en céramique et déplacer cette contribution sur la chaîne hi-fi.

Une liste de ce type peut s'ouvrir dans un grand magasin :

- www.galerieslafayette.com
- www.lebonmarche.com
- www.printemps.com
- www.bhv.fr

Sur www.1001listes.fr, le principe est exactement le même que dans les grands magasins, à la différence près (et non négligeable) qu'il ne s'agit pas d'une enseigne mais d'une société de services gratuite (pour les mariés) disposant d'un réseau de boutiques partenaires partout en France. Vous avez donc une liberté énorme dans l'élaboration de votre liste et pourrez par exemple y inclure une caisse de bon vin, une paire de skis, un tableau d'art contemporain, un cerisier Burlat, un tour en montgolfière, un abonnement à une revue… Bref, vous voyez l'idée.

Pour l'ouverture d'une liste de ce type, une conseillère pourra vous aider pour son élaboration, en vous présentant les catalogues des produits disponibles.

Autre avantage : vos proches les moins à l'aise avec Internet (Mamie Jackie, si tu nous lis) pourront offrir leur participation en boutique, sans être obligés de passer par le site.

Les plans de table

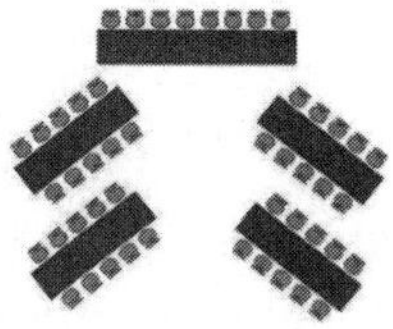

Idéalement, il vous faudrait une table d'honneur de 84 personnes (pour vos plus proches), une autre de 73 (pour tous les autres potes) et deux de 60 (pour vos cousins). Oui, mais non, en fait, puisque vous devrez constituer des tables d'une dizaine de personnes. Nos conseils pour ne pas vous arracher les cheveux (histoire qu'il vous en reste assez pour faire un chignon).

Placer or not placer, telle est la question

Il existe en réalité trois possibilités.

- **1re option :** ne pas placer. Chacun s'assoit où il le souhaite. Moyen pour les mariages en gros comité, où votre collègue risque de se retrouver sans amis.
- **2e option :** répartir les convives par table et les laisser choisir leur place.
- **3e option :** définir la place de chacun, à chaque table.

Les trois tables incontournables

C'est la disposition la plus traditionnelle, mais aussi la plus pratique et la plus logique.

La table d'honneur. Elle réunit les mariés et leurs invités les plus proches : témoins, meilleurs amis, éventuellement frères et sœurs…

La table des parents. Soit elle réunit vos quatre parents et leurs amis les plus proches, soit vous prévoyez deux tables, une par couple parental, avec leurs amis.

La table des enfants. Ils mangent souvent avant, n'ont pas toujours le même repas que les grands et, surtout, s'éclateront mieux entre eux pendant que les parents profiteront d'un moment de tranquillité…

Vous pouvez aussi prévoir une table d'adolescents, qui seront sans doute heureux de pouvoir s'échanger des confidences sans oreille de plus de 17 ans½ qui traîne dans les parages…

Le reste : les règles d'or

Bon ça, c'est fait. Il ne vous reste plus qu'à placer les quelques autres. Hum. Quelques règles pour vous aider :

- **Inutile de vous y prendre trop tôt,** vos plans pourraient être souvent chamboulés par des annulations, des réponses de dernière minute. Commencez à J-15, puis ajustez régulièrement, selon les événements.
- **Penchez-vous sur le sujet avec vos parents respectifs,** qui pourront vous orienter au niveau des affinités et des éventuels conflits dans la famille et chez leurs amis.
- **Ne vous sentez pas obligés de « mélanger » vos familles et vos cercles d'amis respectifs.** Banco si vous êtes convaincue que l'alchimie prendra entre eux, mais on peut rarement prévoir ce genre de choses.
- **Pensez avant tout au plaisir de vos invités,** qui apprécieront de se retrouver avec leurs potes de toujours, leurs cousins pas vus depuis un an, leurs collègues invités également… Vos convives auront tout le temps de faire connaissance pendant le cocktail et au cours de la soirée !
- **Le placement « générationnel » s'avère souvent gagnant,** car les invités de la même tranche d'âge ont logiquement plus de points communs…
- **Placez les personnes âgées à un endroit calme.** Pas au pied de DJ Gérard, quoi.
- **Évitez de séparer les couples à table,** ce n'est pas tant une question de tradition que de bon sens et de plaisir pour vos invités.
- **L'alternance « un gars une fille » reste une valeur sûre** pour mixer les discussions.
- **Évitez la (trop fameuse) « table des célibataires » :** même si elle part d'une bonne intention, il n'y a pas mieux pour mettre les gens mal à l'aise et leur donner l'impression d'avoir un écriteau « cœur à prendre (ou pas) ». Mettez-les plutôt à une table mélangeant des célibataires et des couples, ou chargez un de vos témoins de faire discrètement l'entremetteur pendant la soirée !
- **Évitez aussi de mettre un célibataire seul avec des couples.** Même s'il tiendrait sans doute très bien la chandelle.

La « signalisation » des places

À l'issue du cocktail, vos invités se rendront dans la salle du dîner où, fébriles, ils iront découvrir le placement qui leur est réservé. Vous devrez donc les orienter grâce à un plan de table, puis éventuellement à des marque-places.

Les plans de table

Commencez par **donner des noms à chaque table**. Si vous avez un thème, choisissez les noms en fonction, sinon vous avez carte blanche, mais essayez de personnaliser votre choix en vous inspirant de votre profession, des voyages que vous avez faits, de la façon dont vous vous êtes rencontrés…

Quelques idées en vrac :

- Magazine connus : *New York Times*, *Elle*, *Nouvel Obs*, *Libé*, *Le Canard Enchaîné*, *Le Point*, *Vogue…*
- Couples connus : Chimène et Rodrigue, Charles et Camilla, Chouchou et Loulou, Babar et Céleste…
- Capitales : Paris, New York, Alger, Berlin, Lima, Helsinki, Madrid…
- Stations de métro : Union Square, Grands Boulevards, Central Park, Champs-Élysées Clémenceau…
- Traductions du mot « amour » : *love, amore, liebe, elske…*
- Comédies romantiques : *Coup de foudre à Nothing Hill*, *Sur la route de Madison*, *Quand Harry rencontre Sally…*
- Les dates qui ont marqué vos vies : dates de naissance respectives, dates de votre rencontre, de votre premier baiser, naissance de votre enfant, date de la demande en mariage, des fiançailles, de votre emménagement, du début de votre dernier job, de votre départ en voyage de noces…
- Expressions et dictons : « comme on fait son lit on se couche », « pierre qui roule n'amasse pas mousse », « *less is more* »…

Puis **placez le plan de table à l'entrée de la salle**, pour indiquer leur place à vos invités. Traditionnellement, il s'agit d'un tableau posé contre un mur ou sur un chevalet, indiquant le nom des invités pour chaque table (ou une photo de chacun, pour les plus motivés !). Le nom des tables étant inscrit sur chacune, les invités pourront ainsi facilement trouver leur place.

S'il reste le plus simple à réaliser (et l'option vers laquelle vous tourner si vous êtes en retard !), le plan de table classique a pris un petit coup de vieux, depuis que sa petite sœur « escort card » a traversé les continents pour faire fureur en France. Il s'agit cette fois d'une petite carte nominative, indiquant donc le nom de l'invité et sa table. L'avantage : le convive n'a pas à lire l'ensemble du tableau et les 150 noms qui y figurent avant de tomber sur le sien. La carte lui étant « personnelle », il n'a plus qu'à chercher son nom et c'est tout bon.

Bien sûr, les cartes sont classées par ordre alphabétique. Eh oui, si l'idée c'est de trouver sa carte parmi les 250 réunies dans une boîte, le gain de temps n'est pas garanti.

En plus d'être plus pratique, cette option « escort cards » séduit pour son côté nouveau et les possibilités de présentation qu'elle offre. Vous pouvez opter pour un format classique (5 x 5 cm, c'est suffisant) ou choisir de faire une référence à votre thème avec des cartes façon billet d'avion, billet de cinéma… Concernant le rangement des cartes, utilisez par exemple un meuble vintage à petits tiroirs, chacun correspondant à une lettre (ou deux), ou punaisez-les simplement sur un tableau en liège, éventuellement recouvert d'un joli tissu ou papier. Autre solution : les accrocher avec des pinces à linge sur une corde tendue ou enroulée autour d'un gros tronc : en plus, les invités les prendront et les attacheront sans doute spontanément à leurs vestes. Pratique pour faire connaissance et connaître le prénom de son voisin de table !

Les marque-places

Quand vos invités seront rendus à leur table, ils devront y trouver, si vous avez prévu de les placer à table, le siège qui leur revient.

Le plus simple (et le plus économique) reste de découper des rectangles de papier cartonné de 6 cm sur 5 cm environ, de les plier en deux pour les faire tenir droit, et d'inscrire les prénoms à la main.

Mais ces marque-places peuvent constituer un élément de votre déco à part entière et l'occasion d'apporter une jolie touche de raffinement sur votre table. Quelques exemples :

- Prévoyez un carton un peu plus large, de couleur noir, et collez-y des clichés de vous deux réalisés dans un Photomaton, sous toutes les coutures. Enfin, façon de parler... : vous embrassant, riant, faisant des grimaces...
- Inscrivez les noms des invités sur des galets.
- Faites imprimer les prénoms sur des badges, ou faites-les broder sur les petits rubans que vos invités pourront porter en bracelet.
- Vous pouvez faire d'une pierre deux coups en vous servant des cadeaux pour les invités (voir p. 309) pour mentionner le prénom : des jolis petits cadres dans lesquels vous aurez glissé une simple feuille avec le prénom, un porte-photo servant provisoirement de porte-nom, un joli bloc-notes sur la première page duquel vous aurez écrit le prénom de l'invité...

Garder le contact avec vos invités (« *keep in touch !* », en anglais)

Bien sûr, le jour J les mariés sont dans un tel tourbillon d'émotions, de bises, de compliments et d'encouragements qu'ils ne peuvent pas consacrer une demi-heure à chaque invité (à moins d'inviter 10 personnes ou de faire un mariage sur 18 jours). Mais s'il y a bien une chose qui est précieuse pendant les festivités, c'est de sentir que les jeunes mariés sont là, vraiment, dans leur bulle de bonheur mais disponibles pour leurs invités. Et c'est aussi en gardant le contact avec vos proches que vous profiterez pleinement de la journée et ferez le plein d'émotions. Zoom sur quelques jolies façons d'être pleinement là.

L'accueil des invités à l'entrée

Si vous choisissez de faire selon la tradition, vos invités ne vous découvriront qu'à votre arrivée à la mairie ou à l'église. Vous aurez le temps, à la sortie, de dire bonjour à quelques personnes, mais si vous avez prévu un mariage en gros comité, il est possible qu'à ce stade vous n'ayez pas salué le tiers des convives.

Une attention simple et délicate : arriver en premier sur les lieux de la réception, vous poster ensemble à l'entrée du cocktail afin d'accueillir et d'embrasser chacun de vos invités. Ils arriveront au compte-gouttes, si bien que vous aurez ainsi le temps d'avoir quelques échanges avec chacun… Y compris avec ceux que vous ne reverrez peut-être pas de la soirée. Alors profitez-en, c'est le moment ou jamais !

Le discours des mariés

Comble du paradoxe, la tradition et les coutumes prévoient peu (voire pas) de moments pour que les mariés s'expriment devant leurs invités. Si vous voulez éviter que le seul son entendu de votre voix soit votre « oui » puissant et massif, n'hésitez pas à prendre la parole.

Si vous vous mariez religieusement, vous pouvez demander à l'officiant de vous laisser parler quelques minutes, entre le psaume et l'Évangile.

L'avantage : **tout le monde sera là**, y compris ceux qui ne sont invités qu'au cocktail ou qui n'ont reçu qu'un faire-part, sans invitation (il est d'usage, dans ces cas-là, de se rendre uniquement à la messe).

L'inconvénient : le lieu de culte vous oblige à **un certain type de discours**, plus porté sur l'amour et la famille que sur la fête et le champagne.

Si vous organisez une cérémonie laïque, profitez-en pour prendre la parole (voir p. 138) ! Autre possibilité : prendre la parole **au début du cocktail**, ou juste avant le repas.

Si vous êtes à l'aise, improvisez, dites l'essentiel : votre bonheur d'être là, entourés de ces gens-là. Si vous stressez à l'idée de prendre la parole en public (et quel public !), préparez un petit mot tous les deux, inutile de faire long, une ou deux phrases chacun c'est parfait, du moment qu'elles viennent du fond du cœur !

La « gerbe de ballons GPS »

Repérée sur www.unbeaujour.fr dans le résumé du mariage d'Alix (www.thecherryblossomgirl.com), l'idée sympa d'une gerbe d'une trentaine de ballons que les mariés gardent à la main durant tout le cocktail, afin d'être facilement repérables par les invités s'ils sont nombreux et que le terrain est étalé.

Le tour des tables

Le repas de mariage dure souvent longtemps et les pauses entre chaque plat seront pour vous deux l'occasion de faire un petit tour des tables, afin d'échanger quelques mots avec tous vos convives. Sans garder votre chronomètre à la main, évaluez grosso modo le temps que vous pourrez passer à chaque table, en fonction de leur nombre.

De toute façon, **pas besoin d'en faire des tonnes**, vous pouvez juste vous assurer qu'ils passent une bonne soirée et les remercier de leur venue. C'est peut-être un détail pour vous, mais pour eux ça voudra dire beaucoup. Comme dirait l'autre.

Les cadeaux pour les invités

Leur cadeau, c'est avant tout cette journée, ce dîner, cette soirée. Oui mais voilà, la tradition veut que les invités repartent chacun avec un petit cadeau. Si cela reste bien sûr une option (comme à peu près tous les éléments de votre mariage), résisterez-vous au plaisir de faire plaisir ? Quelques idées de cadeaux.

Les dragées

C'est LE cadeau traditionnel par excellence. Les premières sont fabriquées au début du XIIIe siècle et sont réputées bienfaisantes pour les femmes enceintes. L'amande étant dans la légende grecque un symbole d'amour, les dragées aux amandes sont les plus répandues durant les mariages, signes d'amour et de fertilité.

Face à cette tradition qui perdure, la dragée évolue et aujourd'hui, la mythique amande est concurrencée par des modèles de plus en plus gourmands, qui réussissent à mêler classicisme de la forme et originalité des saveurs : chocolat, miel, pâte de noisettes, caramel, café…

Disposées sur les tables, les dragées deviennent **éléments de déco** : quelles que soient les couleurs que vous avez choisies, vous trouverez la dragée qu'il vous faut. Sur www.medicis.fr, il existe pas moins de 26 coloris, allant du taupe au « bleu jeans » en passant par le « jaune safran » ou le « rouge Christmas »…

Au niveau des **quantités**, si vous voulez rester dans la pure tradition, sachez que les dragées s'offraient avant par ballotins de cinq. Choisissez alors un support en plastique long et rigide et alternez les couleurs pour les mettre en valeur. Rien ne vous empêche d'être plus gourmands et d'opter pour des pochettes de 10 dragées. D'autre part, notez qu'il est d'usage de prévoir des dragées aussi pour les invités restant juste au cocktail.

Les dragées s'achètent en général au kilo : **comptez 1 kg** (300 dragées environ) **pour 30 personnes** environ. Prévoyez un petit supplément : certaines dragées pourront être endommagées pendant le transport (si vous commandez sur Internet) et, surtout, il est d'usage de faire parvenir un ballotin aux personnes n'ayant pas pu se rendre à votre mariage.

Les cadeaux gourmands qui changent

Vous voulez surprendre vos invités en ayant un pied dans la tradition, mais un seulement ? Autrement dit en leur distribuant des petits ballotins, mais sûrement pas de dragées classiques ? Quelques idées qui changent.

Faire graver vos dragées : sur www.madragee.com, vous fabriquez en ligne vos dragées personnalisées en notant par exemple vos prénoms et la date de votre mariage (comptez 60 euros le kilo).

Offrir des friandises régionales, comme un clin d'œil au lieu de votre mariage : sur www.keldelice.com (rubriques « Produits du terroir », « Bonbons et confiserie », « Spécialités régionales »), vous serez redirigés vers les sites des producteurs pour un achat direct et en ligne de vos spécialités.

Offrir des M&M's personnalisés : parce qu'on est tous des grands enfants (et parce qu'il n'y a rien de meilleur que ces mythiques bonbons chocolatés qui fondent dans la bouche pas dans la main), rendez-vous sur www.mymms.fr. Vous pourrez choisir la couleur de vos bonbons, y faire graver vos prénoms ou la date de votre mariage, et les acheter au kilo ou directement dans des petits contenants proposés. Le plus : un outil très bien fait qui vous permet de calculer la quantité nécessaire en fonction du nombre de vos invités et de la taille des contenants que vous voulez utiliser.

Offrir des bonbons : sur www.lovengift.fr, des fleurs ou des graines cristallisées de toutes les couleurs sont proposées dans d'adorables pots en verre frappés d'une étiquette au nom des mariés (à partir de 4,90 euros). Le site anglophone www.vintageconfections.com crée une variété infinie de sucettes, en forme de moustaches, de parapluies, de lettres, avec jeux de transparences révélant des initiales, ou alors gravées à votre nom… (vente en ligne sur www.etsy.com/shop/vintageconfections).

Les cadeaux gourmands faits maison : vous aimez cuisiner (ou votre mère adore cuisiner ET rendre service) ? Vous avez assez de temps pour vous lancer dans la réalisation maison de vos cadeaux (ou votre mère est à la retraite) ? Confectionnez des gourmandises pour vos invités : des mini-cookies joliment déposés dans un sachet transparent fermé par du raphia, des confitures dans des petits pots ou des bocaux en verre avec étiquette en ardoise pour noter la saveur et le prénom de chacun…

Autre option, très économique et vraiment jolie : constituer des **petits paquets d'une dizaine de bonbons** dans la couleur de votre thème, les glisser dans un sachet transparent. Pour la fermeture, découper un rectangle de la longueur du sachet dans un joli papier, pliez-le afin qu'il ferme le haut du sachet, et agrafez en en profitant éventuellement pour joindre un petit carton avec le nom de l'invité. Le tour est joué !

Les autres cadeaux

En plus ou au lieu des dragées et autres confiseries, vous pouvez déposer à la place de chacun un petit cadeau à ramener chez eux, en souvenir de cette journée.

Il existe un éventail infini de possibilités. Les seules limites : votre imagination et votre budget !

Faites un rapide calcul pour savoir le coût que vous pouvez consacrer à chacun, en divisant votre budget pour ce poste par le nombre d'invités.

Nos sites coup de cœur : www.lovengift.fr et www.lespetitscadeaux.com, tous deux spécialisés dans la quête du cadeau parfait. **Des exemples de ce que vous pouvez y trouver, du moins cher au plus cher :**

- 50 centimes : un sticker personnalisé sur www.lovengift.fr
- 1,30 euro : bracelets brésiliens personnalisés avec le nom des mariés sur www.lespetitscadeaux.com
- 2,60 euros : bracelets porte-bonheur avec breloque à message (« joy », « peace », « love »…) sur www.lespetitscadeaux.com
- 2,70 euros : porte-photo en cœur (servant aussi de porte-nom pour indiquer les places) sur www.lovengift.fr
- 3,50 euros* : des éventails en tissu de toutes les couleurs sur le site www.lovengift.fr

* *Remarque :* les tarifs sont souvent dégressifs, et les prix indiqués correspondent aux commandes de plus de 75, 100 ou 200 exemplaires.

- 3,60 euros* : savons en forme de cœur présentés dans une jolie boîte sur www.lovengift.fr
- 3,60 euros* : décapsuleur cœur
- 4,70 euros : un bloc-notes baroque sur www.lovengift.fr
- 4,70 euros* : cuillère à infuser en forme de cœur
- 8 euros : bougie ronde « un grand merci » dans sa boîte alu
- 21 euros* : un plant d'olivier dans un superbe pochon en coton personnalisé sur www.lespetitscadeaux.com

Et pour les enfants ?

Rendez-vous sans hésiter sur www.mylittleday.fr. On a envie de tout acheter, par exemple des jolis sifflets à eau de toutes les couleurs en forme d'oiseau (60 centimes l'unité), des lunettes rigolotes en forme d'étoiles (80 centimes), des jolis yoyos en bois vintage (1,05 euro), des pochettes-surprises « fille » ou « garçon » (6,50 euros). Gros coup de cœur aussi pour les tattoos trop mignons, à 5 euros pièce.

Vu aussi sur www.lespetitscadeaux.com : un joli lot de crayons de couleur en branche d'arbre (4 euros). Offerts avec un coloriage imprimé gratuitement sur Internet, ils occuperont les enfants pendant un bon moment ! Ou encore un mini-distributeur de chewing-gums au look rétro (4,80 euros).

Autre option : vous rendre chez le géant suédois de l'ameublement (www.ikea.com) et y trouver des ravissantes marionnettes à doigts (5,49 euros) ou acheter chez un spécialiste de la fête des masques animaux (3 euros environ), des bandeaux d'Indiens (2,50 euros) et des baguettes de fée (1 euro) : à la clé, des enfants ravis et des photos accessoirisées au top !

VOUS, VOS INVITÉS : UN COUPLE UNIQUE À CHOUCHOUTER

* *Remarque :* les tarifs sont souvent dégressifs, et les prix indiqués correspondent aux commandes de plus de 75, 100 ou 200 exemplaires.

Les discours de vos invités

C'est une tradition, et un moment souvent très chargé en émotions (ou en rigolades) : certains de vos proches auront sans doute à cœur de dire un petit mot à votre intention. Souvent, les parents des mariés en prononcent un, suivis des témoins, chacun leur tour ou lors d'une intervention collective. Mais vos amis, cousins, collègues, parrain, marraine, etc., peuvent aussi y aller de leur petit discours. C'est une partie que vous ne maîtriserez pas vraiment, puisque le principe même est d'en faire la surprise aux mariés.

Voir quelqu'un qui nous aime prendre la parole **est toujours très touchant**, et si ce n'est pas ce jour-là qu'ils le font quand peuvent-ils le faire ?

En même temps, le risque est de voir les discours **se multiplier, prendre de la longueur, allonger encore la durée du repas et plomber un peu l'ambiance**… Quelques conseils pour mettre votre grain de sel à distance dans l'organisation de ce joli moment.

Nommer un « chargé de discours » pour gérer cet aspect

Concrètement, **chargez un de vos proches** (votre mère, votre témoin) d'envoyer un mail commun en demandant à ce que les personnes qui souhaitent prendre la parole le contactent pour une meilleure organisation.

Échelonner et orchestrer les interventions

Si les discours sont nombreux, votre chargé de discours devra veiller à les échelonner dans la soirée : par exemple un à la fin du cocktail, un en attendant l'entrée, un avant le plat, un entre le fromage et le dessert et un dernier à la fin du repas.

Il aura la délicate tâche de donner quelques consignes à ceux qui souhaitent prendre la parole, tout en leur laissant bien sûr la liberté de le faire comme ils le sentent. Sur la durée, par exemple : un bon discours est un discourt. Un discours court, quoi. Trois minutes, c'est bien, et suffisant pour dire l'essentiel aux jeunes mariés.

Certaines personnes préfèrent préparer un montage photo ou vidéo que de prononcer un petit mot. Votre chargé de discours devra s'assurer avec eux de la **présence du matériel nécessaire** (rétroprojecteur…), soit par le biais du DJ, soit par leurs propres moyens.

Les différents types de discours

Si les parents des mariés optent en général pour un petit mot lu aux invités, il existe **d'autres façons que le discours classique de s'adresser aux mariés**. Et plus les « modes opératoires » seront variés, plus les invités auront du plaisir à les voir, les entendre, y participer. Quelques exemples…

- *Le lipdub :* grosse tendance depuis quelques années, il s'agit d'une sorte de « clip » dans lequel les participants font du play-back sur une chanson et sont mis en scène de façon originale : déguisés, chez les mariés, dans la nature, dans la rue…
- *Le flash mob :* ici, les invités mettent au point en secret une chorégraphie sur la chanson de leur choix. Pour les plus organisés, la choré est filmée et envoyée aux participants potentiels, afin que chacun puisse répéter tranquillement. Le jour de la cérémonie, on demande au DJ de lancer la chanson et, à la grande surprise des mariés, leurs invités se lancent dans une danse tous ensemble.
- *Le pot de sucre :* les organisateurs de cette animation distribuent aux invités, au cours du repas, un petit papier et un sucre. Chacun des convives doit écrire sur le papier un petit mot adressé aux mariés et enrouler le sucre dedans. Les sucres sont ensuite récoltés dans un grand pot ou un vase et offerts aux mariés. Toute l'année (ou presque, selon le nombre d'invités), les jeunes mariés découvriront en sucrant leur café un petit mot drôle ou émouvant d'un de leurs proches !
- *Les animations :* on en a parlé à partir de la p. 212, les feux d'artifice, lancers de ballons et autres lâcher de lanternes peuvent être à l'initiative

des mariés. Mais ils peuvent aussi être orchestrés par les témoins, les amis ou les cousins, à un prix pour le coût vraiment intéressant (s'ils sont dix à participer, ça passe tout de suite mieux), et pour un souvenir mémorable aussi bien pour les mariés que pour le reste des invités…

Les déplacements de vos invités : roulez jeunesse (et les autres aussi) !

La venue jusqu'au lieu du mariage

Certains de vos invités ne sont peut-être pas motorisés et un aller-retour en train peut coûter cher et être un peu fastidieux. D'autres voyagent sans doute en solo, avec trois places vides dans la voiture.

L'idéal : **organiser des covoiturages**, pour « remplir » les voitures et que pour que ceux qui n'en ont pas profitent des places vides. C'est économique (les passagers pourront participer aux frais d'essence et de péage) et, surtout, les voyageurs pourront commencer à faire connaissance et se relayer éventuellement pour la conduite si le trajet est long. C'est aussi écologique (vous réduisez l'émission de CO_2), et pratique, si vous manquez de place pour le stationnement, s'il n'y a pas de gare à proximité immédiate de la cérémonie… Bref, c'est tout bénef pour tout le monde !

Pour organiser les covoiturages, inutile de passer 1 000 coups de fil pour savoir qui part quand, va où, et avec qui, et comment. L'idée c'est de vous simplifier la vie, pas de vous rendre fous.

Rendez-vous plutôt sur www.agenda.covoiturage.fr, puis cliquez sur « Organisateurs, créez votre page covoiturage ». Renseignez simplement la date, l'adresse : et hop, une page est créée rien que pour votre mariage, dont vous pourrez partager le lien en info supplémentaire sur votre faire-part (voir p. 77) ou sur votre blog de mariage (voir p. 87) !

Les autres déplacements

De la mairie jusqu'à l'église, de l'église jusqu'au lieu du vin d'honneur, du vin d'honneur jusqu'à la salle pour le repas… Il se peut que cette journée de mariage implique divers déplacements pour tous. Pendant que vous serez pris en charge dans le super 4 x 4 de Tonton James, comment se déplaceront vos invités ?

Si ces déplacements sont restreints, ils pourront continuer à fonctionner sur le mode du covoiturage, les conducteurs ayant des places vides se chargeant de remplir leurs véhicules.

Mais certains arguments peuvent vous faire envisager de prévoir **d'autres moyens de locomotion** :

- La route est un peu longue entre le lieu de la cérémonie et le lieu de la réception.
- Vous redoutez des problèmes de stationnement sur le lieu de réception.
- La plupart de vos amis ne sont pas motorisés
- Vous voulez que les invités puissent aller du cocktail jusqu'au dîner après avoir bu une coupe ou deux.
- Vous ne voulez pas que vos invités reprennent la route à la fin de la soirée.

En fonction du nombre de vos invités et de votre budget, les solutions qui s'offrent à vous :

- **Location d'une navette ou d'un minibus.** Le chauffeur pour véhiculer les invités et les ramener à leur lieu d'hébergement à la fin de la réception. Taper sur un moteur de recherche « location navettes » + la région de votre mariage. Si vous optez pour la location du véhicule seul, pensez à inclure dans votre budget la rémunération du chauffeur que vous aurez choisi.
- **Service de voiturier :** idéal quand le lieu de réception ne dispose pas de stationnements à proximité immédiate. Vos invités confient leur voiture au prestataire, qui se charge de la garer et de la leur ramener quand ils le souhaitent.
- **Taxis :** une bonne solution si vous n'avez pas de budget pour ce poste consiste à récolter des cartes de taxis de la région et à les disposer dans une corbeille à l'entrée, pour inciter vos amis à faire appel à ce service si besoin…

La bonne idée

Boire ou conduire, on sait qu'il faut choisir, mais dans la pratique et emportés par l'ambiance vos invités l'auront peut-être oublié. Mettez à disposition des éthylotests : même si leur présence est normalement obligatoire dans les véhicules depuis juillet 2012 (et leur absence sanctionnée depuis novembre 2012), on n'est jamais trop prévoyants !

Les petits plus

On ne vous le dira jamais assez : rien n'est obligatoire dans les préparatifs de votre mariage. À vous de faire le tri entre ce que la tradition dit, ce que l'usage veut, et ce que votre budget en pense.

Mais on avoue avoir un petit (bon, OK, un gros) faible pour ces petites choses en plus, les plus accessoires des accessoires, celles qu'on voit rarement au mariage et qui feront justement la différence du vôtre.

Ces petits riens qui font tout, en marquant les esprits et en apportant une petite touche inattendue ou nouvelle à votre journée. Quelques exemples.

Les rafraîchissements à la sortie de l'église ou de la mairie

Ça y est, vous vous êtes dit « oui » devant Monsieur le maire ou devant un officiant religieux. Vous êtes applaudis à la sortie par vos proches et vous avez déjà eu une bonne dose d'émotions. Eux aussi. Arrivés souvent juste avant la cérémonie, ils n'ont pas eu le temps de se saluer, et c'est souvent au moment de la sortie de la cérémonie (civile ou religieuse) que les premiers « bonjours », les premières retrouvailles, les premières présentations commencent.

C'est parfois un moment de flottement qui a tendance à s'éterniser puisque vous serez photographiés sous tous les angles et que vos invités tiennent à vous féliciter… vous commencerez à claquer quelques bises (253, environ).

D'autre part, et à un niveau beaucoup plus physiologique, c'est aussi souvent un moment où on a soif. Très soif. Surtout si la messe a duré une heure et demie.

La solution : prévoir des rafraîchissements pour vos convives. Une coupe de champagne, pourquoi pas, si le lieu est joli et que vous n'avez pas prévu de vin d'honneur. Ce sera alors l'occasion pour ceux qui ne sont pas invités au dîner mais ont assisté à la cérémonie de passer un moment agréable.

Mais attention, un verre pas plus : vos invités n'auront pas encore mangé et ils auront tout le temps après de siroter tranquillement une coupe. Pensez plutôt aux rafraîchissements soft !

Pas besoin d'une logistique de dingue, et c'est aussi ça qu'on aime : prévoyez une âme charitable qui vous prêtera son coffre et se chargera d'aller chercher des glaçons (chez le poissonnier du coin par exemple), une grande bassine (qui rentre dans le coffre) et des mini-canettes (jus de fruits, sodas…) et bouteilles d'eau. Prévoyez éventuellement une thermos de café, une autre d'eau chaude, des sachets de thé et des gobelets. Et une poubelle !

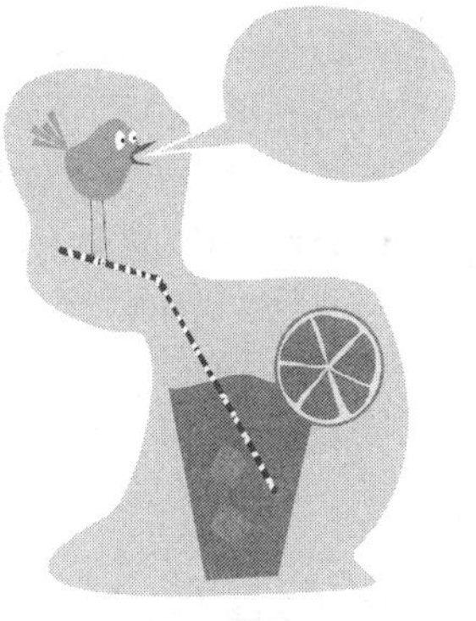

La mallette à cartes postales

Repérée sur www.lamarieeauxpiedsnus.com, l'idée consiste à déposer une jolie mallette remplie de cartes postales libellées à votre adresse, afin que vos invités puissent se servir, vous écrire un petit mot et vous l'envoyer quand ils le souhaitent. Pensez à indiquer clairement « Envoyez-nous une carte » et à mettre quelques stylos à disposition.

Les accessoires

Certains accessoires mis à disposition pour vos invités peuvent être une délicate attention de votre part pour contribuer à leur confort et à leur bien-être. En plus, la majorité d'entre eux peuvent constituer des éléments propices à de supers photos. Des exemples :

- Des ombrelles, des éventails et des panamas pour les mariages mi-août dans le sud de la France (sur www.ebay.fr en tapant « lot d'éventails » ou « lot d'ombrelles » ou dans les magasins de déguisements).
- Des parapluies, même si « mariage pluvieux, bla bla bla… » (d'ailleurs, saviez-vous que la véritable expression est « Mariage plus vieux, mariage heureux », en référence aux mariés s'unissant sur le tard ? Fin de la minute culturelle).
- Des « dancing shoes », ou en français « chaussures pour danser » (ça claque moins, tout de suite). Cette mode venue des États-Unis consiste à mettre à disposition des invités des ballerines, des claquettes ou des tongs de toutes les pointures, afin qu'ils puissent se déchausser et être à l'aise pour faire la fête. En période de soldes, n'hésitez pas à vous rendre aux rayons chaussures des grandes enseignes de prêt-à-porter pour femme : vous y trouverez des paires toutes souples, pour trois fois rien, d'une durée de vie limitée mais qui feront parfaitement l'affaire pour la soirée : faites le plein en variant les pointures !
- Des gros plaids tout doux roulés dans des paniers, pour réchauffer les épaules les plus frileuses…

La corbeille dans les toilettes

Un vrai luxe pour vos invités… Et quelques euros seulement pour vous. Le principe : déposer dans les toilettes une petite corbeille remplie de produits malins et pratiques pour vos convives, ainsi qu'une petite trousse de survie.

Dans la trousse :

- Efferalgan
- Pansements
- Désinfectant (spray ou uni doses)
- Pansements pour les ampoules
- Biafine
- Compresses
- Arnica
- Ciseau
- Pince à épiler (pour les petites échardes)
- Alcool à 60 %
- Gel antibactérien

Dans la corbeille :

- Déo ou lingettes déodorantes
- Pastilles mentholées
- Bain de bouche
- Coton-tige
- Paquets de mouchoirs
- Brumisateur
- Laque
- Détachant
- Nettoyant à lunettes
- Échantillons de crème hydratante
- Échantillons de parfum
- Préservatifs

En plus, pour les toilettes des femmes :

- Échantillons de fond de teint
- Lime à ongles
- Vernis transparent (à appliquer sur les petits accrocs des collants, afin d'éviter qu'ils ne s'élargissent)
- Tampons
- Serviettes

Les jeux à table

Si vous êtes allergique aux animations « chaises musicales » et autres « mimes d'animaux », rien ne vous empêche cependant de prévoir des petits jeux sympas pour mettre de l'ambiance à table. Par exemple :

Un lanceur de conversation : le mot est moche, mais le concept super. Il s'agit d'une boîte contenant des petits papiers avec des questions personnalisées concernant les invités. Vous pouvez noter sur les papiers : « Qui de nous 10 a déjà serré la main de Bill Clinton ? » ou « Qui de nous 10 a sauté en parachute récemment ? » (Ce sont des exemples, hein, vous pouvez mettre autre chose.) Les variantes : « Quel est le sport que Thierry a pratiqué dix ans ? », « Quelle est la profession de Marine ? »…

Des défis photos : un jeu ludique et sympa si vous avez mis des appareils jetables à disposition de vos invités (voir p. 193). Déposez simplement sur chaque table une feuille mentionnant **quelques éléments à réussir à photographier d'ici la fin de la soirée**. Par exemple :

- Une larme
- Un homme à moustaches
- Un éclat de rire
- Une robe à fleurs
- Une chemise rose
- Du vernis jaune

Les surprises

Vos invités vous en préparent sûrement, à vous de les scotcher aussi ! Reportez-vous aux pages suivantes, avec cette fois un mot d'ordre : motus et bouche cousue !

- Le lâcher de papillons, de colombes… : voir p. 215-216.
- Les animations : voir p. 212.
- La choré des mariés pour ouvrir le bal : voir p. 208.

Les souvenirs

Bien sûr, il y aura les photos et les 1 000 images gravées dans vos têtes. Mais des petits plus peuvent vous permettre d'avoir une trace écrite de chacun de vos invités, que vous aurez énormément de plaisir à regarder, une fois (à peu près) remis de vos émotions.

Le classique Livre d'or

Mis à disposition des invités sur une table à un endroit stratégique (à côté de l'urne, si vous en avez une), le livre d'or recueillera un petit mot de chacun, tour à tour drôle, émouvant, déjanté, ou… complètement barré (à partir de 3 heures du matin).

Variante

Même principe, support différent : ici, c'est sur des galets que les invités pourront vous laisser un petit mot. Prévoyez des marqueurs indélébiles et faites des essais avant pour vérifier que l'encre prenne, et tienne.

Vous pouvez tous les mettre sur une table dédiée, avec les marqueurs, ou en déposer sur chaque table (un par invité). Dans les deux cas, indiquez-leur le « but du jeu », par exemple en écrivant « Laissez-nous un petit mot » sur un galet posé au-dessus des autres.

La bonne idée

Original et décalé : pendant ou à la fin de la soirée, confiez vos chaussures à vos témoins afin qu'ils dédicacent… la semelle. À la clé : un super-souvenir de mariage à exposer sur la cheminée !

L'arbre à empreinte

Une idée romantique à souhait : dessiner sur une grande feuille un arbre avec plein de branches. Vos invités se chargeront de lui donner des feuilles grâce à leurs empreintes digitales. Laissez à disposition de l'encre (en magasins de loisirs créatifs) et un court mode d'emploi, où vous demanderez à vos convives de laisser leur « feuille-empreinte » et de noter leur prénom juste à côté.

Le bon plan

Téléchargez et imprimez gratuitement un arbre à empreintes sur le site www.organiser-un-mariage.com (sous le champ de recherche, cliquez sur « Personnaliser et télécharger votre arbre à empreintes… »).

Voir aussi :
- Le confessionnal, p. 214.
- Les appareils photo jetables, p. 193.

L'ESSENTIEL POUR CHOUCHOUTER VOS INVITÉS

- Prévoyez une urne ou ouvrez une liste de mariage pour recueillir les cadeaux de vos invités…
- Dîner placé ou pas, à vous de voir ! Si vous optez pour la première solution, vous placerez vos convives à une table déterminée, mais les laisserez s'asseoir où ils veulent ou bien vous fixerez la place de chacun au sein des tables.
- Les « escort cards » ont la cote : il s'agit de cartes au nom de chacun des invités, leur indiquant leur place à table.
- Pour garder le contact avec vos invités et profiter (même quelques instants) de chacun d'eux, vous pouvez les accueillir à l'entrée, et faire un petit tour des tables pendant le repas. N'hésitez pas non plus à prendre la parole au cours de la journée ou au début du repas pour leur souhaiter la bienvenue !
- Certains de vos invités tiendront sans doute à prendre la parole en votre honneur. Puisqu'il s'agit en général de surprises, nommez si possible un(e) chargé(e) de discours parmi vos proches, qui devra orchestrer cette partie : répartition des discours durant la soirée, gestion du matériel nécessaire…
- Il est d'usage d'offrir un cadeau aux invités : si les dragées restent l'option la plus traditionnelle, il existe aujourd'hui une variété infinie de cadeaux sympas (gastronomie, papeterie, déco…) pour tous les budgets.
- Simplifiez la vie de vos invités en organisant leurs déplacements le jour J : louez une mini-navette, organisez des systèmes de covoiturage ou récoltez des cartes de taxis du coin…
- Pour laisser un souvenir mémorable de votre mariage à vos invités, vous pouvez les surprendre avec une animation (feu d'artifice, lâcher de lanternes…) ou tout simplement grâce à des « petits riens » qui changent tout : plaids pour les plus frileux, chaussures confortables à disposition pour danser…
- Pensez à mettre en place un livre d'or (un cahier ou un support original), ou d'autres moyens plus décalés pour que les invités vous laissent un joli souvenir de leur présence.

Tiens, voilà le jour J...

Vous avez des papillons dans le ventre et souvent les mains moites. Quand vous fermez les yeux vous voyez des cœurs, des robes blanches et vous ressentez un mélange bizarre d'impatience, d'excitation et de stress. Pas de doute, vous êtes à quelques heures du jour J.

On récapitule toutes les étapes qui vous attendent.

La veille

- **Accueil de vos invités venus de loin :** s'ils sont 150, vous ne pourrez pas voir tout le monde, mais un petit coup de fil ou une visite rapide pour savoir si tout se passe bien, c'est plus qu'appréciable !

- **Mise en place de la décoration de la salle** (sauf fleurs) : si vous avez déjà les clés, bien sûr. Sinon, vous devrez attendre demain.
↳ p. 232

- **Shampooing :** c'est important de le faire la veille, car vos cheveux lavés le jour J auront tendance à glisser et à rendre le chignon laborieux.
↳ p. 296

- **Juste une mise au point :** faites un petit point rapide avec votre presque-mari sur les choses qu'il aura à apporter demain. Vous aurez plus de préparatifs que lui, qu'il se charge de prendre votre pièce d'identité, les alliances et les enveloppes pour la mairie et pour le lieu de culte.

- **Le « rehearsal dinner » :** c'est la tendance du moment. Un dîner en petit comité, avec les plus proches, pour se détendre et aborder éventuellement les derniers points à régler. Profitez-en pour donner éventuellement à un de vos témoins les chèques à remettre aux différents prestataires (traiteur, DJ...), correspondant aux derniers règlements souvent à effectuer le jour J.
↳ p. 94

- **Dodo chacun chez soi...** La tradition veut que les futurs mariés habitant déjà ensemble (99,9 % d'entre eux, donc) ne passent pas la dernière nuit avant la noce ensemble. Un moyen sympa d'essayer de passer une soirée et une nuit calmes, et d'augmenter le plaisir de se retrouver le lendemain.

Le jour J

- **Décoration de la salle et de l'église** (si vous récupérez les clés seulement aujourd'hui) : idéalement, confiez cette mission à quelques-uns de vos proches, ou accompagnez-les seulement pour leur donner les dernières instructions puis rentrez tranquillement. (Pensez à emporter – en plus des éléments de déco classique – les plans de table, les marque-places, les cadeaux pour les invités, les livrets de messe...)
↳ p. 230 à 239

Accueil de vos témoins et du photographe… Si vous avez décidé qu'ils vous accompagnent pour votre mise en beauté.
↳ p. 194

Pour elle

Coiffure : à domicile ou en institut, c'est le moment de vous faire chouchouter. Enfilez une chemise plutôt qu'un tee-shirt, de façon à l'enlever sans endommager votre coiffure. Si votre voile est compliqué à fixer, demandez au coiffeur de le faire. Demandez-lui aussi de vous laisser quelques pinces en rabe, au cas où.
↳ p. 280

Manucure : attention de bien laisser sécher votre vernis. Avec une base, deux couches et un « top coat » de finition, comptez environ 20 minutes de séchage pour être sûre.
↳ p. 291

Maquillage : enchaînez avec l'étape maquillage, si vous pouvez enfiler votre robe par le bas. Si vous devez la passer par la tête, mettez-la avant de vous faire maquiller pour éviter de la tacher, ou déposez sur votre visage un foulard de soie.
↳ p. 287

Habillage : pensez à faire un tour aux toilettes. Eh oui, même les mariées font pipi ! Faites-vous aider par vos témoins ou votre mère, c'est un moment aussi délicat que fort en émotions (l'habillage, pas le pipi). Fixez vos bijoux de cheveux, glissez-vous dans vos souliers…
↳ p. 244

Départ : check-list des éléments à ne pas oublier :
- ✓ votre bouquet ;
- ✓ votre trousse de survie ;
- ✓ le petit mot que vous souhaitez lire à vos invités ;
- ✓ votre autre tenue, si vous en avez une, vos accessoires et chaussures de rechange éventuels.

↳ p. 293

En route pour la mairie !

Et du côté de chez Monsieur

- Dans la matinée, **aller chercher les fleurs** ou chargez un proche de le faire : bouquet de la mariée (à lui déposer), des enfants d'honneur, boutonnières. Et les bouquets pour la mairie, pour le lieu de culte et pour la salle de réception. Aller déposer ces derniers si possible, en s'assurant qu'il n'y a pas un enterrement le matin même à l'église…
  ↳ p. 218

- 30 minutes avant le départ (pour ne pas froisser la tenue) : **habillage du marié**. Penser à la boutonnière + **glisser dans la poche** alliances, cartes d'identité, et le petit mot de bienvenue pour les invités.
  ↳ p. 262, 268 et 308

- **Départ** du presque-marié vers la mairie avec ses proches.

La cérémonie civile et religieuse

- **Arrivée du marié à la mairie,** qui s'installe ou attend sa presque-femme. **Arrivée de la mariée.**
  ↳ p. 209

- **Entrée dans la mairie :** les mariés entrent ensemble, ou le marié d'abord au bras de sa mère, puis la mariée au bras de son père. La mariée s'installe à gauche, le marié à droite, les témoins sur les chaises prévues pour eux.
  ↳ p. 109

- **Le déroulement de la cérémonie civile :** discours de bienvenue de l'officier d'état civil, lecture des articles du code civil, consentement. **Échange des alliances** si aucune cérémonie religieuse ou laïque n'est prévue après. Signature des **registres**.
  ↳ p. 109

- L'officier d'état civil délivre le **livret de famille** (confiez-le à vos parents ou à un témoin). **Remise d'une enveloppe** pour les œuvres de la mairie.
  ↳ p. 110

- **Sortie des nouveaux mariés**, sous les applaudissements et les confettis. Éventuellement, **rafraîchissements**. **Départ** pour la cérémonie religieuse.
  ↳ p. 229 et 318

- **Juste avant l'entrée :** le marié attend sur le seuil avec ses proches. Les invités entrent et s'installent (aidés par un témoin qui les répartit : les proches du marié à droite, les proches de la mariée à gauche). La mariée attend dans la voiture (surtout si son mari ne l'a pas encore vue !).
  ↳ p. 111

- **Entrée dans le lieu de culte,** puis déroulements des différentes étapes religieuses.
  ↳ p. 111

- **Sortie du lieu de culte :** les invités sortent d'abord et attendent les mariés. Les mariés sortent, précédés des enfants d'honneur et suivis de leurs parents… Sous les applaudissements et les confettis ! Sur le perron, les mariés et leurs familles posent pour les **photos**. **Rafraîchissements** éventuellement proposés aux invités.
  ↳ p. 229 et 318

- **Départ vers le lieu de réception :** les mariés entrent dans leur voiture et partent, suivis des invités.

- **Accueil des invités** par les mariés sur le lieu. Début du **cocktail**.
  ↳ p. 307 et 173

- **Séance photo des mariés :** vous pouvez aussi la faire à un autre moment.
  ↳ p. 200

- **Lancer du bouquet :** la mariée réunit ses copines, sœurs, collègues et cousines célibataires. Elle envoie le bouquet en arrière, en leur tournant le dos. Pour celle qui l'attrape, c'est la (presque) garantie d'être mariée dans l'année !
  ↳ p. 218

- **Dîner et soirée :** les personnes invitées seulement au cocktail s'en vont, les autres s'installent à table.
  ↳ p. 303

- **Les mariés entrent,** en fanfare. Éventuellement, ils prononcent un petit mot de bienvenue.
  ↳ p. 308

- Le **repas** est entrecoupé de discours. Les mariés font **le tour des tables**.
  ↳ p. 314 et 309

- Arrivée et découpage de la **pièce montée**.
  ↳ p. 177

- La mariée ouvre **le bal** avec son père ou son mari.
  ↳ p. 208

- À la fin de la soirée, **départ des mariés** en route vers leur nuit de noces…

L'après : votre nouvelle vie de jeunes mariés

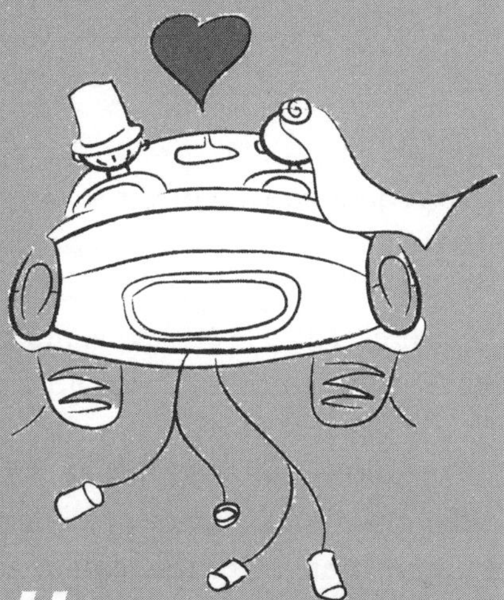

Vous ouvrez un œil. Votre robe est posée, toujours aussi somptueuse, sur le fauteuil à côté du lit où vous vous réveillez… Aux côtés de votre MAAAARI ! Vous avez l'impression de sortir d'un doux rêve, et la bonne surprise c'est que ça n'en était pas un. Vous êtes au lendemain de votre mariage, et toujours sur votre petit nuage. Entre réception du lendemain et formalités à accomplir, nos conseils pour gérer l'« après ».

Le lendemain

Pour vous aider à sortir tout doucement de l'euphorie de votre mariage, pour que vous puissiez profiter encore un peu de vos proches, pour permettre à vos invités venus de loin de profiter à fond de leur week-end, il est fréquent de « remettre ça » le lendemain, mais en version (beaucoup) plus light.

Concrètement, seront présents soit les plus proches (parents, frères et sœurs, grands-parents, témoins), soit plus de monde… selon votre budget.

La réception peut avoir lieu dans la même salle que la veille, si vous pouvez en disposer pour deux jours, chez vous ou chez vos parents, dans un parc, un restaurant… Contrairement au jour J, le jour J+1 n'est régi par aucune forme ; faites au plus simple et au plus convivial.

Niveau repas, au menu : barbecue, buffet campagnard, brunch… L'idée n'étant pas de mettre l'accent sur le « bien manger », mais de profiter de ces dernières heures ensemble. Ne vous mettez donc pas la pression !

Concernant votre tenue, soyez chic et décontractés en même temps : jean et chemise ou polo pour Monsieur, petite robe blanche et jolies sandales pour Madame (oui oui, madame), c'est parfait.

Conviez vos invités assez tôt, pour que ceux qui viennent de loin puissent reprendre la route tranquillement. Midi, c'est idéal : vers 15 heures, les gens commenceront à se disperser.

Essayez de passer un petit peu de temps avec chaque invité, en particulier ceux dont vous n'avez pas beaucoup pu profiter la veille.

Levez un toast à ceux qui vous ont aidés pour la préparation de votre mariage, et à tous ceux qui ont fait le déplacement !

Le « wedding blues »

Peut-être n'aurez-vous pas le temps d'organiser une petite réception le lendemain, trop occupés que vous serez à boucler vos valises et monter dans l'avion. De nombreux couples font le choix de respecter la tradition à la lettre, en s'envolant pour leur voyage de noces dès le lendemain du mariage. L'avantage : vous évitez d'avoir le contrecoup du mariage, en passant directement d'un petit nuage à un autre. Car le phénomène est bien connu : de même qu'on parle de « baby blues » après une naissance, le « wedding blues » toucherait un tiers des jeunes mariées.

Cet invité surprise dont on se passerait bien est une déprime passagère, dans les suites immédiates du mariage. Après un an ou plus de projets effrénés, d'emploi du temps à 1 000 à l'heure, de l'attente fébrile de cette belle échéance, les lendemains du mariage laissent parfois aux jeunes mariées, principalement touchées, un goût amer. Sensation de vide, nostalgie, langueur, tristesse…

Inutile de s'inquiéter outre mesure, ce gros coup de blues est normalement passager et vous pouvez le surmonter tous les deux. Quelques conseils pour cela :

- **Prolongez cette ambiance festive** en organisant des dîners, des week-ends copains, des soirées fille…
- **Parlez projets :** vous venez d'en accomplir un magnifique. Mais le couple a besoin de se projeter, de se créer des perspectives communes. Bébé, voyage, travaux, bénévolat, déménagement… À vous de voir !
- **Passez du bon temps… chacun de votre côté.** Faire des choses ensemble, 1 000 fois oui. Mais certains couples fraîchement mariés ont le sentiment plus ou moins conscient qu'ils ne forment désormais plus qu'un. L'équilibre d'antan est alors rompu, car de deux, on passe à un. Retrouvez chacun vos marques, vos vies, vos amis, vos envies. C'est la condition *sine qua non* d'un couple qui respire, qui vit !

Le voyage de noces

Que diriez-vous d'un petit séjour au bout du monde pour vous remettre de vos émotions ? La tradition du voyage de noces ne date pas d'hier puisqu'elle est née en Angleterre au début du XIXe siècle. Il est alors le premier moment d'intimité du couple, et parfois l'occasion d'aller visiter les terres acquises par le mariage.

Si votre cher et tendre n'a pas de terres à vous faire découvrir, allez en découvrir de nouvelles ensemble ! Il s'agit, pour de nombreux couples, d'une occasion qui ne se présentera pas deux fois de s'offrir un voyage extraordinaire.

L'âge du mariage reculant et les jeunes couples étant pour la grande majorité déjà installés, il est de plus en plus fréquent que les couples délaissent la traditionnelle liste de mobilier et d'art de la table au profit d'un voyage.

En récoltant les participations de vos invités sur ce poste, vous avez alors toutes les chances de vous offrir le séjour de vos rêves. Sachez qu'un voyage de noces coûte en moyenne 3 000 à 4 000 euros*.

Par qui passer ?

En dehors du système d'urne ou de collectes en ligne (voir p. 300), vous pouvez déposer directement votre liste dans une **agence de voyages**, dont certaines disposent de formules dédiées aux voyages de noces. Bonne nouvelle : il est fréquent de bénéficier alors d'avantages, comme une réduction pour Madame, ou un surclassement dans l'avion… Souvent, ces « petits plus » sont soumis à des obligations de délai quant à la date de départ : renseignez-vous bien sur les modalités ! Assurez-vous aussi que les procédures de dons des invités soient facilitées (Mamie Suzie n'aura peut-être pas l'occasion de se déplacer en agence).

- www.voyageursdumonde.fr
- www.nouvelles-frontieres.fr
- www.look-voyages.fr

Attention, si les participations de vos invités dépassent le budget (et vos attentes !), sachez qu'en théorie les agences ne remboursent pas et ne peuvent vous proposer qu'un avoir.

* Source : www.organisation-mariage.net

Tous les **services de listes de mariage** (voir p. 302) proposent désormais aux jeunes mariés de faire figurer un voyage dans leurs souhaits de cadeaux. Ce système séduit car le voyage est alors « découpé » en une multitude de cadeaux : cocktail de bienvenue, excursion, massage, « miles » pour l'avion… Les invités ont alors la sensation de participer de manière plus personnalisée qu'en déposant simplement un chèque. Et en diminuant le « risque » de cadeaux hors liste, vous diminuez celui de vous retrouver avec 25 moules à cake mais pas assez de sous pour boucler le voyage.

Le Printemps et les Galeries Lafayette disposent de leur propre agence de voyage :

- www.galeries-lafayette-voyages.com
- www.printempsvoyages.com

La société 1 001 Listes (www.1001listes.com) fonctionne quant à elle avec un réseau de partenaires, pour un choix très étoffé et des voyages pour tous les goûts : Voyageurs du Monde, Comptoir des Voyages, 1 001 Voyages à deux, Terres d'Aventure, Double Sens.

Autre gros avantage de passer par ce type de structures : vous avez tout intérêt à réserver le plus tôt possible, plusieurs mois avant le mariage pour vous garantir un large choix et des tarifs avantageux. Mais au moment de la réservation, on vous demandera un acompte de 30 % de la somme. Et à quelques mois du mariage, ce n'est pas exactement ce qui vous arrangera le plus. En échange d'un chèque de caution (non encaissé), ces sociétés vous avancent cette somme. Vous avez ensuite jusqu'à une semaine après le mariage pour solder le tout !

Et si vous avez la bonne surprise de constater que vous disposez encore d'une petite enveloppe, vous trouverez forcément dans les produits référencés votre cerise sur le gâteau : une paire de palmes ou un bel appareil photo !

Pour faire quoi ?

Quelle drôle de question ! Vous prélasser, bronzer, dormir, boire, manger, lire et vous baigner, pardi ! Si cette dernière phrase vous a échappé, vous faites partie de la catégorie, encore largement majoritaire, des mariés en quête de repos extrême et de paysage paradisiaques.

↳ *Les destinations à privilégier :* Maldives, Polynésie française, Seychelles, Île Maurice

Vous avez tendance à tourner en rond au bout de douze minutes de plage et votre truc à vous c'est l'adrénaline, les sensations fortes, les découvertes, le sport et la nature à l'état sauvage. À vous balades à dos de chameau, treks, randos, promenades en quad et excursions en traîneau…

↳ *Les destinations à privilégier :* forêts québécoises, La Réunion, le désert du Maroc, l'Afrique du Sud… Rendez-vous sur le site www.nomade-aventure.com ou www.terdav.com.

Vous avez envie de vous en mettre plein les yeux, de fouler les sols des avenues les plus mythiques et des lieux les plus cultes, de multiplier les visites et de repartir encore moins bête que quand vous êtes arrivés.

↳ *Les destinations à privilégier :* le Pérou, l'Ouest Américain, l'Italie, l'Indochine…

Les nouvelles façons de voyager

Le voyage écolo

Le boum de la prise de conscience citoyenne a fait des petits un peu partout, y compris dans l'univers des voyages de noces, qui s'adaptent désormais aux mariés désireux de voyager tout en respectant la planète.

Des agences se sont ainsi spécialisées dans les voyages responsables, en proposant une sélection de destinations « vertes » accueillant les jeunes mariés dans des établissements éco-responsables avec panneaux solaires, recyclage, piscine sans chlore, produits locaux exclusivement...

- www.voyagespourlaplanete.com
- www.luxethica.com

Le voyage participatif

Notre chouchou parmi les voyages qui ont le vent en poupe : le séjour destiné à partir à la découverte d'une région, tout en vous faisant participer à la vie locale par des actions concrètes. À la clé de ce séjour solidaire : une immersion totale, et souvent un soutien précieux pour les populations dans le besoin.

Sur place, votre temps se partagera entre excursions touristiques et actions d'aide au développement. Nul besoin d'avoir suivi une formation spécifique, on a tous quelque chose à apporter : sensibilisation à l'hygiène, animations auprès d'enfants et d'ados, cours d'informatique ou de conversation orale...

La société Double Sens (www.doublesens.fr) propose des voyages en Équateur, au Bénin, au Burkina Faso et au Cambodge.

Les autres éléments à prendre en compte

Les formalités : renseignez-vous sur le passeport, les vaccins nécessaires et ceux conseillés, afin de vous assurer que vous êtes dans les temps.

La météo : bien sûr c'est le soleil dans votre cœur, mais s'il pouvait ne pas pleuvoir pendant 10 jours ça serait mieux. Le site www.quandpartir.com vous aide à faire votre choix en fonction de la période souhaitée, des températures minimales et maximales requises, et même du nombre maximal de jours de pluie !

Le temps de trajet : on ne part pas au même endroit si l'on dispose de 7 jours ou de 15... Pour connaître en quelques clics le nombre d'heures de vol pour chaque destination (et évitez d'y passer la moitié de votre séjour), rendez-vous sur www.monde-du-voyage.com.

Partir avec une structure, c'est vraiment nécessaire ?

Non, dans le sens où de nombreux couples décident de partir à l'aventure avec sac à dos et reviennent comblés de cette expérience (ils arrivent même à rire de leur soirée turista et de la fois où ils ont attendu le bus pendant onze heures – celui qu'ils ont pris dans le mauvais sens).

Oui, si vous ne l'avez jamais fait. Un voyage de noces est le voyage d'une vie. Parce que vous êtes encore sur votre petit nuage, mais aussi parce que le budget que vous pouvez y allouer ne vous tombera pas souvent comme ça dans la poche. Alors un mot d'ordre, pro-fi-tez. Mettez tout en œuvre pour vous détendre et gardez toute votre énergie pour réaliser comme vous êtes heureux. Alors si le fait de partir dans le cadre d'une structure représente un petit budget en plus, n'oubliez pas que tout sera fait pour vous faciliter la vie sur place : bonnes adresses, lieux à voir, bons rapports qualité/prix, parfois même billets de navette sur place fournis... Tous ces petits plus, c'est autant de choses qui vous feront gagner du temps, afin d'en garder pour ce qu'il y a de plus important : vous faire des jolis souvenirs pour les 100 prochaines années.

Comment récupérer les photos ?

Si vous vous êtes offert les services d'un photographe, vous brûlerez d'impatience de les récupérer : en 6 jours, en moyenne, un professionnel fait le tri, apporte les retouches et effets nécessaires et met ses photos en ligne sur son site. Selon le forfait convenu au départ, vous pourrez sélectionner celles que vous souhaitez tirer, agrandir, mettre en album... Mais que vous ayez eu ou non un photographe, il y a fort à parier que les appareils de vos proches contiennent des pépites d'instants volés, de clichés décalés, de scènes et de détails qui auront échappé au photographe... Comment inciter vos proches à vous les envoyer ?

- Quand les photos sont en HD, on connaît tous la galère de les envoyer par mail. Indiquez à vos amis le lien vers le site www.yousendit.com, qui permet d'envoyer gratuitement des fichiers lourds sur votre adresse mail, le plus simplement du monde.

- Les sites www.flickr.com et www.picasa.google.com permettent de stocker des photos en ligne et, moyennant inscription, de partager le lien.

- Plus simple : créer un « événement » sur Facebook, inclure au groupe vos invités inscrits sur le réseau social, et les inviter à partager leurs photos. Les albums se créent en quelques secondes et vous pourrez avoir très vite les photos sous les yeux. Les photos peuvent être téléchargées « pour le fun » (et les mettre dans votre dossier « mariage »), mais pas pour l'impression, la qualité étant souvent insuffisante. En revanche, vous pourrez faire une sélection de vos préférées et demander à votre ami qui les a prises de vous envoyer les meilleures via le site « yousendit ».

- Pour les moins habitués au Net, l'option photos à graver sera sans doute la plus évidente. Achetez des CD vierges et glissez-les dans des enveloppes kraft où figure votre adresse. Vous pouvez les laisser à disposition des invités le jour J, avec un petit panneau : « envoyez-nous vos photos ! ».

- Certains DJ acceptent de mettre à disposition leur PC et leur lecteur de cartes universel : tous les invités qui le souhaitent peuvent donc en quelques minutes transférer leurs photos. Vous n'avez plus qu'à les récupérer le lendemain.

- Vous pouvez aussi déposer ce type de matériel dans la salle ou dans le vestiaire. Vos invités pourront prendre quelques minutes en partant pour déposer leurs clichés. Préférez un ordinateur fixe plutôt que portable, pour éviter qu'il ne soit déplacé.

- Si vous avez mis à disposition de vos invités des appareils photo jetables, il vous sera facile de récupérer tous les clichés sur CD. Il vous suffit de préciser votre souhait à l'enseigne lors du développement.

- Organisez un « apéro photos » avec vos proches et demandez-leur d'apporter leur appareil, ou leurs photos sur clé USB !

- Si vous avez un blog mariage, c'est le moment de passer le message, en demandant à vos invités de vous envoyer leurs plus jolis clichés (pensez à donner votre adresse mail, l'adresse de quelques sites de partage de photos, ou vos coordonnées postales).

Bon plan

Le logiciel « Photos de mariage » vous permet de créer vos propres albums de mariage en quelques clics, grâce à une technologie super simple et intuitive. Au programme : 400 modèles de pages prêtes à l'emploi, 750 embellissements, 350 fonds de page... De quoi obtenir pour un prix défiant toute concurrence un album photo qui ressemblera vraiment à votre mariage. Prix : 50 euros, www.cdip.com (rubrique « Les logiciels »).

Deux façons originales d'utiliser vos photos

Un livre souvenir. Le plus beau jour de votre vie retranscrit en magnifiques dessins à partir de vos photos ? C'est ce que propose le site : www.lescarnetsdemilie.com

Des objets dérivés : une housse de couette ou des taies d'oreiller à votre effigie, un mug, du papier peint ou un panneau japonais avec la plus jolie photo de groupe... : tout est possible sur le Net, qui regorge de sites proposant l'impression de vos clichés sur les supports les plus divers et les plus originaux. Quelques sites :

- www.ideecadeauphoto.com
- www.tendance-perso.com
- www.sequencemoi.com
- www.decodeo.com

Les remerciements

Vous avez invité vos proches à votre mariage, qui, pour vous remercier vous ont offert un cadeau. Pour lequel vous devrez maintenant les remercier, ainsi que pour leur présence. (Normalement, après, ça s'arrête, et eux ne doivent pas vous remercier pour les remerciements des remerciements.)

Il s'agit d'une étape qui prend du temps, mais vraiment indispensable pour terminer les festivités sur une note délicate et attentionnée. Nos conseils pour réussir l'épreuve haut la main.

Idéalement, vous aurez commencé à remercier au fur et à mesure que les cadeaux arrivaient sur votre liste. Si vous l'avez fait pour tous, vous n'aurez plus qu'à envoyer un petit mot – dans le mois suivant le mariage c'est parfait – pour les remercier de leur présence. Sinon, à vos tableaux (voir p. 73), pour faire d'une pierre deux coups.

Sur quel support ?

La carte-photo reste la plus traditionnellement utilisée : un joli papier carton plié en deux, une photo de vous deux en « couverture » et un petit mot à l'intérieur. C'est aussi une façon sympa de donner un aperçu de la journée à ceux qui n'ont pas pu être là !

Mention très bien pour la photo « Merci » : le jour du mariage en tenue de mariés, ou après, posez avec une pancarte ou une ardoise indiquant « Merci ! ».

Le petit mot de remerciement

Si vous avez eu un gros mariage et que vous appréhendez le coup de la dédicace pour 200 personnes, faites imprimer directement votre texte sur la carte : « Merci pour votre présence qui a contribué à faire de cette journée la plus jolie de nos deux vies réunies », par exemple.

Ajoutez un petit mot manuscrit pour vos invités les plus proches.

Répartissez-vous les remerciements pour gagner du temps : il s'occupe de sa famille, vous de la vôtre… Et vous signez en vos deux noms, bien sûr.

Et si on offrait un cadeau à nos témoins ?

Absolument rien ne vous y oblige, mais offrir un petit quelque chose à vos témoins est une façon sympa de les remercier, surtout si vous avez eu la chance de pouvoir compter et vous reposer sur eux durant les préparatifs et le jour J ! Inutile d'engager de gros frais supplémentaires, tout le monde sait bien qu'après un mariage les finances ont connu des jours meilleurs ! Offrez-leur plutôt un « bon pour un week-end », dans une petite année (le temps d'économiser un peu) : chez vos parents ou dans un gîte loué pour l'occasion, vous pourrez passer deux jours canon tous les deux avec vos témoins respectifs.

Autre solution moins onéreuse et qui les touchera forcément : récupérer une jolie photo de vous avec chacun d'eux et trouver un joli cadre pour l'y glisser.

Et pour nos parents ? Certains parents s'investissent beaucoup dans le mariage de leur enfant, aussi bien en termes d'argent que d'énergie et de temps. Leur offrir un cadeau pour leur témoigner votre reconnaissance est une jolie façon de clore cette aventure. Un soin dans un bel institut ou un resto tous ensemble si vos finances vous le permettent… Mais aussi (voire surtout) un petit bouquet livré chez eux avec un mot de votre part, ou simplement un livre photos mettant à l'honneur votre famille, leurs amis…

Les démarches « spécial jeunes mariés »

Votre « oui » a des conséquences administratives : check-list des organismes à prévenir, pour que les démarches roulent comme sur des roulettes !

- **La sécurité sociale :** vous êtes assuré(e) social(e) et pas votre conjoint (ou l'inverse). Le mariage (comme le Pacs et la vie maritale) donne le droit au conjoint n'ayant pas de couverture d'être rattaché en qualité d'ayant droit à celui qui en bénéficie : il aura alors droit, comme vous, aux remboursements en cas de soin. Pour cela : remplissez le formulaire n° S 3706, « Demande de rattachement à un assuré des ayants droit autres que les enfants » (disponible sur www.ameli.fr). Retournez le volet 1 ainsi que les pièces justificatives à votre caisse d'assurance maladie (CPAM) et conservez le volet 2. C'est tout !

- **La mutuelle :** certaines mutuelles permettent de couvrir aussi le mari ou la femme du souscripteur, sans frais supplémentaires. Idéal en particulier si l'un des deux conjoints n'est pas salarié, ou si la mutuelle du conjoint est plus avantageuse… À vos calculs !

- **Votre employeur :** il pourra alors remettre à jour votre profil familial et opérer les changements liés (adresse mail par exemple), notamment si vous avez changé de nom.

- **Les Assedic,** si vous les touchez, et la CAF.

- **Le centre des impôts :** les infos remonteront jusqu'à lui, mais le processus est parfois long. Prenez les devants en contactant votre centre.

- **La préfecture :** si vous possédez une voiture et que vous changez de nom et/ou que vous déménagez, prévenez-la pour le changement de certificat d'immatriculation (ancienne carte grise). La modification du nom de famille sur ce document n'est pas obligatoire et peut être demandée n'importe quand. (Infos sur www.vosdroits.service-public.fr.)

- **La mairie :** vous pouvez y signaler votre changement de nom et/ou d'adresse pour remettre à jour votre carte d'identité et votre passeport. Dans ce cas, le renouvellement est gratuit.

Recycler ses accessoires de mariage

En plus de vos 1 000 souvenirs en tête, vous avez gardé de votre mariage les photos, le livre d'or, les réponses de vos invités, des exemplaires de votre faire-part, les cadeaux offerts par vos invités, les souvenirs ramenés de votre voyage, les galets sur lesquels chacun de vos proches a écrit un petit mot, la vidéo de votre mariage, les discours prononcés ce soir-là, et encore des photos… Oui mais voilà, vous n'avez plus assez de place pour conserver le reste au risque de voir votre maison transformée en sanctuaire de mariage, et vous ne seriez pas contre, au passage, vous faire un peu d'argent ou dépanner des gens dans le besoin. Suivez le guide.

Vendre sa robe de mariée

Si l'idée vous fend le cœur, laissez tomber, rien ne vaut le plaisir de garder cette robe près de vous pendant de nombreuses années encore. Mais certaines jeunes mariées n'y attachent pas une grande valeur symbolique ou, simplement, souhaitent la revendre pour s'offrir un joli week-end en amoureux, la bague qu'elles n'ont pas pu acheter avant le mariage, ou le nécessaire pour accueillir ce bébé qui pointera bientôt son nez.

On vous en parlait dans le chapitre consacré aux tenues, il est possible de revendre votre robe pour qu'elle fasse le bonheur d'une autre mariée.

Vente de robe de mariées via des professionnels (sur rendez-vous) :
- www.rubansdesoie.fr et www.graine-de-coton.com (Paris)
- www.leboudoirdelamariee.fr (Haut-Vaucluse)
- www.occasionnelle-mariage.com (Nord)
- www.robedemariee-occasion.net (Montpellier)

Vente de robe de mariées entre particuliers :
- www.ebay.fr
- www.leboncoin.fr
- www.occasion-du-mariage.com

Vendre les accessoires de mariage

Déco, bijoux de cheveux, ustensiles de papeterie... Hormis les sites de ventes entre particuliers, Mademoiselle Dentelle (www.mademoiselle-dentelle.fr) a créé un site de petites annonces entre jeunes mariés et futurs mariés, afin de mettre en relation ceux qui cherchent et ceux qui vendent...

On y trouve des tampons encreurs, du matériel et des accessoires pour le « photobooth », des petits cadres pour les noms de table, des housses de chaise, des tenues de cortège... www.annoncesdentelle.fr

Donner sa robe et les accessoires du mariage

Bon nombre d'amoureux n'ont tout simplement pas les moyens d'envisager de célébrer leur union, même en tout petit comité. C'est pour eux que l'association « Les mariages du cœur » a été créée : elle récolte les dons des jeunes mariés pour les redistribuer aux jeunes couples et leur permettre de réaliser leur rêve de mariage ! www.lesmariagesducoeur.fr

Vous voulez conserver votre bouquet de mariée le plus longtemps possible ?

Si, pour des raisons de budget, vous n'avez pas pu vous offrir un bouquet « stabilisé » offrant une durée de vie de sept ans (voir p. 260), suivez ce remède de grand-mère.

Vaporisez de la laque à cheveux à une trentaine de centimètres des fleurs et accrochez-les, têtes en bas, dans une pièce sombre ou un placard, pour conserver l'éclat des couleurs.

L'ESSENTIEL POUR L'APRÈS

- Souvent, les mariages sont suivis d'une réception « à la cool », le lendemain, pour atterrir en douceur !
- Aux lendemains de votre mariage, vous vous sentez morose, perdue, tristoune ? Pas de panique, vous êtes sans doute victime d'un petit « wedding blues », sorte de passage à vide juste après le mariage. Faites-vous plaisir, lancez-vous dans de nouveaux projets, reparlez de cette belle journée et…
- … regardez les photos ! En plus de celles du photographe, faites en sorte de récupérer les plus jolis clichés de vos invités.
- Pensez à les remercier pour leur venue et leur cadeau avec une jolie carte.
- Ne négligez pas les démarches administratives obligatoires, et celles facultatives qui vous simplifieront la vie.
- Si vous le souhaitez, vous pouvez recycler vos accessoires de mariage en les donnant à des jeunes couples dans le besoin, ou en les vendant.

Remerciements

Un immense merci à ma Maman pour tous ses bons conseils concernant cet ouvrage, recueillis de la chaleur d'une terrasse de printemps jusqu'à un dimanche neigeux près de la cheminée. (Tant qu'on y est, merci aussi à elle de m'avoir donné la vie, parce que sinon j'aurais eu beau avoir plein de bons conseils, je n'aurais pas pu en faire grand-chose.)

Merci à tous mes proches, qui ont accepté de me confier les secrets des coulisses de leur mariage, merci à ceux qui m'ont invitée au leur ces dernières années, un merci tout particulier à celles qui m'ont fait l'honneur de me choisir comme témoin : Clémence, Gaëlle, Manouche, Blandine, Léo, Caro. (La prochaine fois Blandine, promis j'essaye de ne pas accoucher le jour de ton mariage.)

Merci à Joanne et Constance de m'avoir fait confiance pour ce projet.

Pas merci à elles de m'avoir donné envie de me marier.

Par conséquent, merci d'avance à l'homme de ma vie de se reconnaître et de me faire sa demande rapidement.

Carnet d'adresses Internet

Retrouvez ici toutes les adresses citées au fil du livre et quelques-unes en bonus !

Trouver l'inspiration pour créer votre univers

Blogs inspirants

www.lamarieeencolere.com
www.myweddingthing.com
www.organiser-un-mariage.com
http://desideespourunjolimariage.com
http://so-lovely-moments.com
www.lafianceedupanda.com
www.leblogdemadamec.fr
www.unbeaujour.fr
www.lamarieeauxpiedsnus.com
www.mariagesetbabillages.com
www.trendyweddingleblog.com
http://mariages-retro.blogspot.fr
www.myweddingthing.com
www.thebridenextdoor.fr
www.greenweddingshoes.com

www.stylemepretty.com
www.mylittle.fr/mylittlewedding
www.trendyweddingleblog.com
www.decorationmariagetendance.wordpress.com
www.mademoiselle-dentelle.fr
http://mariages-retro.blogspot.fr
www.lesmoineauxdelamariee.com
http://mademoisellewedding.blogspot.fr
www.weddingland.fr
www.theweddingtearoom.fr
www.so-helo.com/mariage/blog/a-propos
www.myweddingthing.com
http://withalovelikethat.fr
http://lafianceebavarde.wordpress.com
http://blog.happy-chantilly.com
www.fragmentsdereves.com
www.myculturalweddingchic.com
http://mamzellemondayelafianceeinsolite.blogspot.fr
http://leouiblog.tumblr.com
http://wedandthecity.blogspot.fr
http://tendancefourmis.over-blog.com
www.queenforaday.fr
http://leblogdefiancee.com
www.marieeatoutprix.fr

Salons et magazines

www.salonmariagefete.com
www.legrandsalondumariage.fr
www.mariageaucarrousel.com
www.grandsalondumariageoriental.com
www.lescoulissesdumariage.com
www.lovetc-event.fr
www.mariee.fr/mariee-magazine
www.marieclaire.fr/static/mariage/index.php
www.ouimagazine.ne
www.marionsnousmagazine.fr

Wedding planners pour vous aider

www.weddzy.com
www.weddinganco.com
www.bulle-et-tulle.com
www.eventsbylili.fr
www.mariage-bymc.com
www.ditesmoioui.com
www.nabieproduction.com

Annoncer votre mariage et communiquer dessus

Cartons d'invitation

www.mylittlewedding.com/save-the-date
www.paperlesspost.com
www.sketch.odopod.com
www.carnetdefrance.fr
http://dancourt.net
www.le-faire-part.com
www.clicpostal.com
www.faire-part-en-ligne.com
www.regalb.com
www.poobies.com
www.intaglio.fr
www.imprimeriedumarais.fr
www.fairepartmagnet.com
www.happilyfactory.com
www.framboise-crea.com
www.e-invitation.com
www.mapetitemercerie.com

www.art-du-papier.fr
www.mylittlesquare.com/fr/100_mylittlesquare-mercerie
www.maskingtape.fr

Création de blog

www.petit-mariage-entre-amis.fr
www.notre-blog.com
www.blog-mariage.fr

La cérémonie civile/religieuse

www.mariage-idf.fr
www.bibliques.com
www.croire.com
www.mesdocumentscathos.fr
www.orthodoxesaparis.org
www.orthodoxworld.ru/fr
http://ctrouve.fr/index.php/synagogues
www.protestants.org
http://mosquee.free.fr
www.massorti.com
www.maison-islam.com
http://sylvieferrieu.blogvie.com

Officiant

www.2l-festivites.com
www.1andonly-ceremony.fr
www.officiantceremonielaique.fr

www.my-special-event.fr
www.jsevents.fr
www.cellaic.com

Animation musicale

www.mariagevip.com
www.eclipse-animation.fr
www.meusergateamor.fr
http://gospelspirit.free.fr

Sortie de mairie

www.petalesderoses.fr/service-echantillon-gratuit
www.pluie-de-lavande.com
www.afleurdo.fr
www.f2ailes.fr
www.lespigeonsdechezpoteaux.com
http://mariagecolombes.free.fr
http://lacherdecolombes.fr
www.lacherdecolombes.com
www.discount-mariage.fr/bulles-mariage-c32

L'enterrement de vie de célibataire

www.epousemoicocotte.com
www.pinuporama.com
www.feelingdance.fr

Autour du lieu

Location

www.1001mariages.com
www.pronoce.fr
www.lesitedumariage.com
www.mariages.net
www.gites-de-france.com
www.grandsgites.com
www.1001salles.com
www.locsalle.com
www.abcsalles.com
www.directsalles.com
www.id-salles.com
www.guidedessalles.com
www.lescoulissesdumariage.com
www.coulissesdumariage.com

Aménagement

www.belounge.fr
www.geome-structuresgonflables.com
www.la-cabane-perchee.com
www.la-cabane-de-lyon.fr
www.wagonbleu.fr
http://lagaredesanneesfolles.fr
www.sortiebus.com

Déco

www.pinterest.com
www.colourlovers.com
www.maskingtape.fr
www.etsy.com

www.imediage
www.canopeadesign.com
www.decordefete.com
www.mysweetboutique.bigcartel.com
www.mylittleday.fr
www.baldefamille.com
www.lovelytape.com
www.milkandpaper.bigcartel.com
www.truffaut.com

Vos tenues et accessoires

Robes de mariée et accessoires

www.pronuptia.fr
www.cymbelline.com
www.hervemariage.com
www.pronovias.fr
www.lescoulissesdumariage.com
www.rubansdesoie.fr
www.leboudoirdelamariee.fr
www.occasionnelle-mariage.com
www.graine-de-coton.com
www.robedemariee-occasion.net
www.ebay.fr
www.leboncoin.fr
www.occasion-du-mariage.com
www.maje.com
www.tarajarmon.com
www.sandro-paris.com
www.claudiepierlot.com
www.comptoirdescotonniers.com
www.zara.com
www.tand3m.fr
www.aufilperle.fr

Chaussures

www.moodbyme.com
www.couleurchaussure.com
www.dessinemoiunsoulier.com
www.au-cor-de-chasse-location-vetements.fr
www.stilbo.fr

Bagues

www.ma-bague-de-fiancailles.com
www.carat-et-moi.com
www.bluenile.com
www.adamence.com
www.maty.com
www.alliances-ors.com
www.lepage.fr

Accessoires pour le marié

www.etsy.com/shop/whitetruffle
www.autrepairedemanches.fr
www.boutonsdemanchette-shop.fr
Suite61

Soin et maquillage

www.bodyminute.com
www.essie.fr
http://pshiiit.com
www.superbytimai.com
www.monblogdefille.com
www.babillages.net
www.jesuisunique.net
http://beaute-blog.blogspot.fr

www.lisaeldridge.com
www.lavieenblonde.fr
www.elsamakeup.com
www.youtube.com/user/elsamakeup
www.lesconseilsdejulie.fr
www.youtube.com/user/Julielovesmac07
www.etpourquoipascoline.fr
www.youtube.com/user/eppcoline
www.sephora.fr
www.maccosmetics.fr
www.benefitcosmetics.com
www.shuuemura.fr
www.loreal.fr

Coiffure

www.aufeminin.com/beaute/cheveux.asp
www.youtube.com/user/aufemininbeaute
www.cosmopolitan.fr/video.php
http://videos.elle.fr
http://cutbyfred.com

Votre véhicule

Location

www.locationvoituremariage.com
www.luxury-club.fr
www.lrm-collection.fr
www.classic-rent.fr
www.classicautoloc.com
www.locationvoituredecollection.com
www.voiturelib.com
www.auto-collection.org

Décoration

www.veroniquechambeau.com
www.cartistick.com
www.idzif.com

Autour des invités

Les enfants d'honneur

www.lespetitsinclassables.com
www.artisanatmonastique.com
www.cyrillus.fr
www.tartine-et-chocolat.fr
www.jacadi.fr
www.acanthe-paris.com
www.monoprix.fr

Cadeaux pour les invités

www.medicis.fr
www.madragee.com
www.keldelice.com
www.mymms.fr
www.lovengift.fr
www.etsy.com/shop/vintageconfections
www.vintageconfections.com
www.lovengift.fr
www.lespetitscadeaux.com
www.mylittleday.fr
www.ikea.com
www.ideecadeauphoto.com
www.tendance-perso.com
www.sequencemoi.com

Animations diverses

www.laphotocabine.com
www.flashmat.fr
www.laphotoboite.fr
www.leconfesso.fr
www.skylantern.fr
www.zilok.com
www.thecherryblossomgirl.com

Vos prestataires

Traiteurs et cavistes

www.lhotellerie-restauration.fr
www.cakeetcupcake.com
www.vindemariage.com
www.sommelier-vins.com
www.1001traiteurs.com

Photos et vidéos

www.zilok.com
www.imagera.fr
www.1001mariages.com
www.coulissesdumariage.com
www.flickr.com
www.picasa.google.com

Musique

www.machineadanser.fr
www.animationdj-mariage.com
www.djcontact.fr
www.1001mariages.com
www.pronoce.fr
www.locsalle.com
www.abcsalles.com
www.lesitedumariage.com
www.mariages.net
www.measy.fr
www.jechercheundj.com

Danse

www.coursdedansemariage.fr
www.votrevalse.com
www.bbclublyon.fr
www.mouvdance.com
www.tousmescoachs.fr

Liste et voyage de noces

Liste

www.lily-liste.com
www.ameliste.fr
www.zankyou.fr
www.millemercismariage.com
www.galerieslafayette.com
www.lebonmarche.com
www.printemps.com

www.bhv.fr
www.1001listes.fr
www.decodeo.com

Voyage

www.voyageursdumonde.fr
www.nouvelles-frontieres.fr
www.look-voyages.fr
www.galeries-lafayette-voyages.com
www.printempsvoyages.com
www.1001listes.com
www.voyageursdumonde.fr
www.comptoir.fr
www.1001voyagesadeux.fr
www.doublesens.fr
www.nomade-aventure.com
www.terdav.com
www.voyagespourlaplanete.com
www.luxethica.com
www.quandpartir.com
www.monde-du-voyage.com

Table des matières

Notes

Notes

Notes

Notes

Notes

CPI
AUBIN IMPRIMEUR

Achevé d'imprimer en mars 2013
N° d'impression 1302.0088
Dépôt légal, avril 2013
Imprimé en France